Susanne Denzin

Susanne Rüster RaubLust

D1868675

Susanne Rüster arbeitet als Richterin in Potsdam. Weil sie literarische Fremdgänge liebt, entstanden etliche in Zeitschriften und Anthologien veröffentlichte Kriminalgeschichten. Für ihren Kurzkrimi *Einladung zum Dinner* erhielt sie 2011 den Karo-Krimipreis. Sie ist Mitglied der »Mörderischen Schwestern« und des »Syndikat«. Susanne Rüster lebt in Berlin. Zuletzt bei Bild und Heimat: *Abgedreht* (2015) und *Landjäger* (2017). Mehr unter *www.susanneruester.de*

Susanne Rüster

RaubLust

Ein Potsdam-Babelsberg-Krimi

Kommissar Wolffs dritter Fall

Bild und Heimat

Von Susanne Rüster liegen bei Bild und Heimat außerdem vor:

Abgedreht. *Ein Potsdam-Babelsberg-Krimi* (2015)

Landjäger. *Ein Potsdam-Krimi* (2017)

ISBN 978-3-95958-202-5

1. Auflage
© 2019 by BEBUG mbH / Bild und Heimat, Berlin
Umschlaggestaltung: fuxbux, Berlin
Umschlagabbildung: Adobe Stock / katcya_design (Flatowturm); Adobe Stock / alexkich (Vögel)
Druck und Bindung: CPI Moravia Books s. r. o.

Ein Verlagsverzeichnis schicken wir Ihnen gern:
BEBUG mbH / Verlag Bild und Heimat
Alexanderstr. 1
10178 Berlin
Tel. 030 / 206 109 – 0

www.bild-und-heimat.de

Der Wahrheit auf der Spur 1

Die Hüterin meiner Geheimnisse ist meine Kladde. Auf allen Wegen trage ich sie bei mir. Sie kennt meine Gedanken, ihr Inhalt wächst von Tag zu Tag.
Es wird Zeit. Ich will nicht mehr die gut informierte Klatschtante sein, die sich aufs Boulevard-Sofa setzt und Promi-Dramen aufdeckt oder Sex-and-Crime-Storys schreibt.
In mir ist ein unbändiger Drang.
Etwas Neues zu tun.
Den Menschen die Augen zu öffnen.
Missstände und Skandale aufzudecken.
Verborgene Verbrechen ans Tageslicht zu bringen.

Potsdam, im Oktober 2016
Britta Fuchs

Der 1. Tag

Nacht zu Montag

1.

Der Kahn war in ruhigem Fahrwasser, die Havel träge, grau, kalt. Thorsten Müller steuerte das Schiff von Berlin nach Potsdam. Die Spree mit Museumsinsel, Wohnung der Bundeskanzlerin, Reichstag, Regierungsviertel hatten sie hinter sich gelassen, jetzt befanden sie sich auf der Havel. Die winterlichen Glühweinfahrten gehörten nicht zu Müllers Lieblingstouren. Bloß keinen Abgang eines alkoholisierten Gastes über die Reling, hoffte er jedes Mal.

Es wurde dunkler. Links die Bäume des Grunewalds, rechts das dörfliche Kladow. Die mächtigen Konturen der Glienicker Brücke tauchten auf. Müller fuhr gern unter dem Stahlkoloss hindurch, die Grenze zwischen Potsdam und Berlin, Verbindungsstelle zwischen Ost und West, ein Stück Geschichte.

Bei dieser Vorweihnachtsfahrt stellte er das Band mit der netten Frauenstimme, die über den Austausch von Spionen im Kalten Krieg berichtete, nicht an. Von dem angetrunkenen Haufen hörte sowieso keiner zu. Heute Abend gab's Glühwein frei, die Gäste hatten ein Inklusiv-Paket von fünfzig Euro bezahlt und wollten sich, verdammt noch mal, amüsieren. Seine letzte Herausforderung wäre es, die wankenden Teilnehmer über den schmalen Steg an der Anlegestelle Lange Brücke am Potsdamer Hauptbahnhof zu bringen. Jetzt fuhren sie zwischen den Pfeilern der »Agentenbrücke« hindurch. Links der Babelsberger Park mit dem Schloss, rechts die Lichter der Berliner Vorstadt. Müller nahm die Hände vom Lenkrad und wollte sich seinen ersten Schluck Bier gönnen.

Da gellte vom Oberdeck ein langgezogener Schrei. Auch das kam öfter auf diesen Sauftouren vor, aber dieser Schrei hatte nichts Übermütiges. Er war durchgehend und schrill und brach plötzlich ab, als habe der Schrecken jemandem die Kehle zugeschnürt. Ein Mann drängte sich ins Führerhaus. Sein Gesicht war rot und schweißüberströmt. Er hielt einen Fotoapparat an den mächtigen Bauch gepresst.

»Da ist was im Wasser!«

Das beunruhigte Müller nicht sehr, denn in der Havel trieb so allerlei, Haushaltsmüll, entsorgtes Mobiliar, ein Kahn, der sich gelöst hatte. Er nahm sein Fernglas. Etwas Helles schwamm dort. Tischtücher? Dann stockte ihm der Atem. Ein Mensch wurde von der sanften Strömung in Richtung Potsdam getrieben. Sein Unterkörper steckte in etwas Weißem, die Arme waren ausgebreitet, als suche dieses Wesen den letzten Halt. Um den Kopf floss rotes Haar.

Müller schüttelte ungläubig den Kopf, griff sein Handy und wählte Eins-Eins-Null.

»Wasserleiche«, meldete er dem Bereitschaftsdienst und stellte sich als Kapitän der *Havelkönigin* vor.

»Wo befindet sich Ihr Dampfer?«

»Dampfer! Mein Schiff wird mit Dieselmotor angetrieben. Sogar Feinstaubfilter.«

»Okay. Bitte genaue Lage angeben.«

»Position, meinen Sie? Landmarken: Von Berlin nach Potsdam, gerade durch die Glienicker Brücke gefahren.«

»Leiche also in Sichtweite?«

Müller nahm sein Fernglas und sah das halb eingewickelte Wesen sanft seinem Schiff entgegenschaukeln. »Ungefähr hundertfünfzig Meter.«

»Bleiben Sie, wo Sie sind. Ich melde mich.«

»Muss ich Anker werfen«, sagte Müller, aber der Typ hatte schon aufgelegt.

Bleiben Sie, wo Sie sind, pah, dachte Müller. *Anker werfen im Tiefen See is 'ne Hundearbeit.* Er starrte auf die Gestalt mit den roten Haaren in der schwarzen Havel und schämte sich, dass sein erster Gedanke war: *Kein Feierabend in Sicht.* Er forderte die aufgeregt zum Bug des Schiffes laufenden Gäste auf, sich zu setzen. Ohne Erfolg.

Der Typ vom polizeilichen Bereitschaftsdienst meldete sich. »Es kommen zwei Kommissare vom Revier Potsdam. Etwa 'ne Stunde.«

Müller bemühte sich um Ruhe. Abendessen konnte er sich abschminken, seine Frau würde ihm kalt gewordene Bratkartoffeln hinstellen. Er suchte eine Stelle, wo er den Anker werfen konnte. Dann sagte er durch den Lautsprecher: »Meine Damen und Herren, eine Frau ist ertrunken. Die Polizei möchte, dass wir noch ein wenig bleiben. Die Bar ist weiterhin geöffnet.«

Glühweinbar, überhöhte Preise, lauwarme, gepanschte Getränke, hatte der Witzbold von Wirt auf ein Schild gemalt. Jetzt lachte niemand mehr.

Müller wollte gerade zu Hause anrufen, da kam eine ältere Frau, die ihren Oberkörper glühweintrunken bis aufs Top entkleidet hatte, auf ihn zu.

»Haben Sie schon öfters mit Wasserleichen …« Sie deutete hektisch auf die schwarze Havel, wobei die welke Haut am Arm hin- und herschwang. »Wie lange dauert es denn, bis die wieder hochkommen?«

2.

Der Klingelton seines Handys riss Kriminalhauptkommissar Uwe Wolff aus dem ersten Schlaf.

»Wasserleiche in der Havel, kurz vor der Glienicker Brücke«, sagte der Kollege vom Ersten Zugriff. »Der Kapitän von so 'nem Vergnügungsschiff hat sie gemeldet.«

»Sicher, dass sie nicht auf Berliner Seite schwimmt?«

»Pech für dich. Die Leiche ist schon über die Grenze.« Nach der monotonen Stimme zu urteilen, war der Kollege genauso müde wie Wolff selbst. »Bist du endlich hoch, Uwe?«

Wolff gähnte laut und schwang seine Beine aus dem Bett. »Wo ist der Dampfer jetzt?«

»Ankert vor der Brücke.«

»Auf alkoholisierte Zeugen auf so 'nem Kahn hab ich keinen Bock«, fauchte Wolff. »Es sei denn, sie haben jemand über Bord geworfen.«

»Soll der Käpt'n mit seinem Dampfer nun warten?« Leicht ironisches Heben der Stimme. Der Kollege saß trocken und warm in der Polizeizentrale, was im Dezember einen deutlichen Lagevorteil ausmachte.

»Sag Sven Bescheid.« Wolffs vierundzwanzigjähriger Kollege Sven Noack war gerade zum Kommissar auf Lebenszeit ernannt worden und würde bei solch einem Weckruf bestimmt nicht ins Handy gähnen.

Wolff ging ins Bad, kniff im hellen Licht die Augen zusammen und überlegte, ob es lohnte, sich zu rasieren. Falls sich die Wasserleiche als natürlicher Todesfall oder eindeutiger Selbstmord herausstellen sollte, wäre er in zwei bis drei Stunden wieder im Bett. Aber es konnte auch ein voller Arbeitstag werden.

»Hallo, da bin ich wieder, und die Sorgen sind auch schon

da«, begrüßte er sein Spiegelbild und fuhr mit dem Rasierer über die ergrauten Stoppeln. Immerhin hatte er volle, wenn auch fast weiße Haare, die sich ungestutzt zu Locken kringelten, auf die sogar seine Friseurin neidisch war. Wolff klatschte sich kaltes Wasser ins Gesicht.

Wasserleiche, hoffentlich nicht so aufgeschwemmt, dass die Identifizierung schwierig würde. Die Bestrafung für einen relativ ruhigen Feierabend, an dem er im Wohnzimmer seine Eisenbahnanlage mit weiteren Gleisen ausgebaut und die neue Märklin-Dampflokomotive, Baureihe 01, hatte fahren lassen. »Warum bloß spielen Männer gern mit Modelleisenbahnen?«, hatte seine Exfrau Hannelore gestöhnt. *Macht halt Spaß und entspannt,* dachte er.

Als Wolff aus seiner Wohnung in der nördlichen Altstadt Potsdams trat, schlug ihm feuchte Dezemberluft entgegen. Es war stockdunkel und still. Er stieg in seinen alten Mercedes, weil er keine Lust hatte, sich erst einen Einsatzwagen vom Polizeirevier zu holen, und fuhr nach Babelsberg. Kurz vor der Glienicker Brücke stellte er den Wagen an der Berliner Straße ab, und ging zu Fuß weiter. Genau hier, in der Mitte der Brücke, verlief die Grenze zwischen Brandenburg und Berlin. An der Havel-Böschung standen Einsatzwagen mit rotierenden Lichtern, die Lichtfetzen auf die mächtige grüne Stahlkonstruktion warfen.

Wolff blickte hinunter aufs Wasser. Auf dem Tiefen See, direkt gegenüber dem Park Babelsberg, lag das Ausflugsboot. Von Vergnügen keine Spur mehr. Einige Gäste standen auf dem Oberdeck, andere hatten sich in die Gastronomie zurückgezogen. Alles auf dem Schiff wirkte wie erstarrt, als habe man plötzlich einen Film angehalten.

Die Schutzpolizei hatte Scheinwerfer aufgestellt. Der Wagen der Spurensicherung traf ein, zwei Männer zogen sich weiße

Schutzanzüge über. Ein Hornsignal ertönte, die Wasserschutzpolizei kam mit ihrem Motorboot heran und bemühte sich, den toten Körper zu bergen. Wolff stieg neben der Brücke hinunter zum Wasser. Er würde die Leiche nicht in ihrer ursprünglichen Lage am Tatort sehen. Aber Wasserleichen waren ohnehin oft so stark verwest, dass allein der Rechtsmediziner noch Rückschlüsse auf den Tathergang ziehen konnte. Wolff zog sein digitales Funkgerät heraus und nahm Kontakt auf.

»Habt ihr den Toten?«

»Kein Mann«, antwortete der Kollege. »Die Frau ist halb in ein Laken gewickelt.«

Wolff nahm sein Fernglas. Jetzt drehte das Polizeiboot, und er konnte die Tote sehen. Der untere Teil des Körpers war tatsächlich eingewickelt. Wolff fühlte, wie sich sein Herzschlag beschleunigte, spürte, wie sich die Sinne schärften, wie alles in ihm auf Wahrnehmung schaltete. Zugeben würde er es nie, dass selbst er, Leiter einer Mordkommission, immer noch dieses Kribbeln, den schnellen Herzschlag spürte. Aber genau dieses Gefühl war es, warum er mit seinen sechsundfünfzig Jahren nicht in den Innendienst ging.

Als der Polizeischwimmer die Leiche heranholte, sah Wolff rotes Haar auf dem Wasser treiben. Und Hände mit gekrümmten Fingern, die von den leichten Wellen auf und ab bewegt wurden, als würden sie winken.

3.

»Die letzte Tour vor Weihnachten«, sagte der Kapitän, ein kahlköpfiger Mann um die sechzig, zu Wolff. »Und jetzt so ein Unglück!« Er gähnte und schlug sich auf den Mund. »Entschuldigung, bin bettreif.«

»Sie müssen mit Ihrem Schiff noch ein bisschen bleiben.«

Wolff hatte sich mit dem Polizeiboot zur *Havelkönigin* bringen lassen. Der Kapitän und seine Passagiere waren für kurze Zeit zu einer Zweckgemeinschaft zusammengeschweißt, und das musste er ausnutzen.

»Fahr seit vierzig Jahren.« Müller fasste sich an sein abstehendes Ohr. »Das hier is die fünfte Leiche. Zwei sind bei Gewitter gekentert und nicht unterm Boot rausgekommen, dann gab's 'nen Herzinfarkt und 'nen besoffenen Matrosen, der hat beim Pinkeln 'nen Köpper über die Reling gemacht. War Winter, und der is gleich erstarrt.« Müller hielt inne. »Aber so 'ne eingewickelte Frau, die mir entgegentreibt, nee.« Er schüttelte betrübt den Kopf.

Wolff machte ein kurzes Protokoll, sagte, dass er den Mann vielleicht noch als Zeugen brauche, das machte sich immer gut. »Darf ich mal an Ihren Lautsprecher?«

Müller nickte und deutete auf die Anlage.

»Kriminalpolizei«, sagte Wolff ins Mikrofon. »Meine Damen und Herren, eine Frau ist tot. Wir wissen nicht, wer sie ist. Vielleicht können Sie uns weiterhelfen. Sie haben die Tote entdeckt.«

Dann mischte er sich unter die Fahrgäste und ließ seine Augen herumwandern. Einige Männer hatten sich für die Abendfahrt in den Smoking geworfen, die Frauen waren in Seide und Glitzer, was im bizarren Kontrast zu den fahl wirkenden Gesichtern und der angespannten Haltung stand. Einer erzählte von einem unfreiwilligen Aufenthalt im Intercity wegen eines Schienenunfalls, mehrere Passagiere telefonierten, und alle warteten auf die erlösende Mitteilung, dass es endlich weiterging.

»Ist das mit der Frau denn Mord?« Ein Mann, dessen Hemd Essensspuren zeigte, musterte Wolff, ein Schnapsglas in der Hand.

»Kann schon sein.«

Der Typ vergaß, seinen Klaren zu kippen, und starrte ihn an. »Mit Spionen hat das wohl nichts zu tun?«, spielte er bemüht scherzhaft auf die »Agentenbrücke« an.

Wolff hob grinsend die Schultern und ließ sie fallen. »Die Leute wurden nicht ins Wasser geworfen, sondern zwischen Ost und West ausgetauscht. Und seit Ende der Achtziger gar nicht mehr, es sei denn im Film.« Es war immer gut, auf Zeugen einzugehen. »Haben Sie 'nen Tipp für mich?«

Der Mann zuckte mit den Achseln. »Eine Frau hat geschrien, wir sind alle zur Reling. Und da schwamm jemand, halb eingewickelt.«

»Vielen Dank«, sagte Wolff höflich. Vermutlich hatte der Mann mit seiner unergiebigen Aussage das Ergebnis seiner Befragungen vorweggenommen.

Kommissar Sven Noack war im Beiboot der Wasserschutzpolizei aufs Schiff gebracht worden. Trotz Steppjacke und Stiefeln kletterte er lässig die herabgelassene Leiter hoch und schwang sich über die Reling. Wolff hatte auf eine Flanke verzichtet. Dreißig Jahre Leben lagen zwischen ihnen. Sven trug seine Brille, was selten vorkam, offensichtlich hatte er es nicht geschafft, sich noch schnell die Kontaktlinsen einzusetzen. Er warf einen ruhigen, prüfenden Blick rundum, kam dann auf Wolff zu und gab ihm die Hand. Er war kein Typ, der knuffte oder einfach nur hallo oder hi sagte.

»Von den Gästen weiß wahrscheinlich niemand was, da sind wir schnell durch«, sagte Wolff. »Nimm du dir die Leute oben vor.«

Mehr brauchte es nicht. Sven stieg aufs Deck. Es hatte ein wenig gedauert, bis Wolff mit dem zielstrebigen, jungen Mann warm geworden war, aber zu dessen Qualitäten gehörte es, keine unnötigen Fragen zu stellen und sofort seinen Platz bei den Ermittlungen zu finden.

Eine für die Jahreszeit ungewöhnlich gebräunte Blondine mit einem Herrenjackett über den nackten Schultern trat auf Wolff zu. »Hab die Tote durchs Fernglas entdeckt. Erst dachte ich, ein angeschwemmter weißer Sack. Dann hab ich die roten Haare gesehen, wie Schlangen auf dem Wasser.«

Wolff dankte für die Aussage, wieder nichts Neues, und ließ sich Namen und Adresse geben, damit er überhaupt etwas in den Einsatzbericht schreiben konnte. Er befragte noch einige Gäste und bekam nichts als Vermutungen: Die Frau ist verschleppt, ins Laken gewickelt und mit Steinen beschwert in die Havel geworfen worden, oder beim Spaziergang überfallen, vergewaltigt, erwürgt und im Wasser entsorgt worden.

Wolff ging auf ein Mineralwasser zur Bar. Sein Kollege stand bereits da und trank Tee.

»Na?«

Sven zuckte die Schultern. Mehr war nicht nötig.

»Gönn dir noch 'ne Mütze Schlaf«, sagte Wolff, aber er wusste, dass Sven in die Direktion fahren und den ersten Bericht tippen würde. Es war drei Uhr in der Nacht.

Hier war für sie nichts mehr zu tun. Wolff gab dem Kapitän die Erlaubnis zur Weiterfahrt und ließ sich ans Ufer bringen.

Ein Kollege von der Schutzpolizei saß im Laderaum eines Polizeikombis. Wolff trat zu ihm und bekam einen Becher Kaffee. Dann setzte er sich auf die Stufen und beobachtete die Kollegen von der Spurensicherung, die die Tote auf einer Plane abgelegt hatten. Der Polizeifotograf stellte seine Lampen und Geräte auf. Im Scheinwerferlicht sah Wolff das auffällig rote, lange Haar, das um Hals und Brust der Toten klebte.

Das rote Haar erinnerte ihn an das rotblonde Haar von Katja Eickelbaum, Oberkommissarin und dynamisches Mitglied seines Teams. Bis sie bei einem Streit mit ihrem angetrunkenen Freund ausgerastet war und ihn in Jiu-Jitsu-Technik so heftig angegriffen hatte, dass der Typ mit dem Kopf auf der Tischplatte und dann auf dem Steinboden aufschlug. Die Strafanzeige seines Rechtsanwalts lautete auf versuchten Totschlag. Der Direktionsleiter hatte Katja zwangsweise vom Dienst beurlaubt, bis der Vorwurf geklärt wäre. Wolff seufzte. Er wollte Katja zurück im Team haben.

Die Kollegen von der Spusi hatten den Stoff vom unteren Teil der Leiche entfernt und waren dabei, Proben vom Laken und der Bekleidung zu nehmen, nach Anhaftungen unter den Fingernägeln und am Körper zu suchen. Erst dann wäre er an der Reihe. Wolff wollte die Tote sehen, und zwar nicht erst auf dem Seziertisch der Rechtsmedizin, gereinigt, nackt, aufgeschnitten. Er schlürfte den heißen Kaffee und bemühte sich um Geduld.

Das rote Haar lag jetzt ausgebreitet wie ein Fächer um den Kopf der toten Frau. Wieder dachte Wolff an Katja. Nach dem Streit mit ihrem Freund war sie in die Direktion geflüchtet und hatte ausgerechnet auf Wolffs Chaiselongue in einer Ecke seines Dienstzimmers übernachten wollen. Er war nichtsahnend hinzugekommen, wollte in der Abschlussphase eines Mordfalls noch war recherchieren.

Auf seiner Chaiselongue lag Katja und starrte ihn mit aufgerissenen Augen an.

»Was machst du denn hier?« Blöde Frage. Katja wäre bestimmt nicht hier, wenn sie in ihrem eigenen Bett schlafen könnte.

»Zoff«, sagte sie schluchzend. »Er war betrunken, hat mich angebrüllt und geschüttelt, dass ich keine Überstunden mache, sondern mich rumtreibe. Dann ist er auf mich los … Und dann hab ich ihm eine verpasst.«

»Und?«

»Er ist gestolpert, mit dem Kopf auf den Steinboden. Total viel Blut.«

»Tot ist er aber nicht?«

Heftiges Kopfschütteln. »Mein Gott, ich hätt ihn umbringen können!« Das Schluchzen schüttelte sie geradezu. »Er zeigt mich an. Ich fliege raus.«

Dann hatten sie zur Beruhigung Alkohol getrunken. »Schwarzer Kirschgeist, hat meine Mutter gebraut.«

Dann hatte sie ihn aufgefordert, sich neben sie zu setzen.

»Es war doch bestimmt Notwehr, Katja?«

»Weiß nicht, ging alles so schnell.« Sie kroch heran, als suche sie Schutz, näher, noch näher.

»Ist ja gut.« Ihm blieb nichts übrig, als sie in die Arme zu nehmen.

»Hab gar nicht gewusst, dass du so nett sein kannst.« Ihre Nase bohrte sich in sein Ohr.

Er spürte ihren Atem wie einen warmen, zarten Hauch. Der Drang zur Vernunft wurde kleiner.

Katja griff in seine Haare. »Man kann so schön darin wühlen.«

Er ließ sie machen. Es war zu spät. Ihre verweinten Züge hatten sich gelöst, ihre Verspannung wich. Da sah er, dass ihr helles T-Shirt fleckig war. Rotfleckig.

»Ich hatte mein Rotweinglas stehen, er hat es genommen und gegen mich … ach, egal jetzt.«

Ein geschleudertes Glas war ein Angriff. Katja durfte Notwehr üben. Das fleckige Shirt sollte aus. Es zeugte von Gewalt gegen eine Frau. Das Gefühl, einen Fehler zu machen, war verflogen. Ein anderes Gefühl war da, das jeden Gedanken an den herannahenden Arbeitstag verdrängte. Das Shirt ist ein Beweismittel, war der letzte Gedanke, den sein Kriminalistengehirn ihm funkte. Dann war er bei ihr.

Sie flüchteten zueinander. Katja, weg von ihrem gewalttätigen Mann, hin zu Zärtlichkeit, Wärme, Schutz. Er, weg von dem Gedanken an den Fehler, den er machte, hin zum Augenblick voll Lust. Nichts anderes war mehr da als eine riesige Kraft, die ihn zu ihr trieb und sie zu ihm. Sie versanken ineinander, er in ihr, sie in ihm.

»Kati«, sagte er und lächelte.

»Hey, Uwe.«

»Hey, bist du eingepennt?«

Einen kleinen Augenblick lang saß Wolff noch auf den Stufen des Streifenwagens, die steifen Finger um den Kaffeebecher gelegt, dachte an blitzende grüne Augen und sehnte sich danach, sein Gesicht in Katjas rotblondes Haar zu versenken.

Die Spusi war fertig. Wolff ging zur Leiche. Wie immer vermied er zunächst den Blick in die toten Augen und betrachtete das neben der Toten liegende Laken. Der Mörder hatte die Frau eingewickelt, um sie vom Tatort wegzuschaffen, hatte sie mit Steinen beschwert, weit oberhalb der Fundstelle in die Havel geworfen. Das obere Laken hatte sich im Wasser gelöst. Die Frau hatte ein schwarzes Sporthemd an und Funktionsunterwäsche mit Leggins. *Joggerin,* dachte Wolff.

Deutlich war ein roter Striemen um den Hals zu erkennen. Todesart klar. Die Frau war mit einem Draht erdrosselt worden.

Wolff hockte sich neben die Leiche und hielt eine Weile still. Trotz langer Gewöhnung an den Tod fühlte er sich beklommen. Das nasse rote Haar täuschte eine unwirkliche Lebendigkeit vor. Die grauweiße Haut von Gesicht und Händen, wegen der Kälte noch wenig aufgedunsen, wirkte dagegen künstlich wie schmutziges Plastik. Dann machte er einige Fotos mit dem Handy. Die hellgrünen, trüben Augen würde er so lange vor sich sehen, bis er den Täter hätte.

4.

Eine erhobene Faust im Direktangriff.

»Du betrügst mich«, schreit der Mann. Er hat ein Messer in der Faust. Es glänzt und funkelt.

»Ich verlasse dich«, sagt sie.

Der Mann kommt auf sie zu, bleckt die Zähne. Gleich hat er sie verschlungen.

»Hau ab. Du bist besoffen.«

Der Mann schwingt das Messer. »Na, Kommissarin, jetzt hilft die Knarre nicht mehr.«

»Uwe, Hilfe!«

»Zu spät«, grinst er.

»U-we-he!« Ihre Stimme erstirbt. Das Messer glitzert. Gleich ritzt es ihre Haut.

Ein Knall. Sie hat geschossen.

Er kippt um. Alles wird blutrot.

»Du bekommst deine Strafe noch.« Eine metallisch hallende Stimme. »Lebenslänglich.« Schlüsseldrehen im Schloss.

Alles wird schwarz und eng. Gefangen. Immer enger wird es. Sie kann nicht mehr atmen. Aus. Tot.

»Hilfe!« Katja Eickelbaum fuhr hoch. Zugleich sprang Moritz, der schwarzweiße Kater, von ihrer Bettdecke. »Nichts als ein Traum«, flüsterte sie, »ich hab ihn nicht umgebracht.« Ihr Herz raste.

Sie legte sich zurück ins Kissen. Ihr war übel von den Schlaftabletten, die sie seit dem schrecklichen Abend nahm, um die Nächte zu überstehen, dazu Rotwein. Katja rollte auf die Seite, stöhnte auf, als sich das Zimmer um sie drehte und ätzendes Sodbrennen hochstieg. Vorsichtig erhob sie sich, schlich den Flur entlang zum Bad, füllte das Zahnputzglas mit kaltem Wasser, trank. Ihr Gesicht im Spiegel war bleich, ihre Lippen blass, das rotblonde Haar strähnig.

Des versuchten Totschlags an ihrem Freund beschuldigt! Was für eine Katastrophe für eine Kommissarin.

5.

Zur selben Zeit holte Wolff sich das letzte Stück Kirschstreusel, seinen Lieblingskuchen, aus dem Kühlschrank in der Kaffeeküche. Auf dem Weg von der Glienicker Brücke zum Polizeirevier Potsdam in der Henning-von-Tresckow-Straße hatte er überlegt, noch einen Abstecher ins Bett zu machen. Es war kurz vor sechs, stockdunkel und feuchtkalt. *Ich bin auf Arbeit,* dachte er dann, des Gedankens kurzer Sinn: Die Nacht ist dahin.

Er betrat sein Dienstzimmer, schaltete das gesamte Licht an in der Hoffnung, dass ihn die Helligkeit wach halten würde, bis die ersten Erkenntnisse kämen. Er fuhr den PC hoch, sah, dass Sven bereits den Einsatzbericht geschickt hatte. Das Lesen ersparte sich Wolff, er hatte genug von der angetrunkenen Truppe auf dem Ausflugsdampfer.

Ein Smiley sprang ihm entgegen. Seit Katja zwangsweise vom Dienst beurlaubt war, schickte sie ständig Fotos von Dingen, die Wolff nie fotografiert hätte. Ein Teller mit Schweinebraten und Kraut, zubereitet von seiner Mutter. Er selbst hatte Katja nach dem Drama angeboten, vorübergehend zu seiner Mutter auf deren Bauernhof bei Belzig zu ziehen. Aber mit Details des monotonen ländlichen Lebens wollte er nicht ständig konfrontiert werden, er kannte es aus seiner Kindheit. Ein Foto von einer weiten winterleeren Landschaft deprimierte Wolff geradezu. War er zu weit gegangen, die plötzlich wohnungslose Katja zu seiner Mutter zu schicken? Verstand sie das als familiäre Zugehörigkeit und Aufforderung, sein Postfach mit grafischen Darstellungen unterschiedlicher Gesichtsausdrücke zu fluten? Das heutige Smiley zeigte schockiert aufgerissene Augen, eine blaue Träne und einen offenen Schlund. Wolff löschte das traurige Gesicht, machte die Kaffeemaschine an, stellte den Kirschkuchen auf seinen Besprechungstisch. Wie gern hätte er sich jetzt auf seiner Chaiselongue ausgestreckt. Die *Tschäselong,* Hinterlassenschaft seiner Großeltern, hatte viele Jahre auf dem Dachboden gestanden, bis er sich an sie erinnerte und bemerkte, dass sie sich wunderbar für eine kurze Pause eignete. Aber nach der fatalen aufregenden Nacht mit Katja auf weinrotem Samt hatte er die *Tschäse* aus seinem Dienstzimmer entfernt.

Wolff lehnte sich in seinem Schreibtischstuhl zurück und schloss die Augen. Da klopfte es. Nach kurzer Wartezeit trat Sven ein und räusperte sich betont.

»Bin müde«, knurrte Wolff. »Oder hast du eine brandheiße Neuigkeit?«

»Ich habe beim Vermisstendezernat nachgefragt, ob eine Person gesucht wird, deren Beschreibung auf die tote Frau passt«, sagte Sven in seinem akkuraten Polizeischuldeutsch.

»Das nennst du brandheiß?«

»Ich habe noch etwas. Aber das kann ich dir natürlich auch später erzählen.«

Sven blieb stehen. Er war jetzt ein Jahr im Kommissariat und ließ sich nicht mehr so leicht einschüchtern. Wahrscheinlich der Einfluss von Katja, die sich nie von einem Vorgesetzten davon abhalten ließ, ihre Ermittlungen wortreich zu schildern. Wolff dachte an aufgerissene grüne Augen und hochgezogene Brauen.

»Nun mach schon.« Er verschränkte die Arme hinter dem Nacken.

»Vermisst wird eine chinesische Touristin, die zuletzt im Park Sanssouci gesehen wurde. Außerdem ist eine vierundsechzigjährige Hausfrau nach dem Einkaufen nicht zurückgekommen«, berichtete Sven ausgiebig, anscheinend, um es spannend zu machen. »Gestern Abend ist eine Sechzehnjährige nach der Disco verschwunden.«

Wolff rieb sich die Augen und gähnte. »Wir haben einen Mord an einer Frau zwischen dreißig und vierzig mit roten Haaren aufzuklären.«

Sven setzte sich an den langen weißen Tisch. Drumherum standen zwölf Stühle für die morgendlichen Besprechungen aller Mitglieder des Kommissariats. Der junge Kollege zeigte jetzt ein kleines stolzes Lächeln.

»Ich habe noch mal alle Direktionen durchtelefoniert, ob nicht frisch eine Vermisstenanzeige eingegangen ist.« Kurze Pause. »Eine Journalistin von *trendy* …« Er fügte offensichtlich für seinen weltfremden Vorgesetzten hinzu: »*trendy* ist eine Lifestyle-Zeitschrift. Also die Journalistin ist gestern frühmorgens zum Joggen gegangen und nicht zurückgekehrt. Die Hauswartsfrau, Edith Krawitz heißt sie, fand es merkwürdig, dass sie von der Journalistin nichts mehr gehört und gesehen hat. Kein Licht in der Wohnung, kein Geräusch, nichts.«

Joggerin? Wolff schoss geradezu hoch in aufrechte Stellung. »Wie heißt diese Journalistin? Wie alt? Besondere Merkmale?« Um nicht unruhig zu wirken, ging er zum Whiteboard, auf dem er die wesentlichen Ermittlungsschritte vermerkte.

»Die Journalistin heißt Britta Fuchs. Ich weiß natürlich nicht, ob das unsere Leiche ist, aber …«

»Nun nimm dir schon Kaffee und Kuchen«, knurrte Wolff. »Hat die Hauswartsfrau sie nicht beschrieben?«

»Ja, doch. Ungefähr Mitte dreißig.«

»Haarfarbe?«

»Frau Krawitz hat gesagt …« Sven zeigte einen in die Höhe gestreckten Daumen, »das Auffälligste an Britta Fuchs sind ihre langen roten Haare.«

Wolff spürte, wie eine Welle ihn durchfuhr. *Britta Fuchs, Journalistin,* schrieb er ans Whiteboard. *trendy.*

»*trendy* ist ein Klatschblatt«, berichtete Sven. »Mode, Rezepte, ein bisschen populäre Medizin, Psychologie und vor allem Prominenten-Geschichten, echte oder erfundene.«

»Okay. Fahr zu der Krawitz und nimm ein Foto von der Rechtsmedizin mit. Nur vom Kopf. Doris Bahlke soll dir ein schönes Foto machen.« Die Rechtsmedizinerin war Wolffs alte Freundin. Nach kurzer gemeinsamer Vergangenheit vor dreißig Jahren war eine bewährte kameradschaftliche Verbundenheit zwischen ihnen entstanden.

Sven zeigte ein leichtes Grinsen. »Einen aufgeklappten Schädel zeige ich der Frau Krawitz bestimmt nicht.«

6.

Emma von Burgsdorff lockerte ihr Gummi, das ihre dunkelbraunen Haare zusammenhielt, und seufzte leise. Schon wieder dieses Druckgefühl im Kopf, das manchmal mit einer Pause und Entspannung der Gesichtsmuskulatur zu lösen war, sich aber auch zu einer Migräne auswachsen konnte. Emma ließ den Pinsel sinken, trat einen Schritt von ihrer Staffelei zurück, betrachtete ihr Werk. Es hieß »Der Kuss« und zeigte eine junge Frau und einen jungen Mann, die sich unter einer Gewitterfront umarmten, um sie herum eine riesige irisierende Seifenblase. Irgendwann würde sie zerplatzen, das wusste Emma aus eigener schmerzlicher Erfahrung, und das Paar würde nicht mehr küssen und die Lichter der Stadt im Hintergrund würden nicht mehr verführerisch schillern.

Hör auf, du undankbare Frau, befahl sich Emma. Wer in ihrer Situation unglücklich war, dem war nicht zu helfen. Studentin an der größten Kunsthochschule Europas, Universität der Künste Berlin, mittlerweile im sechzehnten Semester, ohne die Urlaubssemester, in denen sie sich nach dem Tod ihres Großvaters in die Verwaltung von dessen großen Kunstbesitz und Kunsthandel eingearbeitet hatte. Emmas Vater hatte die Dreigenerationenfolge unterbrochen, wollte nicht ererbte Kunstgegenstände sammeln oder gewinnbringend verkaufen, sondern hatte in seinen Dreißigern ihre Mutter verlassen, um Gastwirt auf Formentera zu werden.

Emma ließ sich in den Ohrensessel fallen, auch ein Erbstück, so wie dieses mit Antiquitäten vollgestellte Riesenhaus, das die Aura von satter Bürgerlichkeit, altem Geld und einer gewissen Weltfremdheit verbreitete.

Sie lebte wieder allein. Vor zwei Monaten hatte sie sich von Marc getrennt, der hier probeweise ein Gästezimmer bewohnt hatte. Sie war verliebt, er witterte ein lukratives Geschäft. Marc, angeblich für die Öffentlichkeitsarbeit einer Hotelkette verantwortlich, spazierte in die Galerie von Arthur Kamphausen, Emmas väterlichem Freund und Berater, herein, die sie zuvor betreten hatte. Tatsächlich war er ihr gefolgt, weil er vorher Erkundigungen eingezogen hatte. Marc war zehn Jahre älter als sie, um Dimensionen tüchtiger, weil er nichts als seine einfache Herkunft abstreifen wollte und Emma als geeignete Vermittlerin zum besseren Leben erblickt hatte. Sie bemerkte es zu spät. Marc hatte einen wunderbar offenen Blick, gab sich höflich und charmant, fixierte nicht Busen und Po, sondern machte ein Kompliment über Emmas schöne Hände mit den langen Fingern, ihre nette Art zu lachen. Er wirkte selbstsicher und ließ schon bei den ersten Treffen keine Zweifel aufkommen, dass Emma die Frau wäre, auf die er gewartet hatte. Und sie? Verliebt und naiv hatte sie ihre Herkunft aus alteingesessener Familie zur Schau getragen, sich mit einem Artikel im Lifestyle-Magazin *trendy* gebrüstet: Emma von Burgsdorff auf der Freitreppe unter den Porträts ihrer Vorfahren, im parkähnlichen Garten mit Blick auf den Tiefen See, im farbbesprenkelten Malerkittel vor der Staffelei. Eine freundliche Berichterstattung über die junge, von ihren Eltern verlassene Erbin, die versuchte, ihre künstlerischen Ambitionen mit der Fortführung des Kunsthandels ihres Urgroßvaters und Großvaters zu verbinden.

Nach zwei Wochen lieh Marc sich Geld von ihr, um einen kurzfristigen Engpass in der Finanzierung einer Immobilie zu überbrücken. Das Geld zahlte er vereinbarungsgemäß zurück, auch den nächsten Kredit. Dann aber setzte sich sein Vermögensverwalter mit Marcs Anlagen ab. »Wenn du mir nicht hilfst, bin ich verloren.« Unterdrücktes Schluchzen.

Emotionale Erpressung, hatte Emmas Therapeut das genannt. Emma half ihrem Freund und dann war Marc abgehauen. »Warum haben Sie sich nicht seine Geschäftsräume, seine schicke Penthouse-Wohnung zeigen lassen?«, fragte der Therapeut. »Warum haben Sie seine Freunde und Familie nicht kennengelernt? Warum haben Sie sich nicht einen Schuldschein ausstellen lassen?« Warum, warum?

Emma versuchte, den Schmerz mit exzessivem Malen zu betäuben, musste sich aber eingestehen, dass ihr die Leidenschaft fehlte, um vor der Staffelei die Welt zu vergessen. *Jetzt male ich aber,* sagte sie sich immer wieder, legte den Kittel an, nahm Pinsel und Farbe. Emma machte ein paar Alibi-Schwünge auf der Leinwand in Graublau bis Dunkelgrau – das Gewitter über dem küssenden Paar zog sich zusammen – da rief der Galerist Arthur Kamphausen an. Morgen sei die Vernissage eines zeitgenössischen mexikanischen Malers, dessen abstrakte Gemälde hervorragend in ihre Sammlung passen würden. Emma war dankbar für die Ablenkung. Dann könnte sie Kamphausen, ihren Kunstberater, auch gleich fragen, ob er die Erhöhung der Versicherungsprämie für die Frauenporträts von Orlowsky für angemessen hielt. Emma reinigte ihre Pinsel mit Künstlerseife, steckte sie in die Malertasche und nahm sich vor, alsbald weiterzumalen und keine Gedanken mehr an ihr Liebesdesaster mit Marc zu verschwenden.

Auf den Treppenstufen, die zum Eingang der Galerie Kamphausen führten, standen Kübel mit immergrünen Lorbeerbüschen, die trotz des grauen nassen Wetters eine südländische Atmosphäre verbreiteten. Die Tür war angelehnt. Der Galerist öffnete seine Ausstellungsräume von zehn bis sechs und ließ auch zufällig vorbeikommende Passanten in Ruhe die Exponate anschauen.

Emma schätzte Kamphausen, er gehörte zu den alteingesessenen Galeristen, die das Auf und Ab in der Kunstszene wirtschaftlich gut überstanden hatten. Arthur, der früher selbst gemalt hatte, war nicht nur der eiskalte Geschäftemacher, der Kunstgegenstände als Ware dealte, sondern bot öfter einen unbekannten Künstler zu Einsteigerpreisen an, um eine Nachfrage zu schaffen. Emma wusste, dass manche Künstler unrealistische Vorstellungen hatten, und öfter musste sie Kamphausen zu Hilfe rufen, damit er einen angemessenen Preis für ein Werk schätzte. *Kunst und Knete,* dachte Emma bewundernd, *die Mischung hat Arthur perfekt drauf.*

Kamphausen kam diesmal nicht in den Ausstellungsraum, was Emma verwunderte, sie hatte sich doch telefonisch angekündigt. Sie schlenderte umher, betrachtete die von einer Malerin aus Dresden auf die Leinwand gebrachten Landschaftseindrücke. Die Ateliers und Galerien in Leipzig, Halle und Dresden galten mittlerweile in Sammlerkreisen als erste Adresse. Voller Neid las Emma, dass die Malerin 1990 geboren war, genauso wie sie selbst. Abends zog die bestimmt die Kellnerschürze über, um sich ihre Kunst leisten zu können. Emma selbst lebte im Luxus, konnte ohne finanziellen Druck malen. Arthur hätte auch ihre Werke ausgestellt – hätte, hätte …

Emma verließ den Ausstellungsraum durch eine Flügeltür, die nur angelehnt war.

»Arthur«, rief sie mehrfach, »ich bin's, Emma.« Sie stieg die Treppe zum ausgebauten Souterrain hinunter, dort lagerte das Geschäftliche der Galerie. »Arthur?«

Sie fand ihn auf einem Schemel sitzend in einem mit Tresoren und Spezialschlössern gesicherten Bunkerraum, in dem Kamphausen die wertvollsten Stücke aufbewahrte. Das helle Licht strahlte auf ein Werk, das auf einem Podest stand. Das Gemälde schien den Galeristen so zu faszinieren, dass er Emma nicht bemerkte. Neben Kamphausen stand ein Glas mit einem funkelnden Getränk. Sie wusste, dass es nur Champagner sein konnte. Wie mit einer neuen, geheimen Geliebten. Wieder spürte Emma Eifersucht, nicht weil sie in Kamphausen verliebt gewesen wäre, sondern auf die starken Gefühle, die Kunst in ihm hervorrufen konnte.

Sie trat an ihn heran und tippte ihm sanft auf die Schulter.

»Emma!« Kamphausen zuckte zusammen. »Ich habe noch gar nicht mit dir gerechnet.«

Sie lachte gezwungen, weil sie den Galeristen unangenehm überrascht hatte. Sie wollte noch einen Blick auf das Gemälde werfen, das Kamphausen so faszinierte, aber er löschte schnell das Licht und sie erkannte nur noch großformatige Umrisse.

»Ich taxiere gerade ein Bild für einen Verkauf an einen arabischen Kunden«, sagte Kamphausen. »Der ist total kunstverrückt und spuckt auch sechsstellige Preise aus für eine Amour fou.«

Er wandte sich ab von dem Bild und stieg die Treppe hoch zu den Ausstellungsräumen.

»Du wolltest mir doch einen Kauf von einem neuen Maler vermitteln«, sagte sie.

»Ah, ja.« Der Galerist lächelte zerstreut, setzte seine auf einem Sekretär liegende Designer-Brille auf und schaltete den PC ein. »Pedro Fernandez. Starke Farben, wuchtige Strichführung. Du kommst doch morgen auf die Vernissage?«

Emma nickte und betrachtete Abbildungen der Werke auf dem Bildschirm. Orangegelb glitzernde Lichter einer Stadt, die sich in Pfützen brachen, weiße Häuschen am Fluss, nach oben und unten in graublaues Wasser und graublauen Himmel verlaufende Konturen, unterschiedliche Rechtecke in vielen Tönen. Ein einziger Farbenrausch mit unklarer Linienführung und Konturierung.

»Gefällt mir, diese exzessive Art zu malen«, sagte sie.

Aber Kamphausen war schon wieder im Souterrain verschwunden.

7.

Die Frau fixierte ihre Gegnerin, trat an sie heran, beugte die Knie, zog sie aus ihrem Gleichgewicht, hob sie an und warf sie mit kraftvoller Drehung auf den Boden. Es knallte. Hüftwurf. *Koshi-waza*. Rechtsanwältin Verena Starke war *Tori*, die Angreiferin. Regelmäßig trainierte sie Judo im Sportstudio *Satori* in Babelsberg.

Stundenlang hatte sie gegrübelt, wie sie am besten die vom Dienst suspendierte Katja Eickelbaum verteidigen könnte. Wolffs Kollegin sollte versucht haben, ihren Exfreund bei einem Streit zu töten. Eine Verurteilung würde das berufliche Aus für die Oberkommissarin bedeuten. Verena hatte Erfahrung in der Strafverteidigung. Vor zwei Jahren war sie nach Babelsberg gekommen und hatte einen unschuldig in Verdacht geratenen Ehemann einer getöteten Schauspielerin erfolgreich verteidigt. Dumm war nur, dass sie sich fast in den Mann verliebt hätte, der sich später als Mörder herausstellte. Das Ende war blutig und Kommissar Wolff hatte sie bei einer Verfolgungsjagd gerade noch aus der Gewalt des Mörders befreien können. Seitdem bestand zwischen ihr und dem Kommissar eine kollegiale Freundschaft. Jetzt hatte er ihr ein schweres Mandat anvertraut.

Verena brauchte einen Ort, um Dampf abzulassen. Sie und ihre Gegnerin trugen beide den blauen Gürtel. Selbst mit ihren Einsachtundfünfzig war Verena in der Lage, ihre einen Kopf größere Partnerin auf die Matte zu werfen. Zierlich und hellblond zu sein war wirklich der Gipfel der Herausforderung. Verena hatte Erfahrung im Unterschätztwerden, deshalb trainierte sie seit ihrer Kindheit. *Ich bin Verena, klein, blond, geschickt und wendig.*

Ihre Gegnerin erhob sich langsam von der Matte und gab Verena die Hand. »Guter Wurf«, stieß sie hervor.

Jetzt war ihre Partnerin *Tori*. Sie brachte Verena durch Zug der Arme nach vorn aus dem Gleichgewicht, drehte ein und blockierte sie mit der Hüfte, griff das Standbein Verenas mit Schwung an und warf sie über die Hüfte nach vorn auf die Matte. *Koshi-Uchi-mata*.

»Autsch!« Verena fing den Fall nicht optimal ab. Sie blieb einen Augenblick liegen, richtete sich dann auf und massierte ihre Schulter.

»Hast du ein Problem?«, fragte ihre Partnerin.

»Ich hab ein Wahnsinnsmandat.« Den Fall, den Kommissar Wolff ihr anvertraut hatte, würde sie nicht so schnell in den Griff bekommen wie Judo Würfe. Hier übte man mit Gegnern gleichen Könnens nach fairen Regeln. Im tatsächlichen Leben ging es oft alles andere als fair zu. »Stell dir vor: Eine Polizistin reißt ihren Freund beim Streit mit einem Jiu-Jitsu-Angriff nieder, er knallt dumm hin und verletzt sich schwer.«

»Unfair, wenn der Freund kein Jiu Jitsu kann.«

Verena fühlte sich gezwungen, ihre Mandantin zu verteidigen. »Ihr Freund hat sie beschimpft, bedroht, hat ein Glas gegen sie geworfen. Da ist sie ausgerastet.«

Die Partnerin zog die Brauen hoch und sagte nichts.

»Okay, du hast ja recht.«

Verena verdrängte ihre Angst, die durch die missbilligende

Geste ihrer Gegnerin wieder geschürt worden war. Jetzt war Training. Und Disziplin war die hervorragende Eigenschaft einer Judoka. Sie übten noch mehrere Schulter- und Hüftwürfe und die Würgetechnik. Zum Abschluss verneigten sich beide Frauen voreinander. Was lehrte Judo? Nicht durch maximale Kraftanwendung siegen, sondern durch kluges und faires Taktieren.

8.

Zur selben Zeit fütterte Katja Eickelbaum die Schweine auf dem Bauernhof von Wolffs Mutter im Fläming. In der dunklen, nasskalten Jahreszeit waren die Tiere meist im Stall. Katja hatte in der ersten Zeit voller Dankbarkeit, dass Wolff ihr nach dem schrecklichen Ereignis hier eine Bleibe besorgt hatte, die Bäuerin gemimt. Mittlerweile ekelte sie sich vor dem Fressen, einer Mischung aus Sojaschrot, Ackerbohnen und dem Küchenabfall des letzten Tages, die durch aufgeweichtes Fleisch- und Fischmehl einen für Katjas Nase fauligen Geruch hatte. Sie kippte den Inhalt der Metalleimer in die Futterrinne, starrte auf die rosagrauen Rücken der eng aneinandergedrängten schlabbernden Tiere. Schmatzen und Schlürfen.

Das Leben eines Mastschweins, dachte Katja und seufzte.

9.

Die Redaktion der Zeitschrift *trendy* befand sich in einem mehrstöckigen Neubau in der Jägerallee im Zentrum Potsdams. Am Klingeltableau sah Wolff, dass hier auch noch die Redaktionen von Zeitschriften für Slowfood, Hundehalter, populäre Medizin und die Pflege von Nadelbäumen residierten. Er blieb einen Augenblick stehen, um durch die Fenster zu schauen. Bei der Dezemberdunkelheit waren die Großraumbüros beleuchtet, darin standen viele PCs auf Tischen, an denen Redaktionsangehörige saßen, in allen Räumen liefen Mitarbeiter hin und her oder standen diskutierend zu mehreren zusammen. Die Hektik dort erinnerte Wolff an das eilige Berichtetippen, wenn er jemand festgenommen hatte und bis Nachmittag dem Bereitschaftsrichter vorführen musste. Im Polizeijargon hieß das »Annahmeschluss«, in der Welt der Journalisten wohl »Deadline«.

Wolff drückte die Klingel von *trendy*. Bisher war es nur eine Möglichkeit, dass die Frauenleiche aus der Havel bei dem Lifestyle-Magazin als Journalistin gearbeitet hatte. Mehrere Fotos ihres Kopfes – »zum Aussuchen« – hatte ihm Doris geschickt. Fotos zum Vorzeigen, so gut es eben ging. Die Rechtsmedizinerin hatte der Toten die roten Haare gekämmt, die hellgrünen Augen geschlossen, das graue Gesicht retuschiert.

Eine junge Frau mit asiatischen Gesichtszügen öffnete, ohne zu fragen, was er wolle, und rief in einen Raum hinein: »Kati, der Mann vom Vertrieb ist da.«

Im Hintergrund Stimmen, Tastaturklappern, Telefonklingeln. Die Asiatin war verschwunden, dafür kam jetzt eine Frau mit grünen Haaren auf ihn zu. Sie trug einen Stapel Zeitschriften in der Hand.

»Ach, kommt nicht Herr Wegner?«

»Nein.« Wolff zeigte seinen Dienstausweis.

Es dauerte eine Weile, bis die Redakteurin verstand. »Polizei? Aber wieso?«

Wolff unterdrückte den Impuls, Fotos vom Kopf der Toten herauszuholen, und fragte nach dem Chefredakteur von *trendy*.

»Ich bin die Regine von der Slowfood-Redaktion. Die Chefredakteurin von *trendy* ist die Sybille. Ich sag ihr Bescheid.« Sichtlich erleichtert, dass die Polizei nichts von ihr wollte, lief sie den langen Flur entlang und rief: »Sybille, Polizei!«

Wolffs Erwartung, dass jetzt gleich Sybille kommen würde, erfüllte sich nicht.

»Verdammt, wo ist die Britta abgeblieben?«, hörte er eine schrille Frauenstimme. »Morgen ist die Reportage über die Kunstszene dran und ich hab von ihr nur 'ne Einleitung und 'ne Bildunterschrift.«

»Dann tausch den Artikel aus«, sagte ein Mann mit tiefer, angenehm ruhiger Stimme. »Wir haben doch bestimmt 'ne Charity-Veranstaltung, jetzt vor Weihnachten.«

Willkommen in der Welt der Reichen und Schönen, dachte Wolff. Er entschloss sich, zu dem Raum zu gehen, in den die Grünhaarige hineingerufen hatte, und die Chefin herauszuholen. Die Tür war offen, wie alle hier. Vor einer Pinnwand standen drei Frauen, schoben Probeausdrucke hin und her und hefteten sie an anderer Stelle wieder an. An den Fenstern standen Schreibtische, alle mit angeschalteten PCs, obwohl niemand daran saß. In der Ecke befand sich ein runder weißer Besprechungstisch, umgeben von Sitzschalen in Pink, Giftgrün, Sonnengelb. Wolff blieb in der Tür stehen, aber keine der Frauen nahm von ihm Notiz.

»Kriminalpolizei, ich möchte bitte Sybille sprechen.«

Eine hochgewachsene hellblonde Frau in den Vierzigern, die mit dem Rücken zu ihm vor der Pinnwand stand, fuhr herum, starrte ihn an und kam dann auf ihn zu.

»Sybille Cramer.« Sie blinzelte Wolff mit heftigem Lidschlag an. »Sie kommen bestimmt wegen der Rufmordsache. Unsere Zeitschrift hat 'ne Verleumdungsklage am Hals. Wegen der Reportage von Britta über den Max van der Weppen.«

Wolff überlegte, wer Max van der Weppen sein könnte.

»Die Britta ist 'ne Seriöse«, fuhr die Chefredakteurin fort, »nicht dass Sie denken, dass wir hier …«, fünf Lidschläge, »aber da ist sie übers Ziel hinausgeschossen. Er ist ja nicht mehr der Jüngste, der Max, meine ich, und die großen Rollen, nun ja. Trotzdem, ihn als ›abgewrackten Matador‹ zu bezeichnen, das geht nicht. Aber raus ist raus.«

»Ich komme nicht wegen Verleumdung. Können wir irgendwo ungestört reden?«

Sybille Cramer atmete geräuschvoll aus. »Sie kommen im ungünstigsten Augenblick. Wir haben gleich Deadline.«

»Ich habe auch Deadline. Aber anders als Sie denken.« Ohne Ankündigung holte Wolff die Fotos aus der Rechtsmedizin hervor. »Kennen Sie diese Frau?«

»Das ist ja die Britta!«

Der Schreck in den hellblauen Augen zeigte ihm, dass seine Ahnung zutraf. *Identifizierung gelungen,* dachte er.

Die beiden anderen Frauen waren hinzugetreten. Die eine, groß, schmal und mit modischer schwarzer Kastenbrille, zog heftig die Luft ein, die andere, eine Blondgelockte, schaute nicht aufs Foto und sagte: »Buhu.«

»Britta tot?«, rief dann die mit der Brille. »Aber was wollen Sie dann von uns?«

»Die Kripo muss halt auch auf der Arbeit herumfragen.« Die Chefredakteurin lachte nervös. »Ich predige ständig, dass wir mehr glamouröse Berichterstattung machen müssen, wir sind kein Satiremagazin. Und die Eitelkeit der Prominenten ist grenzenlos.«

Sie bringt den Mord an Fuchs in Zusammenhang mit ihrer journalistischen Tätigkeit?, dachte Wolff. »Ich möchte, dass Sie mir ein paar Fragen beantworten. In einer ruhigen Ecke.«

»Gibt's hier nicht.« Cramer schien sich ein wenig gefasst zu haben. »Morgen Vormittag wäre es ruhiger.«

»Verbrechen hält sich nicht an Geschäftszeiten.«

»Okay.« Die Chefredakteurin seufzte. »Gehen wir kurz in die Kaffeeküche.«

Wolff folgte ihr. Als sie den Raum verlassen hatten, hörte er eine der Frauen sagen:

»Britta wollte ja immer was Besseres sein ...«

Am Ende des Flurs war in einem schmalen Raum eine Küchenzeile untergebracht. Die Chefredakteurin legte mechanisch Espressokapseln in die Maschine, füllte Milch nach und drückte unruhig einen der Knöpfe. Sie wirkte auf Wolff wie ein Mensch, der überarbeitet ist und seine Unruhe hinter betonter Aktivität verstecken will. »Möchten Sie auch?«

»Danke, nein.« Gern hätte er einen Cappuccino getrunken, entschied aber, es sein zu lassen angesichts seines Vorhabens. »Woran hat Frau Fuchs vor ihrem Tod gearbeitet?«

»Pressegeheimnis«, kam es wie aus der Pistole geschossen.

»Ich muss wissen, ob Frau Fuchs etwas recherchiert hat und dadurch in Gefahr geraten ist.«

»*trendy* ist kein Nachrichtenmagazin. Wir beschäftigen uns mit Prominenten und ihren Geschichten. Dazu kommen allgemein unterhaltsame Themen. Schönheit, Mode, Gesundheit, Lifestyle, Alltagspsychologie«, schnarrte Cramer herunter. »Ausgeschlossen, dass Britta bei ihrer Arbeit etwas Gefährliches recherchiert hätte«, resümierte sie.

»Soll ich in meine Akte schreiben, die Presse unterdrückt in einer Mordsache Beweise?«, fragte Wolff herausfordernd.

»Britta hat speziell über Schauspieler und die Kunstszene berichtet.« Der Brustkorb der Chefredakteurin hob und senkte sich, wahrscheinlich wog sie ab, was sie sagen durfte. »Sie hat ein paar Semester bildende Kunst studiert, war dann Redakteurin bei *Art Galerie*, so eine eingegangene Kunstzeitschrift. Dann hat sie kapiert, dass sie mit Klatsch Geld verdienen kann, und kam hierher.«

»Zeigen Sie mir bitte den Schreibtisch von Frau Fuchs.«

Die Cramer sah ihn irritiert an. »Wir haben hier Coworking-Rooms. Jeder kann jeden Schreibtisch benutzen. Und hinterher wird aufgeräumt.«

Wolff dachte an den Zustand seines Schreibtisches nach Dienstschluss. Offensichtlich wurde hier die moderne Art des Arbeitsnomadentums praktiziert. Kein eigener Büroraum, nicht mal ein eigener Tisch. Irgendeine Ecke ganz für sich musste ein Arbeitsmensch doch haben? »Passen Sie mal auf. Ich rufe meine Kollegen und dann stellen wir die gesamte Redaktion auf den Kopf.«

»Nein, bloß das nicht«, stieß die Chefredakteurin hervor. »Das Magazin muss raus, ich helfe Ihnen ja, aber morgen erst.«

Wolff zog sein Smartphone aus der Tasche und rief Sven an. »Ich brauche ein paar Leute für eine Durchsuchung bei Gefahr im Verzug.«

Die Cramer fasste ihn am Ärmel. »Bitte, was wollen Sie wissen?«

»Woran hat Frau Fuchs zuletzt gearbeitet?«

»Die Reportage über den Schauspieler Max van der Weppen. Den Beitrag hat sie in letzter Minute platziert, keine Kontrolle, ich war in Urlaub. ›Auf zum letzten Gefecht‹ hat sie getitelt und dazu noch so ein Foto in ungünstigem Licht … Ein Informant hatte uns gesteckt, dass der Held unter Panikattacken leidet und Pillen schlucken muss.«

»Wie gehen Sie denn vor, wenn ein Informant Ihnen so eine Klatschgeschichte mitteilt?«

Die Frau drückte noch mal denselben Knopf der Espressomaschine und schwieg.

»Nun?«

Sie seufzte demonstrativ. »Also, ich frage den Informanten,

ob er damit einverstanden ist, dass wir ihn nennen. Ist er das nicht, sichere ich ihm zu, dass er anonym bleibt. So auch im Fall van der Weppen.«

»Prüfen Sie so eine Information auf ihren Wahrheitsgehalt? Es könnte doch ein Racheakt sein.«

Die Redakteurin lachte nervös. »Unter uns gesagt, ohne Racheakte würden wir viel weniger erfahren.«

Wolff dachte an anonyme Anzeigen von verletzten Menschen.

»Verstehen Sie mich nicht falsch«, fügte die Frau ängstlich hinzu. »Ich lasse mir alles vorlegen. Im Fall van der Weppen wäre die Überprüfung nur über eine Auskunft des Psychiaters gegangen, der sagt natürlich nichts.« Die Stimme der Cramer rutschte kurz in einen weinerlichen Ton.

Gestresst von der bevorstehenden Deadline, dachte Wolff, *oder gibt's da noch mehr?*

»Die Info war glaubhaft, sonst hätte Britta sie nicht verwendet.«

»Ist van der Weppen ein Künstlername oder heißt der Mann wirklich so?« Wolff musste sich beherrschen, um nicht mit den Fingern zu trommeln.

»Nein, Datenschutz. Erklären Sie mir lieber mal, inwiefern die Information über eine … nun ja … psychische Auffälligkeit bei Herrn van der Weppen zur Aufklärung des Mordes an Frau Fuchs beitragen könnte.« Die Chefredakteurin straffte sich wieder. »Meinen Sie, der Schauspieler lauert ihr auf und bringt sie um?«

»Das Pressegeheimnis hat Grenzen. Und die Aufklärung eines Mordes überlassen Sie bitte der Kripo«, sagte Wolff scharf. »Ich brauche konkrete Informationen zu allen Recherchen von Frau Fuchs.« Manchmal half es, dasselbe mit anderen Worten mehrmals zu sagen.

»Britta recherchierte auch in der Potsdamer Kunstszene«, sagte die Chefredakteurin gedehnt. »Sie wollte Kamphausen interviewen.«

»Wer ist Kamphausen?«

Cramer zog die Mundwinkel breit. Sie schien Oberwasser zu spüren. Der Kommissar hatte keine Ahnung von der Szene.

»Arthur Kamphausen führt eine bedeutende Galerie in Potsdam. An ihm geht kein größeres Geschäft mit Bildern vorbei. Und jetzt entschuldigen Sie mich.«

Wolff dachte, dass es an der Zeit wäre, das zu tun, was er bei sich als »auf die Kacke hauen« bezeichnete. »Ich beschlagnahme alle Computer und sonstigen elektronischen Anlagen, an denen Frau Fuchs gearbeitet hat.«

Der hochmütige Zug um den Mund der Chefredakteurin verschwand und ihr Gesichtsausdruck wechselte über Erstaunen in Wut. »Hier wird nicht wegen Mordes ermittelt«, rief sie. »Das ist rechtswidrig. Wir brauchen unsere Redaktionsausstattung.«

»Und ich brauche Beweise.«

In diesem Augenblick klingelte es. Kurz darauf ertönte eine schrille Frauenstimme: »Da kommen noch mehr Polizisten.«

10.

Verena Starke parkte ihren Feuerwehr-Oldtimer Mercedes-Benz mit der Aufschrift »Wenn's brennt – Starke Rechtsanwaltskanzlei« vor dem Bauernhof von Wolffs Mutter im Fläming. Beim Aussteigen sank sie bis über den Schuhrand im Matsch ein. In ihrem knallroten Auto, in dem sie vorübergehend – bis genug Geld für richtige Anwaltsräume da wäre – ihr Büro eingerichtet hatte, lagerten nur ein Kostüm für Gerichtsverhandlungen, ihre Anwaltsrobe und ein Paar Stiefeletten.

Vor dem Bauernhof, einem mächtigen Bau mit rechtwinklig angebauten Ställen und Scheune, standen ein Traktor und ein Kombi mit hochgeklapptem Heck. Eine alte Frau in Stiefeln und geblümtem Rock, auf dem Kopf ein Turban, lud Tüten aus. Sie streckte sich einen Augenblick, fuhr sich mit der Hand übers Kreuz.

Verena trat zu der alten Frau, die das Rangieren des Feuerwehr-Oldtimers beobachtet hatte und ihr unbefangen die Hand entgegenstreckte. Neugierige blaue Augen musterten sie. *Das kantige Kinn hat der Wolff von ihr,* dachte Verena und stellte sich vor.

»Katja wartet schon«, sagte Wolffs Mutter.

Verena griff zwei Einkaufstüten und gemeinsam betraten sie das Haus.

»Frau Starke, endlich.« Die Kommissarin schoss ihr geradezu entgegen. Sie hatte ihre weiße Bluse angezogen, dazu ihre besten Jeans, in Schwarz. Die Ärmel hatte sie hochgekrempelt und hoffte, einigermaßen entspannt und ruhig zu wirken.

»Katja, wie fühlen Sie sich?« Auf dem distanzierten Sie hatte Verena bestanden, solange sie die Polizistin verteidigte.

»Was halten Sie von einem Spaziergang?«, entgegnete Katja.

In der Dunkelheit?, dachte Verena, die die Helle der Stadt gewohnt war, wenig begeistert.

»Die Dorfstraße ist asphaltiert und beleuchtet. Meine Ausgehmeile.« Die Kommissarin lachte gekünstelt.

Ein Spaziergang bot eine Gelegenheit, ehrlich zu sprechen, dachte Verena. Es sah nicht gut aus. Der gegnerische Anwalt stellte die Kommissarin als leicht reizbare, jähzornige Person dar und bot Zeugen für lautstarke Streitereien auf.

»Die Kneipe hat noch offen, Sie sind sicher hungrig.« Katja überging die Frage nach ihrem Befinden. Beschissen, wäre die ehrliche Antwort gewesen. Manchmal dachte sie zu träumen und beim Aufwachen erleichtert zu bemerken, dass die Rauferei nicht passiert war, aber dann fand sie sich doch in der grauen Eintönigkeit ihres abgeschotteten Landlebens wieder.

»Haben Sie mit jemand Vertrautem über den Abend geredet?«, fragte Verena, als sie beide die holperige Dorfstraße entlanggingen.

Gesprochen habe ich nur mit einem, mit Uwe Wolff, dachte Katja, *aber wenn ich das sage, dann fragt die Anwältin mich über unser Verhältnis aus.* »Hab mich geschämt«, sagte sie. »Eine Polizistin, die ausgerastet ist.« Sie schüttelte betrübt den Kopf.

Eine Flaniermeile war der Weg durch die Dorfstraße nicht. Flache Häuser, geschlossene Rollläden, ein scharfer Wind, der Papier und Getränkedosen über den nassen Asphalt trieb. Verena spürte unangenehm die Feuchtigkeit im Schuh.

»Der Anwalt Ihres Exfreundes drückt auf die Tränendrüse.« Verena bemühte sich um einen Plauderton. »Angeblich lief es oft so ab: Ihr Ex wartet voller Sorge, wann Sie von einem Einsatz zurückkehren. Das Essen verkocht und Sie kommen spät. Stellt er Sie zur Rede, rasten Sie aus, werfen mit Geschirr und sogar Messern um sich, wecken das ganze Haus auf. Die Nachbarn wollten öfter die Polizei holen.«

»Nein«, sagte Katja, entsetzt über diese Lügen.

»Gab's vor diesem Abend schon Handgreiflichkeiten?«

»Öfter ein Schubsen, manchmal ein kräftiger Schlag, aber immer von ihm. Einmal kam ich spät aus dem Dienst, da schrie er, dass ich lüge. Er hätte meine Freundinnen abtelefoniert. Dann hat er mir eine gescheuert, dass ich mit dem Kopf gegen den Schrank geknallt bin.«

»Haben Sie den Bluterguss fotografiert?«

»Ich war verliebt.« Katjas Stimme kiekste. »Er hat mich angebrüllt, mein Betrug würde mir noch leidtun. Ich dumme Pute hab ihn heulend um Verzeihung gebeten, dass ich so spät komme.«

Kein Beweis für die Ohrfeige, dachte Verena genervt, *eine Chance weniger.*

Sie waren vor der Tür des Lokals *Zur dicken Wirtin* angelangt. Am Tresen saßen drei Männer und eine Frau, alle in Jeans und Pullovern. Als sie Katja erblickten, warfen sie sich gegenseitig Blicke zu. Verenas auf Zeugen geschultes Auge erkannte sofort die Botschaft: Da kommt die Flamme vom Kommissar Wolff. Arbeit hat sie ja offenbar nicht. Hätte der sich nicht was Brauchbares nehmen können?

Verena und Katja setzten sich an einen Ecktisch, so weit wie möglich entfernt vom Dorfgeschwätz.

»Ich wollte ihn nicht verletzen, glauben Sie mir das bitte.« Katja sah die Anwältin eindringlich an. Aber im selben Moment zweifelte sie selbst an ihrer Aussage. Ihre ganze Wut hatte sich in einem einzigen Angriff entladen.

»Der Richter wird Ihnen vorhalten, dass Sie mit asiatischen Kampftechniken zugeschlagen haben, die Ihr Freund nicht beherrscht«, sagte Verena hart. »Als Polizistin müssten Sie in Deeskalation geübt sein.«

Die Bedienung, ein junges Mädchen mit pechschwarz gefärbten Haaren, kam an den Tisch. Verena bestellte Schnitzel und Bier, weil sie das hier passend fand, Katja nahm eine Apfelschorle. Anscheinend wollte die Kommissarin nicht auch noch als Frau, die Einsamkeit mit Alkohol betäubt, in den Klatsch geraten. Verena wusste, wie schnell sich Menschen gegen einen Außenstehenden zusammentun und Stunk machen konnten, ein bisschen Abwechslung im monotonen Alltag.

»Ich muss Sie etwas fragen, was Ihnen vielleicht unangenehm ist.« Verena überlegte, wie sie das Gespräch in richtige Bahnen lenken konnte. »Haben Sie mit Kommissar Wolff eine ... nun ja ... private Beziehung?«

»Nein. Ja. Ich meine, eigentlich nicht richtig ...« Katja blickte an der Anwältin vorbei.

Auch das noch. Verena scheuchte den kleinen Anflug von Eifersucht weg.

»Es ist einmal passiert«, sagte Katja leise. »Völlig ungeplant. Ich bin in der schrecklichen Nacht aufs Revier, weil ich nicht wusste wohin. Hab mich auf seine Couch gelegt. Plötzlich kam er auch, weil er wegen eines Mordfalls nicht schlafen konnte. Ich war so fertig, hab ihm alles erzählt, er hat mich getröstet und …«

Wieder tauchte die Szene in ihrer Erinnerung auf. *Du bist die Seele des Kommissariats und ich der Haudegen.* Sie hatte in seine lockigen Haare gegriffen, um etwas von ihm anzufassen. Er war ihr Retter, bestand darauf, ihr T-Shirt zu sichern, das fleckig war von dem geschleuderten Rotweinglas, und den Bluterguss an der Brust fotografieren zu lassen. Sie war zu ihm geflüchtet, weg von ihrem gewalttätigen Freund, hin zu Wärme und Schutz. Was in seinem Kopf vorging, wusste sie nicht. Es war ein Augenblick voll Lust, ungeplant, voller Neugier und zugleich Unschuld, eine große Kraft, die sie zueinandertrieb.

Verena beobachtete den in die Vergangenheit gerichteten Blick der Kommissarin und beschloss, nicht gleich weiter in sie zu dringen. Sie warf einen Blick auf die Gäste am Tresen. Die Leute unterhielten sich über ihren rauen Alltag. Dass es nicht mehr regnete und dass sie die Preise für Lebensmittel gar nicht so hoch raufsetzen könnten, wie sie müssten …

»Kati hat er mich genannt.« Katja hatte den Kopf gesenkt, Tränen tropften auf den Tisch.

»Ist es nur dieses eine Mal geschehen, nach dem Vorfall mit Ihrem Freund?« Verena konnte nicht verhindern, dass ihre Stimme spitz wurde.

Katja nickte.

»Weiß einer Ihrer Kollegen davon?«

»Ich hab's niemandem erzählt. Uwe bestimmt auch nicht.«

»Dann bleibt das euer Geheimnis.« Dass sie einen anonymen Anruf erhalten hatte, behielt Verena für sich. Die Kommissarin Eickelbaum hätte neben ihrem Freund auch noch ein Verhältnis mit einem Vorgesetzten.

Die Bedienung kam an ihren Tisch. »Das is erst das zweite Schnitzel, was heute rausgeht«, sagte die junge Frau mit neugierigem Blick auf die weinende Katja. Sie stellte Verena den Teller hin, der fast zu klein war für das viele Fleisch. »Die Leute bleiben weg bei den Preisen, und gutes Fleisch kann sich sowieso keiner mehr leisten. Unser Koch is gekündigt, hoffentlich läuft die Kneipe weiter mit Buletten und Würstchen.«

Verena nickte mitfühlend, hatte aber keine Lust, über das Kneipensterben auf dem Land zu diskutieren. Sie nahm ein paar große Bissen vom Schnitzel.

Katja zog die Nase hoch. Es gab noch etwas, was sie ihrer Anwältin anvertrauen musste. »An dem Abend ist es ein bisschen anders abgelaufen.«

Starke sah sie mit zusammengekniffenen Augen an, schien ein neues Problem zu ahnen.

»Wir haben heftig gestritten, er hat das Glas gegen mich geschleudert.« Katjas Finger kneteten Weißbrot.

»Ja, und weiter?«

»Ich hab nicht sofort zugeschlagen. Ich war erst wie betäubt von dem Schmerz. Er hatte schon abgedreht und wollte aus der Küche, da hab ich ihn angegriffen.«

»Der Angriff war schon vorbei?« Der Schreck fuhr Verena durch die Glieder, ihr Messer landete auf dem Linoleum. Wut auf diese Polizistin, die ihr erst jetzt ein äußerst wichtiges Detail mitteilte. Die Notwehrsituation war dahin. Katja war ausgerastet, hatte den Typen angegriffen aus Schmerz, Vergeltungssucht, Rache. »Dann ist unser Video falsch«, rief Verena, zügelte sich mühsam, um nicht eine Schau vor den anderen Gästen abzugeben.

Sie hatten den fatalen Angriff nachgestellt und aufgenommen. Eine Rechtsanwältin, die Judo trainierte, eine Polizistin, die in Jiu Jitsu ausgebildet war. Das Video zeigte eine erhobene Faust, die Abwehr Katjas, die mit einer Sichel das Bein ihres Freundes – beim Nachspielen der Szene Verenas Bein – wegfegte und ihn mit kräftigem Griff zu Boden warf. Das Video zeigte die perfekte Notwehrlage.

»Warum haben Sie das nicht gleich gesagt? Wir haben ein falsches Video vorgelegt. Willkommene Munition für den gegnerischen Anwalt.«

»In meinem Kopf war alles durcheinander.« Katja schluchzte auf. »Ich schwöre, als wir das Video drehten, war ich überzeugt davon …«

»Schwören Sie nicht«, sagte Verena müde.

»Darf ich Sie noch was fragen?« Die Polizistin hatte eine ganz leise Stimme. »Glauben Sie tatsächlich, dass ich meinen Freund umbringen wollte?«

»Nein«, sagte Verena und blickte in die angstgeweiteten grünen Augen von Katja. »Aber es kommt nicht darauf an, was ich glaube. Es kommt darauf an, was der Richter glaubt.«

11.

Die Wohnung eines Mordopfers zu durchsuchen gehörte zu den ersten Ermittlungen, kostete Zeit, aber manchmal fanden sich aufschlussreiche Spuren. Wolff hoffte auf sein Polizistenglück.

Britta Fuchs hatte Am Schlaatz in Potsdam-Süd in einem typischen Plattenbau gewohnt. Schlaatz war ein slawisches Wort für Sumpf, denn die Häuser waren in den achtziger Jahren auf den Wiesen direkt an der Nuthe errichtet worden.

Vor der Durchsuchung setzte Wolff sich in einen kroatischen Imbiss gegenüber der Wohnanlage. Es war jetzt sechs Uhr abends und er brauchte endlich etwas Ordentliches, nachdem er um zwei Uhr früh zur Leiche in der Havel gerufen worden war. Eine unangenehme Mischung aus Müdigkeit und Unruhe machte sich in ihm breit. Vorhin hatte er den Hausmeister der

Wohnanlage angerufen. Der Mann lag schwererkältet im Bett, sagte aber, dass Wolff es bei Edith Krawitz im Erdgeschoss versuchen könne, die Frau hätte Zweitschlüssel von einigen Mietern.

Der Teller, den der Wirt brachte, war übervoll mit Cevapcici und Djuvec, Reis mit Paprika und Erbsen, dazu ein Halbliterglas Karlovačko-Bier. Wolff aß und trank und entspannte sich ein bisschen. Beim Bezahlen fragte er den Wirt nach der Journalistin Britta Fuchs, bekam aber nur ein Schulterzucken.

»Ach du heiliger Bimbam, wat is denn dem armen Mädel passiert?«

Edith Krawitz, eine Frau um die siebzig, die grauen Haare zu einem Schwänzchen zusammengebunden, war die wahre Hausmeisterin des Plattenbaus. Sie war dabei, den Hausflur zu fegen, und trug zu Wolffs Verwunderung ein Pepitakostüm mit gepufften Ärmeln und Faltenrock.

Wolff zeigte seine Kripomarke, die die Frau neugierig betrachtete, und sagte, dass er im Todesfall Britta Fuchs ermittle.

»Den Mörder müssen Sie verknacken. Sie verknacken doch, oder?«

Für die Krawitz schien es dasselbe zu sein, ob man Verbrecher verfolgte oder Verbrecher verurteilte, und Wolff ließ sie in ihrem Glauben.

»Musser denn so een armet Mädel abmurksen? Hat se wat Schlimmet jemacht?«

»Das weiß ich noch nicht.« Wolff lächelte, die Alte munterte ihn richtig auf. »Wenn Sie mir aufschließen, schauen wir beide uns mal in der Wohnung um.«

»Also, in det Haus hier is det nich passiert, det is hier ordentlich.«

Wolff folgte der alten Frau in die Diele, wo sie hinter einem geblümten Vorhang Eimer, Schrubber und Besen verwahrte. Aus der Küche schoss ein weißschwarz gefleckter Mops und sprang an ihm hoch. Wolff mochte Tiere, schließlich war er mit ihnen groß geworden. Der Mops kläffte und stank. Wolff löste sanft die Pfoten von seiner Jeans.

»Oskar, lass det«, rief die Krawitz und packte den Mops im Nacken, dass sein faltiges Gesicht auseinandergezogen wurde.

»Den Hund lassen Sie bitte hier«, sagte Wolff, »sonst sabbert der mir noch die Spuren voll.«

»Klar doch.« Die Krawitz setzte den Mops in eine Ecke, wo er sitzen blieb. Dann nahm sie zielsicher einen von vielen Schlüsseln vom Brett und erzählte stolz, dass sie Lampen und tropfende Hähne reparieren, Wände streichen konnte und eigentlich das ganze Haus schmiss, »ohne een Mannsbild«.

»Na dann, nichts wie los«, sagte Wolff.

Am Aufzug stand ein blasses übernächtigt aussehendes Mädchen, das sich einen blauen Turban um den Kopf gewickelt hatte.

»Na, war's denn gestern schön mit dem Jungen?«

Das Mädchen grinste. »Echt nice war's.«

Die Krawitz sieht alles, dachte Wolff, als er mit ihr zum sechsten Stock hochfuhr.

Vor der Wohnungstür zog er die Pistole aus dem Halfter und bat die alte Frau, Abstand zu halten.

»Öffnen Sie bitte, Polizei«, sagte Wolff laut durch den Türschlitz und klingelte. Es blieb still. Er ließ sich von der Krawitz den Schlüssel geben. Ordentlich zweimal abgeschlossen.

»Hoffentlich ham Se mehr Glück als Ihr Kollege«, sagte die Alte. Wolff erfuhr, dass neulich in ihre Wohnung eingebrochen und eine Uhr gestohlen worden war. »Ach, die Polente, nischt hat sie rausjekriegt. Een neuet Schloss hab ick. Ick lass mir nich noch mal einbrechen, am helllichten Tach.«

Wolff ließ sie reden, um seine Zeugin bei Laune zu halten, während seine Augen den kleinen Flur durchforsteten.

An der Wand hing ein großer Stadtplan, daneben Zettel mit Telefonnummern von kulturellen Einrichtungen und von Kontaktpersonen. Auf dem Boden ein zerknittertes Flugblatt: *Ich kann was tun! Künstler, Prominente, Hobbymaler lassen ihre Bilder versteigern. Die Erlöse gehen an Kinderprojekte. Art-Aktivität Potsdam.* Daneben ein Flyer eines gemeinnützigen Vereins, der Kulturprojekte an Potsdamer Schulen initiierte.

»Ick hab ooch mal wat unterschrieben wegen so 'nem Straßenfest, für arme Kinder.«

Wolff fotografierte die zahlreichen Notizzettel an der Pinnwand mit den Namen von Redaktionen, Journalisten, Potsdamer Persönlichkeiten mit seinem Handy ab und schickte sie Sven Noack, damit der recherchierte.

Am Garderobenständer hing eine billige weiße Flauschjacke, auf dem Fußboden standen Laufschuhe. Unter einem Paar klebte angetrocknete Erde.

»Jeloofen isse«, bemerkte Edith Krawitz. »Immer früh, durch die Nuthewiesen, an der Waldstadt entlang. Wenn's dunkel war, hat se so 'ne Grubenlampe uffm Kopf jehabt.«

Wolff gab Sven die Laufstrecke durch. Aber die Havel war von den Nuthewiesen ein ganzes Stück entfernt.

»Een Jammer ist det. Die Britta hatte so wat von Lebensfreude und Kraft. Neulich hab ick für det Mädel noch einjekooft, da hat se die Rotzerei jehabt.« Die Krawitz schnäuzte sich.

Wolff sah überrascht, dass sie ein paar Tränen in den Augenwinkeln hatte.

»Aber neugierig war se trotzdem. Wollte immer den janzen Haustratsch hörn.«

Zu neugierig?, überlegte Wolff. Vorsichtig öffnete er die Tür zum Wohnzimmer. War nicht ausgeschlossen, dass drinnen jemand schlief oder lauerte.

Ein großes Schwarzweißplakat beherrschte die gegenüberliegende Wand. Das Bild einer jüngeren Frau mit großen, wachen Augen, hoher Stirn, gerader Nase, ungeschminkten Lippen, deren Haar mit einem Tuch verhüllt war. Wolff trat näher und las den Namen »Sophia Vincent«. Sagte ihm nichts. Sein Smartphone sagte ihm aber, dass es sich um eine Reporterin handelte, die über Krisengebiete berichtete.

Dort, wo es anderen zu gefährlich ist!

Einen Tag zuvor

Eine schwarzgekleidete Gestalt schloss schnell und leise die Tür zu einer Wohnung in einem Plattenbau im Schlaatz auf und schlich hinein. Neblig und dunkel war es an diesem Dezembermorgen. Der Mann trug am Kopf eine Cliplampe. Das LED-Licht war hell genug für sein Vorhaben. Er war geübt darin, professionell und schnell fremde Räume zu durchsuchen, ohne Schaden anzurichten und Spuren zu hinterlassen.

Die Dinge, die er suchte, fand er ohne Probleme. Er kannte die typischen Orte: Schrank, Matratze, Schmuckschatulle. Tresore, die seine Arbeit erschwert hätten, gab es in dieser Wohnung nicht. Der Kellerschlüssel hing am Brett direkt neben der Eingangstür. Garage hatte sie keine, fuhr mit dem Fahrrad, das hatte die Observation der letzten Tage ergeben. Auf Notizzettel geschriebene aktuelle Adressen und Telefonnummern hingen an einer Pinnwand, die übrigen würden in Laptop und Handy gespeichert sein. Da würden sich hoffentlich auch die Dateien finden, auf die es ankam. Die Zeit, hier in der Wohnung herumzusuchen, hatte er nicht.

Der Mann steckte den Laptop, ein paar Hefter mit persönlichen Unterlagen und ein Handy in seinen Rucksack, schaltete die Kopfleuchte aus, trat leise in den Hausflur und zog die Wohnungstür vorsichtig zu. Der Schlüssel klickte beim Drehen im Schloss, aber nicht so laut, dass es einem Nachbarn auffallen würde.

Ein hämisches Lächeln huschte über sein Gesicht. Der Freund der Journalistin würde der Nächste sein.

Der Mann verließ den Wohnblock mit schnellem Schritt und winkte ein Taxi heran.

12.

Es war bald zweiundzwanzig Uhr. Wolff war seit zwei Uhr in der Nacht unterwegs, hatte die Leiche angesehen, viele Male den Kripoausweis gezeigt, seinen Spruch aufgesagt, Kapitän und Gäste auf dem Ausflugsschiff angehört, Besprechung mit Sven im Revier gehabt, dann war er in die Redaktion von *trendy* gegangen, hatte die überlastete Chefredakteurin, die nervösen Mitarbeiterinnen befragt. Und jetzt die Wohnung der Britta Fuchs. Wolff kam sich vor wie ein Sammler, der umherging, viele Informationen einholte, die zusammengesetzt noch kein Bild ergaben.

Er setzte sich auf das sonnengelbe Sofa, das direkt vorm Fenster mit Blick auf einen Supermarkt mit gewelltem Dach stand. Er sah die rote Leuchtschrift des Kroaten, bei dem er vor ein paar Stunden gegessen hatte, die weißen Lichtkegel von den Straßenlampen und dachte, dass die Aussicht bei Tag auch nicht mehr bieten würde. Seine alte Knöchelverletzung schmerzte nach dem langen Tag. Den Sprunggelenksbruch hatte er sich nicht beim siegreichen Spiel in der Handball-Nationalmannschaft, deren Mitglied er ein paar Jahre sein durfte, zugezogen, nein, er war als NVA-Soldat beim ungenehmigten Ausgang betrunken über eine Wurzel gestolpert. Die Aktion bedeutete nicht nur seinen Rauswurf aus der Handball-Nationalmannschaft, sondern auch die Trennung von seiner Freundin, ferner erlosch das schmeichelhafte Interesse mehrerer junger Frauen an dem athletischen jungen Mann. Er hinkte seitdem ein wenig. Unfall im Betriebssport, so nannte Wolff seine Gehbehinderung, und jeder nickte mitfühlend.

Edith Krawitz, immer noch im Pepitakostüm – »Ordnung muss sein« –, hatte offenbar den Ehrgeiz, Wolffs private Ermittlerin zu werden.

»Was wissen Sie denn noch über die Britta, außer dass sie frühmorgens durch die Nuthewiesen gelaufen ist?«, fragte Wolff.

»Hinterher isse mit ihrem Rad los, bei Wind und Wetter. Wann se wieder jekomm' is, weeß ick nich. Hatte ooch een Freund. Der hat so 'n Fitnessstudio inner Altstadt. Streit hat's mit dem jegeben, nich zu knapp.«

»Streit?«, fragte Wolff mit plötzlichem Interesse.

»In den Flur jebrüllt hat se, det allet jesagt is. Mal hatter vor ihre Tür jewinselt, fast hätt ick ihn zu mir jenomm'.«

»Wie heißt der Freund?«

»Weeß ick nich.« Edith Krawitz zuckte die Schultern. »Wenn ick jewusst hätte, dass det mal wichtig is, hätt ick nachjefragt. Hoffentlich streichen Se mir nich als Ihre Zeugin.«

»Keine Sorge.«

»Ah«, sie strahlte, »Dirkie hat sie ihn jenannt, ick meene, wo noch allet in Ordnung war.«

Dann ging Edith Krawitz hinunter in ihre Wohnung, um Tee zu brühen. Wolff hatte ihr verboten, die Küche der Fuchs zu betreten. »Ach, wegen die Spuren«, sagte sie verständnisvoll.

Auf der gelben Couch sitzend, gab Wolff die Fitnessstudios in Potsdam in sein Handy ein. Inhaber eines Studios in der Altstadt sollte der Typ gewesen sein. Dirkie. Tatsächlich fand er ein Fitnessstudio, das laut Webseite einem Mann namens Dirk Nagel gehörte.

Wolff suchte nochmals die Wohnung ab. Spuren eines Überfalls oder Kampfes hatte er bei seinem ersten Rundgang nicht gefunden. Ein paar Abdrücke hatte er gesichert und Fotos gemacht. Er würde nachher die Wohnung versiegeln, die gründliche Spurensicherung würden morgen die Kollegen vornehmen.

Etwas stimmte nicht: Es gab keine Kommunikationsgeräte. Kein Handy, aber das hatte Fuchs vielleicht zum Joggen mitgenommen. Auch kein Festnetztelefon. Und einen PC hatte er ebenso wenig gefunden, obwohl ein Notebook ein unverzichtbares Arbeitsmittel für eine Journalistin war. Auch in der Redaktion von *trendy* waren keine privaten Sachen der Fuchs gewesen. So als wollte sie keine Spuren hinterlassen.

Wolff entschloss sich, trotz der späten Stunde die Rechtsmedizinerin Doris Bahlke anzurufen. Wolff wusste, dass Doris ein Nachtmensch war. Vielleicht saß sie noch an einem Obduktionsbericht. Und selbst wenn sie schon schlafen würde, Doris konnte er immer anrufen.

»Mensch Uwe, ich freu mich«, erklang ihre frische Stimme. »Du rufst bestimmt wegen der Wasserleiche an.«

»Bin grad in der Wohnung des Opfers. Keinerlei Kommunikationstechnik. Auffällig bei einer Journalistin, findest du nicht?«

»Du willst wissen, ob die Frau ein Handy bei sich hatte?«

Wolff schmunzelte. Doris hatte ihn gleich durchschaut. »Genau. Und ob du einen Hausschlüssel in ihren Sachen gefunden hast.«

»Nichts davon. Sie hatte Jogginghosen an mit verschließbaren Taschen. Aber die waren leer.«

»Der Täter hat also den Schlüssel an sich genommen.«

Wolff verabschiedete sich mit dem Versprechen, bald auf ein Plauderstündchen vorbeizukommen, während Doris ihm viel Glück bei der Spurensuche wünschte und das Telefonat mit ihrer etwas heiser klingenden Lache abschloss.

Der Kommissar suchte noch mal die Wohnung nach versteckt liegenden Steckdosen ab, öffnete alle Türen und zog alle Schubkästen auf. Nichts.

Auf einer Kommode im Schlafzimmer standen Fotos, die einen jüngeren Mann mit kurzgeschnittenen, dunkelblonden Haaren und graugrünen Augen zeigten, die den Betrachter genau anzublicken schienen. Ein neuer Mann in Leben der Fuchs? Fotos von Dirkie, dem Verflossenen, würde sie ja wohl weggeräumt haben. Wolff leuchtete die Fotos mit seiner Handy-Lampe an, nahm dann ein Porträt an sich und vermerkte die Wegnahme im Beschlagnahmeprotokoll. Im hellen Licht der Lampe fiel ihm etwas auf, was nur ein Kriminalist wahrnimmt: Auf der mit einer Staubschicht bedeckten Kommode gab es ein sauber abgebildetes Rechteck, daneben stand eine Schmuckschatulle. Das rechteckige Feld hatte genau die Maße des Schmuckkästchens. Jemand hatte die Schatulle durchsucht und nicht wieder genau dorthin gestellt, wo sie vorher gestanden hatte.

Edith Krawitz kam mit einer Teekanne und zwei geblümten Sammeltassen herein. »Hab mir jedacht, det se mir verbieten, die Tassen von die Britta zu nehmen, wegen die Spuren.«

»So ist es.« Wolff grinste und ließ sich einschenken.

Dann setzten sich beide auf das gelbe Sofa. Wolff zeigte ihr das Foto von der Kommode.

»Ach, det is der Jan. Der ihr neuer Freund.«

»Kannten Sie den Jan? Wie heißt er mit Nachnamen?«

Die Krawitz zuckte mit den Schultern. »Wenn die Mädels nicht erzähln wolln, frag ich auch nich.« Sie krauste erschrocken ihre Stirn. »Sie glooben doch nich, dass der Jan …«

»Der Kommissar glaubt erst, wenn er den Beweis hat. Hatte Jan einen Schlüssel?«

»Kann sein. Der hat hier kurz mitjewohnt, wo er keene Wohnung hatte. Und hilfsbereit war der, is mit Oskar jegang, weil ick wat zu reparieren hatte. Det wär der Richtige für die Britta jewesen.« Sie schniefte.

»Hat sonst noch jemand einen Schlüssel?«

»Vielleicht der ihr Exfreund.« Die alte Frau dachte nach und rieb sich die Nase. »Aber det war ja vorbei. Und det mit dem Jan war die neue große Liebe. Gestritten wie mit dem Typen vom Fitnessstudio ham die beiden nie.«

»Haben Sie den Fitnesstyp kennengelernt?«

»Jehört, vor allem. Der hat so Eifersuchtszenen hinjelegt.

Geld wollte der mir geben, damit ick ihm sage, ob die Britta Herrenbesuch hätte.« Die Hauswartsfrau hob ihre Schultern und ließ sie wieder fallen. »Det Geld hab ick natürlich nich anjenomm. Ick verpfeif doch nich die Britta.«

»Hat der Fitnesstrainer Wind bekommen von der neuen Beziehung?«

»Glaub schon. Mal kam er mit Blumen, und die Britta hat ihn nich reinjelassen, weil der Jan da war. Der Typ hat im Treppenhaus *fack* oder so wat jebrüllt.«

»Fuck off, heißt so viel wie verpiss dich.« *Bis morgen, Dirkie,* dachte Wolff, *da komm ich mal vorbei.* »Halten Sie es für möglich, dass der Typ Gewalt anwenden könnte?«

»Herr Kommissar, nachher schreiben Se noch, det ick den Typen für 'nen Mörder halte. Aber so 'n jekränktet Mannsbild is mit Vorsicht zu jenießen.«

Wolff dachte, dass er die Krawitz einweihen sollte, schon damit sie weiterhin wachsam wäre. »Hier war jemand, hat die Wohnung durchsucht und die elektronischen Geräte mitgenommen. Nach dem Tod von Britta.«

»Der Mörder?«, fragte die alte Frau mit schreckensweiten Augen.

Der Wahrheit auf der Spur 2

Ich habe Journalismus studiert und gute Noten erzielt. Die Freude, dies alles bewältigt zu haben, hat lange Zeit meine Zweifel überstrahlt. Doch immer mehr macht sich ein Gefühl der Unzufriedenheit breit. Was fange ich an mit meinem Talent, meiner Ausbildung, mit mir selbst?
Ich lese Jahrmarkt der Eitelkeit *von William M. Thackeray, ist ein packender Gesellschaftsroman, modern und gültig, obwohl 170 Jahre alt. Dieser ironische Stil, diese treffende Beschreibung menschlichen Verhaltens: Besitzgier, Geltungssucht, Machtstreben, Neid, Missgunst.*
Ich möchte widerspenstig sein. Ein Stachel im wohlgefälligen Gesellschaftsjournalismus.

Potsdam, im März 2017
Britta Fuchs

Der 2. Tag

Dienstag

13.

Wolff betrat das Studiogelände von der August-Bebel-Straße aus, ging hindurch zwischen zwei hohen Pfeilern, auf denen ein Träger in Silbergrau mit der ausladenden Aufschrift »Filmstudio Babelsberg« ruhte, und am Pförtner vorbei. Das war ohne weiteres möglich, da viele Gäste hier hineingingen, um in der Mensa der Filmuniversität Konrad Wolf oder dem Bistro *tasty* zu essen.

Wolff ging zuerst zur Neuen Berliner Straße, die viergeschossige Prachtbauten aus der Jahrhundertwende zeigte und in Kulissen verschiedener Epochen umgewandelt werden konnte. Wolff wusste, was ihn auf der anderen Seite erwartete: die hässliche Wirklichkeit. Die Neue Berliner Straße wurde von einem mächtigen Metallgerüst abgestützt. Diese Rückfront hatte Britta Fuchs als Motiv in ihrer Reportagenserie »Schein und Sein« verwendet. Darin erschien auch der Beitrag »Auf zum letzten Gefecht«, in dem Fuchs den Schauspieler Max van der Weppen als »abgewrackten Matador« bezeichnet hatte. Sybille Cramer von *trendy* hatte eine Verleumdungsklage erwähnt, die der »Secondhand-Held« gegen die Journalistin führte.

Wolff suchte in der Tasche seiner Winterjacke nach einem Zettel, fand keinen. Katja hatte ihm früher Zettel zugesteckt, wenn sie meinte, ihr Chef sei nicht genügend vorbereitet. Diesmal waren da nur zerknitterte Geldscheine, sein Kompass noch aus NVA-Zeiten und sein Schweizer Taschenmesser. Sven Noack hatte recherchiert, dass Max van der Weppen eine Rolle als älteren, nicht ganz sauberen Geschäftsmann in einem Filmdreh hatte. Da fiel ihm der Titel wieder ein: »*Unfaires Spiel*«, murmelte Wolff, stolz auf sein Kurzzeitgedächtnis.

Vor dem Studio standen Lkws mit Beleuchtungsmaterial und Tontechnik. Gerade wurde eine Kamera samt Unterbau ausgeladen und von den Technikern auf die Schienen gestellt. Ein Catering-Wagen öffnete, und sofort strömten Leute vom Filmteam hin und wärmten sich die Hände an Pappbechern mit heißem Kaffee. Wolff kam sich auf dem Filmgelände beinahe wie ein alter Hase vor. Vor einiger Zeit hatte er den Mord an einer Filmschauspielerin aufgeklärt. Seitdem ging er mit Zeugen aus der Filmbranche direkt und routiniert um.

»Kriminalhauptkommissar Wolff.« Er trat auf die Leute zu und fragte nach dem Schauspieler.

»Van der Weppen ist in der Maske. Er ist um elf dran«, sagte ein junger Mann mit kurzen weißblonden Haaren. Er hatte ein Skript mit angeklemmtem Kugelschreiber unterm Arm und ein elektronisches Gerät in der Hand. Wolff wusste von seinem letzten Besuch, dass das ein Clipboard war, eine elektronische Zwischenablage, in der die Disposition für den jeweiligen Drehtag gespeichert war, mit allen Angaben, welche Schauspieler, Mitarbeiter, Techniker an welchem Ort, zu welcher Zeit und für welche Aufgaben eingesetzt waren.

»Franke, mein Name. Was wolln Sie eigentlich von Herrn van der Weppen?«, sagte der junge Mann in der schnellen, undeutlichen Sprechweise der Brandenburger.

Die Leute, die am Catering-Wagen belegte Brötchen aßen und verfroren aussahen, traten hinzu. »Hat er was verbrochen?«

Wolff zeigte sein Pokergrinsen.

»Eine Befragung durch den Kommissar is nich im Zeitplan vorgesehen«, sagte Franke. »Wir müssen pünktlich Drehschluss haben, hinterher is Produktionsbesprechung. Und mit van der Weppen dauert es … Tschuldigung … manchmal etwas länger, bis die Szene sitzt.« Der Aufnahmeleiter blickte Wolff mit hochgezogenen Brauen an. Dann holte er aus seiner Cargohose mehrere aneinandergeheftete Seiten hervor. »Die Dispo für heute, damit Sie sehen, dass ich nicht spinne.«

Wolff lehnte dankend ab. Die Dispositionen, handgeschrieben und mit zahlreichen Streichungen, Sternchen, Verweisen, kannte er zur Genüge aus dem Schauspieler-Mord. Auch hier würde es wieder so sein. Zeitdruck, Geldmangel und nichts als die Tagesplanung im Kopf.

»Ermitteln Sie eigentlich nur in Mordfällen?«, fragte Franke. Interesse blitzte in seinen Augen auf.

»Eigentlich ja.«

»Das ist bestimmt nicht einfach.«

»Nein.

»Wie lange brauchen Sie, um einen Mord aufzuklären?«

»Kommt drauf an. Wenn ich gute Zeugen finde, nicht sehr lange.«

»Und was hat van der Weppen damit zu tun?«, fragte eine junge Frau mit silbergrau gefärbten Haaren.

»Kennen Sie ihn?«

»Ich bin Maskenbildnerin. Ist nicht einfach mit ihm. Aber heute ist die Kollegin dran.«

»Was ist denn an ihm so schwierig?«

»Der ist total eitel. Meint immer, wir verstehen unser Handwerk nicht, wenn er sein Gesicht so richtig ausgeleuchtet sieht. Aber dreiundsechzig ist nun mal dreiundsechzig.« Die junge Frau lachte spöttisch.

»Ich muss los«, schaltete Franke sich ein. »Sie haben keine Ahnung, was hier 'ne Stunde Drehzeit kostet. Da müssten Sie mehrere Morde für aufklärn.«

Max van der Weppen war schlank, mittelgroß, mit dunklen, an den Schläfen weißen Haaren, die sich im Nacken rollten. Er hatte ein fleischiges Gesicht, grüne Augen, schwarze Brauen und ein markantes Kinn, das erste Schlaffheit zeigte. Er saß in einem Masken- und Garderobenraum, in dem mehrere fahrbare Kleiderständer standen, daran Kostüme in Plastiküberziehern, an denen Zettel mit Namen des Stücks oder der Rolle befestigt waren. Der Schauspieler hatte einen türkisfarbenen Umhang um. Neben ihm stand ein junges Mädchen mit pechschwarzem Bürstenschnitt und vermischte mit einem Pinsel verschiedene Pudertöne.

»Passen Sie ja auf, dass mein Teint nicht zu dunkel gerät. Das macht älter.« Van der Weppen beobachtete genau, was die Maskenbildnerin machte. Ein Mann, dem man ansah, dass er früher schön gewesen war, und der jetzt mühsam versuchte, sich sein Flair zu erhalten.

Wolff stellte sich vor und zeigte seinen Ausweis. »Ich habe ein paar Fragen in einer Mordsache.«

Die junge Frau hielt inne und sagte: »Hach.«

Van der Weppen schürzte die Lippen. »Nur zu, Herr Kommissar.«

Die gleichmütige Reaktion überraschte Wolff. Vielleicht war der »abgehalfterte Matador« bereits von der Chefredakteurin des *trendy* vorgewarnt worden.

»Es geht um die Journalistin Britta Fuchs.«

Mit zeitlicher Verzögerung riss der Mann die Augen auf und öffnete gleichzeitig den Mund. »Um Gottes willen. Ich muss gleich eine komödiantische Szene spielen.«

»Ich halte Sie nicht lange auf.« Wolff beobachtete interessiert, wie der Schauspieler sich bemühte, eine zum Mord passende Miene zu machen. Anscheinend war er so in seiner Komödianten-Szene drin, dass er seinen Gesichtsmuskeln Einsatzbefehl erteilen musste. Wolff schob ein paar Flaschen und Dosen zur

Seite und breitete sein Schreibzeug aus. Die Schminkschemel waren klein und unbequem.

»Ich brauche mit Herrn van der Weppen noch mindestens eine halbe Stunde«, sagte die Maskenbildnerin ängstlich. »Ich bekomme richtig Ärger, wenn ich den Zeitplan durcheinanderbringe.«

»Dann mischen Sie mal gründlich Ihren Puder, aber nicht zu dunkel«, sagte Wolff und zu van der Weppen gewandt: »Britta Fuchs wurde tot aus der Havel gezogen. Von der Redaktion der Zeitschrift *trendy* habe ich erfahren, dass Sie nicht glücklich mit ihrer Berichterstattung waren.«

Der Schauspieler antwortete nicht, sondern machte mit seinem Unterkiefer mahlende Bewegungen. Nervosität, oder wollte er seinen Mund für die Sprechrolle flexibel machen?

»Sie glauben doch nicht, dass ich so eine Klatschtante in der Havel versenke, nur weil mir ihr Geschreibsel nicht passt?«, sagte er schließlich. »Da steh ich doch drüber.«

»Dann muss ich wohl mal beim Gericht in die Akte schauen wegen Ihrer Verleumdungsklage gegen Frau Fuchs.«

Van der Weppens Hand griff nach einem Cola-Glas, das neben den Schminktöpfen auf der Konsole stand, führte es an den Mund und trank einen Schluck.

»Was haben Sie denn vor zwei Tagen gemacht?

Der Mann hob und senkte betont die Schultern. »Hier ist mein Arbeitsplatz. Wenn ich nicht hier bin, dann zu Hause. Lerne neue Rollen, manchmal räume ich auf, checke meine Mails, twittere oder facebooke ein wenig, lese ein neues Drehbuch.« Er sprang auf und sah mit dem grünen Friseurumhang aus wie ein Mann, der die Zahlung verweigert, weil der Friseur ihm einen unvorteilhaften Haarschnitt verpasst hat. »Worauf wollen Sie eigentlich hinaus, Herr Kommissar? Frau Fuchs hat mich vor einiger Zeit interviewt. Das war's.«

»Geben Sie mir bitte Ihre Karte, falls ich noch Fragen habe.«

Der Schauspieler schaute Wolff ungläubig an. »Ich habe alles gesagt. Und jetzt entschuldigen Sie mich, ich muss wieder in meine Szene hineinfinden.« Er warf seinen grünen Umhang über die Schulter.

Wolff baute sich vor dem aufgebrachten Mimen auf und bellte: »Hier schreibe ich das Drehbuch, klar?«

»Okay.« Der Darsteller ging zu seiner Jacke, die an einem Bügel neben einem Ballkleid hing, zog seine Visitenkarte hervor und reichte sie Wolff. »Und weiter geht's.« Er ballte die Faust, streckte sie in die Höhe und warf Wolff ein gequältes Lächeln zu.

»Ich drücke die Daumen für die nächste Szene«, sagte Wolff und griff das Cola-Glas.

»Was soll das denn?«

»Och, nichts. Ich bringe es nur zum Catering. Die sind immer froh, wenn sie richtige Gläser zurückbekommen.«

Das Glas mit den Fingerabdrücken des Schauspielers fest in der Hand machte Wolff einen kleinen spöttischen Diener und zog die Tür hinter sich zu.

14.

Solange ihr Großvater lebte, hatte Emma das Leben eines Teenagers aus wohlhabendem Hause geführt. Nach seinem plötzlichen Tod und der Testamentseröffnung, die Emma als Alleinerbin auswies, hatten Hausanwälte und Vermögensverwalter das Nötigste getan, während Emma versuchte, sich nach und nach einen Überblick zu verschaffen. Sie besaß jetzt über tausend Werke von etwa hundertfünfzig Künstlern, deutscher, westeuropäischer, russischer Herkunft, von klassizistischen Gemälden bis hin zu moderner abstrakter Kunst. Wie sehr wünschte sie sich einen verlässlichen Partner aus der Kunstszene, einen Sammler oder Händler, der nicht einzig und allein an ihrem Vermögen interessiert war. Bisher nahm Arthur Kamphausen die Stellung ihres Vertrauten ein.

Emma grübelte über das Schreiben eines Kunstversicherers. Es ging um die Police, die der Versicherer Jahr für Jahr in die Höhe schraubte, weil der Wert der dort im Panzerraum verwahrten Serie von Frauenporträts des Lieblingsmalers ihres Großvaters, Sergej Wladimirowitsch Orlowsky, angeblich ständig stieg und immer mehr Risiken abgesichert werden mussten. Der Versicherer wollte die Ölgemälde in die besser ausgestatteten Räume einer Zweigniederlassung schaffen, natürlich gegen eine satte Erhöhung der Aufbewahrungskosten. *Arthur fragen, ob er die Forderung der Versicherung für angemessen hält,* dachte Emma und seufzte unter der Last ihrer Verantwortung. Malen wollte sie, nichts als malen. Aber ihr fehlten die Begabung und Begeisterung einer echten Künstlerin. Wer war sie selbst und was stellte sie ohne ihr ererbtes Vermögen dar?

Ein paar Tränen tropften zwischen ihren Fingern hindurch.

»Scheiße, warum bin ich so allein?«

15.

Von den Filmstudios Babelsberg kommend, steuerte Wolff den Wagen die Rudolf-Breitscheid-Straße entlang in Richtung Potsdam Hauptbahnhof. »Abgewrackter Matador« hatte die Journalistin Britta Fuchs den Schauspieler genannt. *Passt schon,* dachte Wolff. Van der Weppen kämpfte um sein Image als schöner Mann und Verführer und war verletzt, sich als »Secondhand-Helden« wiederzufinden, darüber konnte auch seine aufgesetzte Gleichmütigkeit über den bösen Klatschartikel nicht täuschen. Mordete man dafür?

Es war elf als Wolff das alte, zartrosa gestrichene Gebäude in der Henning-von-Tresckow-Straße betrat, in dem die Mordkommission untergebracht war. Auf dem Weg hatte er sich Kirschkuchen geholt und Leberkäs-Semmeln. Der Arbeitstag würde noch lang sein, und den Kühlschrank in der kleinen Kaffeeküche hätte man glatt abstellen können, seit Katja ihn nicht mehr auffüllte. Hoffentlich hatte sie ihn nicht wieder mit Fotos aus dem gleichförmigen Landleben zugepostet oder Smileys in verschiedenen Gefühlsstadien geschickt. Den Kontakt mit Katja wollte Wolff im Augenblick vermeiden, und er hoffte sehr, dass ihre spontane nächtliche Annäherung auf der Chaiselongue seines Dienstzimmers ihr Geheimnis bleiben würde. Dass er die wohnungslose Katja bei seiner Mutter untergebracht hatte, würde der Exfreund bestimmt nicht als Akt der Nächstenliebe interpretieren. Welch wunderbares Motiv für die Gegenseite: Die Polizistin hat etwas mit ihrem Chef und da störte ihr Partner.

Auf seinem Schreibtisch lag eine von Sven sauber geschriebene Notiz: *Katja hat angerufen, 9.15, 10.40. Bittet um Rückruf.* Wolff zerknüllte den Zettel. Was wusste der junge Kollege über Katja und ihn? Nicht darüber nachdenken.

Gleich beim ersten Bissen Kirschstreusel läutete sein Telefon.

»Hallo Uwe«, sagte Katja mit aufgesetzt frischer Stimme. »Störe ich?«

Ja, dachte Wolff genervt, *lass mich in Ruhe, bis dein Aussetzer geklärt ist.* »Du störst nicht mehr als sonst, Katja.« Er bemühte sich um Freundlichkeit. »Hab immer noch keinen Ersatz für dich bekommen.« Beim Sprechen überflog er die eingegangenen E-Mails. *Kommissariatsleiter-Besprechung: Dienstag, 14 Uhr –*

Mitteilung der Rechtsmedizinerin Doris Bahlke: Obduktion Fuchs heute Nachmittag – Jiu Jitsu, 17 Uhr Polizeisporthalle.

Jiu Jitsu! Katjas Angriff auf ihren Exfreund hatte zu ihrer fatalen Situation geführt.

»Bist du noch da, Uwe?«

»Natürlich. Bin nur genervt, weil es mit meinem neuen Fall nicht vorangeht.«

»Die Journalistin aus der Havel?«

War der Mord etwa schon bis in den Fläming gesickert?

»Entschuldige«, sagte Katja mit leiser Stimme. »Hab noch unser Funkgerät. Und bin noch Polizistin, wenn auch kaltgestellt.«

»Kümmre dich um deine Angelegenheit. Wie war die Besprechung mit Frau Starke?«

Wolff hörte ein Aufschluchzen, dann: »Sie war ziemlich entsetzt … Hab ihr gesagt, dass ich den Mann erst angegriffen hab, als er … aus dem Zimmer wollte.«

»Wie? Er hatte sich schon abgewendet?« Wolff musste sich beherrschen, um seine Kollegin nicht anzubrüllen. Warum, verdammt, hatte sie ihm was von Notwehr erzählt, in dieser fatalen schönen Nacht. Warum, verdammt noch mal, ließ sie sich überhaupt mit solchen Typen ein?

»Ist mir erst nach und nach wieder eingefallen. War im Schock.« Schluchzen. »Ich wollte ihn gar nicht verletzen. Meine Hand ist einfach losgegangen, ohne Steuerung.«

»Deine Anwältin wird schon wissen, wie ihr mit dieser Situation umgeht. Viel Glück.«

Wolff knallte den Hörer auf die Gabel. Verhielt er sich jetzt schuftig, Katja gegenüber? Er wurde in dem Gedanken unterbrochen, denn der Pförtner kam und schwenkte ein Schreiben durch die Luft.

»Anonym.«

Soll ich aus dem Nähkästchen plaudern?

Der Galerist Arthur Kamphausen, der fanatische Kunstliebhaber, Förderer junger Talente, geschätzter Bürger Potsdams, ist ein Kunsthehler. Kunstgegenstände sind manchmal sehr alt und wechseln öfter den Besitzer. Manchmal stammt ein Kunstwerk aus einem Diebstahl oder einer Enteignung. Meist kommt die Polizei nicht dahinter. So bleiben viele geklaute Kunstwerke in der Illegalität. Es sei denn, wissbegierige und mutige Menschen forschen nach ihrem Verbleib. Und überleben bei ihrer gefährlichen Arbeit.

Jemand, der Verbrechen nicht decken will

Mit der anonymen Anzeige ging Wolff zu Sven Noack. Verbrechen wurden häufig durch Rache aufgedeckt. *Nicht wir sind die großen Aufklärer,* dachte Wolff, *das Leben ist es. Hass, Neid, Eifersucht, Vergeltung.*

Er trat ein, ohne abzuwarten, anders als Sven, der sogar an offene Türen klopfte. Der Kollege saß am Schreibtisch und tat gerade Tropfen in seine kurzsichtigen Augen. Sven trug Kontaktlinsen, weil er der Meinung war, dass eine Brille bei einem Polizisten unsportlich wirkte. Er räusperte sich und schob das Fläschchen beiseite. Wolff nahm ihm gegenüber auf dem Stuhl Platz.

»Hast du was über den Galeristen herausgefunden, mit dem Britta Fuchs ein Interview führen wollte?«

Sven nickte. »Die Galerie befindet sich in einer Villa in Babelsberg Nord in der Nähe vom Tiefen See.«

Nicht weit entfernt trieb die Leiche der Britta Fuchs in der Havel, dachte Wolff.

»Arthur Kamphausen, sechsundsechzig Jahre, ist Anfang der neunziger von Berlin-Charlottenburg in die Villa seiner Vorfahren zurückgekehrt«, berichtete Sven ruhig, als sei eine Recherche über den Mann eine Kleinigkeit. »Er hat eine Dauerausstellung mit Bildern und Skulpturen über die Entwicklung Potsdams, angefangen von Friedrich dem Großen über die Weltkriege und den Kalten Krieg bis zur deutschen Teilung und Einheit.«

Wolff nickte erwartungsvoll, um Dankbarkeit zu demonstrieren.

»Außerdem zeigt Kamphausen gerade abstrakte Ölgemälde eines mexikanischen Malers. Heute Abend ist die Vernissage.«

»Jemand will dem Galeristen an die Wäsche.« Wolff zeigte Sven die anonyme Anzeige. »Ein Zeuge, der sich nicht versteckt, wäre brauchbarer.« Er seufzte. »Verletztes Eigentum, verletzte Ehre, verletzte Gefühle.«

»Jemand, der verletzt ist, kann auch die Wahrheit sagen.«

»Der große Galerist, der sich nebenbei als Kunsthehler betätigt?« Wolff wiegte den Kopf. »Seine Sammlung würde mich schon interessieren.«

»Da bekommen wir vom Gericht keinen Durchsuchungsbeschluss«, bemerkte Sven. »Es tauchen immer wieder Kunstwerke ungeklärter Herkunft auf. Wie sollen wir Herrn Kamphausen nachweisen, dass er vorsätzlich gestohlene Kunstwerke ankauft?« Sven schnaufte leise. »Britta Fuchs hat über die Kunstszene berichtet. Vielleicht stammt die anonyme Anzeige von ihr?«

»Du meinst, die Fuchs war einem internationalen Kunstdeal auf der Spur, schreibt schnell anonym an die Polizei, bevor Kamphausen sie abmurkst und in die Havel wirft?« Wolffs Laune war auf dem Tiefpunkt. Der Schreck über Katjas zweifelhafte Notwehrsituation. Im Mordfall kein richtiger Verdächtiger, nicht mal ein richtiger Zeuge, nichts als eine anonyme Anzeige.

Sven schnaufte erneut. Wolff blickte auf die Glasschale mit Steinen im Regal. Heilsteine, Glückssteine, Geschenksteine, was auch immer. Wolff glaubte nicht an positive Schwingungen, die von Steinen übergehen sollten, aber sie waren allemal besser als eine Sammlung von Büroklammern.

»Wir sollten uns einen Kollegen mit Erfahrung im Kunstgeschäft holen«, sagte Wolff, mühsam grinsend. »Unsere Verbrecher scheinen auf Diebstahl von Kunstwerken und Hehlerei spezialisiert zu sein, da müssen wir nachziehen.« Er erinnerte sich an das Plakat im Wohnzimmer. »Die Fuchs hatte sich ein Foto hingehängt, eine Journalistin, die in Krisengebieten recherchiert.«

Dort, wo es anderen zu gefährlich ist.

Sven wandte den Blick auf den Monitor seines PC. »Die Spusi hat die Auswertung geschickt. Fingerabdrücke von Fuchs, nach dem Abgleich mit der Leiche.«

»Ist klar.«

»Diverse andere Abdrücke an Möbeln und Geschirr.«

»Besucher.«

»Und am Bettzeug.«

»Aha.«

»Keine verwertbaren Spuren an Steckdosen und Kabeln, und auch nicht am Haustürschloss. Jemand hat mit Handschuhen gearbeitet.«

Wolff schwieg einen Moment. Die Möglichkeit, dass ein Freund der toten Journalistin in der Wohnung gewesen war, um dort das Notebook abzuholen und ihr zu einem auswärtigen Recherchetermin zu bringen, schien damit ausgeschlossen. Ein Freund würde keine Spuren beseitigen. Er dachte an das helle Quadrat neben dem Schmuckkästchen. Jemand hatte die Schatulle durchsucht und nicht wieder genau dort hingestellt, wo sie vorher gestanden hatte. Dieser Unbekannte hatte auch den Computer mitgenommen.

»Die Durchsuchung bei *trendy* hat auch nichts gebracht.« Sven rieb seine geröteten Augen. »Ein paar Dateien über Prominenten-Storys und Charity-Events. Keine Enthüllungsreportagen.«

»Die interessanten Sachen hat jetzt der Typ, der in der Wohnung war«, sagte Wolff missmutig.

In der folgenden halben Stunde legten sie die Aufgabenverteilung fest. Sven würde zwei weitere Kollegen als feste Mitarbeiter bekommen. Die anderen wären zuständig für die sonstige Kripoarbeit und eingehende Meldungen im Mordfall Fuchs. Wolff als Leiter der Mordkommission nahm sich vor, wie immer den Libero zu geben.

»Hauptsache, wir schießen.« Er zwinkerte Sven zu. *Wenn auch daneben,* dachte er, als er über den Flur zu seinem Büro ging. Ein Polizist, der nicht schießt, sondern Angst hat zu ermitteln, sollte zum Versorgungsamt gehen.

»Herr Kommissar«, rief eine weibliche Stimme. »Warten Sie.«

Edith Krawitz kam durch den schmalen Flur geeilt, diesmal im braunkarierten Glencheck-Kostüm. Die grauen Löckchen hatte sie hochgebunden.

»Dauernd is besetzt bei Ihn' oder Sie jehn nich ran«, rief sie außer Atem. »In die Wohnung von der Britta, da is jemand.«

In dem kroatischen Lokal gegenüber der Wohnung von Britta Fuchs saß ein drahtiger, schwarzgekleideter Mann, einen Teller Djuvec und schwarzen Tee vor sich. Er beobachtete einen Motorradfahrer, der seine Maschine vor dem Hauseingang drüben parkte, sich in alle Richtungen umschaute und dann aus einer Satteltasche eine Hülle entnahm, in der Papiere waren. Der Motorradfahrer hatte einen Schlüssel zum Haus und verschwand schnell im Flur. Etwa eine Viertelstunde später, der Beobachter war gerade mit Essen fertig, kam der Bursche wieder heraus, die Hülle mit den Papieren unterm Arm, schwang sich auf sein Motorrad und brauste davon.

Kurze Zeit danach verließ die Hauswartsfrau das Haus. An ihrem entschlossenen Schritt erkannte der Verfolger, dass sie ein bestimmtes Ziel hatte. Der Mann gab seinem Partner die Bushaltestelle durch, die die Hauswartin ansteuerte, und die Richtung. Wichtiger war der Weg, den der Mann mit dem Motorrad nehmen würde, da musste einer von ihnen hinterher. Der Beobachter trank noch einen stark gezuckerten Tee und gab eine Mitteilung an seinen Auftraggeber durch.

16.

Wolff bat Edith Krawitz in sein Büro. Die Fäuste in die Hüften gestützt, musterte sie die spartanische Einrichtung: Zwei aneinandergestellte Tische, zwölf Stühle und als Wandschmuck die Karte des südwestlichen Brandenburg, die Zuständigkeit der Polizeidirektion Potsdam.

Wolff warf einen kurzen Blick in den Schrankspiegel, wischte sich einen Kuchenkrümel aus dem Mundwinkel und fuhr sich schnell über die grauen lockigen Haare. Da hatte er Glück, die saßen eigentlich immer.

»Sie sind sicher, dass jemand in der Wohnung von Britta Fuchs war?«

Die Krawitz hatte ihre Inspektion beendet und setzte sich an den Besprechungstisch. »Ihre Kollegen von die Spusi warn jegen zehne fertich mit die Wohnung und ham det blaue Siegel abjemacht. Jegen zwölfe is jemand jekomm mit 'nem Schlüssel und war 'ne Weile in die Wohnung. Als ick mit Oskar raus bin, seh ick, det es der Jan war. Der is wegjerannt wie von die Tarantel jestochen.«

»Jan, der Freund der Fuchs?« In Wolffs Kriminalistengehirn leuchtete die rote Lampe. Die Fotos im Schlafzimmer von dem Mann mit den grüngrauen Augen und dem genauen Blick.

»Ham Sie 'ne Schere?«, fragte die Hauswartin in seine Gedanken hinein und deutete auf die Yuccapalme, die gelbe Wedel bekommen hatte. Geschickt schnitt sie die vertrockneten Triebe ab, nachdem Wolff ihr eine rübergereicht hatte. »Braucht mal Wasser und een bisschen Blumenerde.«

Die Palme hatte Katja in Wolffs Zimmer gestellt, damit er »was Lebendiges« bei sich hätte. Ihm waren eigentlich seine Kommissare Leben genug. Aber Katja pflegte die Pflanze zuverlässig, und nun stand sie halt da.

»Jan ist also weggerannt, und Sie haben nicht mit ihm gesprochen?«

»Nee, eene alte Frau is nun mal keen Intercity. Aber die Augen aufjerissen hat er, als ob er Angst hätte.«

»Ich wüsste zu gern den Nachnamen vom Jan.«

»Ick leg mir uff die Lauer, Herr Kommissar, 'nen Schlüssel hat er ja noch.«

»Hat die Britta mal was von einer Reportage über die Potsdamer Kunstszene erzählt?«

»Von 'nem wichtigen Ufftrag hat sie mal wat erzählt.«

»Und weiter?« Wolff musste sich beherrschen, um seine Zeugin nicht bei den Schultern zu packen und zu schütteln. Verdammt, warum war Jan nicht gekommen, als er selbst stundenlang in der Wohnung war?

»Hätt ick nur nachjefragt.« Krawitz sah betrübt aus. Sie senkte den Kopf, dachte nach.

Wolff starrte auf die rosa Kopfhaut, die zwischen den grauen Löckchen durchschimmerte.

Dann blickte sie hoch und sah ihn triumphierend an. »Der Jan hatte, wie er da so rausjerannt kam aus die Wohnung, Papiere in die Hand.«

»Papiere?« Er hatte doch die Wohnung der Fuchs durchsucht, und heute Morgen waren die Kollegen von der Spusi vor Ort gewesen. Papiere hatte niemand gefunden.

»Müssen wichtich jewesen sein«, sagte Krawitz. »Eins von die Papiere is ihm runterjefalln, und er is zurück und hat es uffjehoben.«

»Hat Jan Sie bemerkt?«

»Gloob' ick nich. Der war so durcheinander, dasser gleich weiterjerannt is mit alle seine Papiere.«

Kaum hatte Edith Krawitz sein Büro verlassen, rief Wolff Sven zu sich.

»Kümmre dich sofort um den Freund der Fuchs. Jan, Nachname unbekannt. Die Hauswartin hat diesen Jan gesehen, als er hektisch aus der Wohnung der Fuchs gerannt kam, unterm Arm Papiere.«

»Was für Papiere?« Sven blieb stehen, wie immer, wenn er keine ausdrückliche Aufforderung zum Platz nehmen bekam. Auf seinem Gesicht erschien ein gequältes Lächeln. Die Identität des Freundes Jan zu klären, bedeutete, das gesamte Umfeld von Britta Fuchs abzuklappern, in der Hoffnung, dass irgendjemand wüsste, wie der mit Nachnamen hieß und wo er wohnte.

»Jan wollte wohl wichtige Papiere in die Wohnung der Fuchs bringen, hat dann bemerkt, dass die Spusi da war und hat hektisch abgedreht.«

»Vielleicht hat er die Papiere aus der Wohnung geholt?«

Wolff schüttelte den Kopf. »Wir haben alles abgesucht. Da war nichts.«

Sein Kollege war nicht gerade begeistert über den neuen Ermittlungsauftrag. »Ich suche nach dem unbekannten Jan und du machst in Kunst?«

Wolff hatte die Homepage der Galerie Kamphausen hochgeladen. Der imposante Eingang der Jugendstilvilla in Babelsberg Nord war zu sehen, durch das offene Portal reichte der Blick in weißgetünchte Räume, die mit bunten, abstrakten Bildern bestückt waren.

»Vergnügen und Farbenfreude«, sagte Wolff.

»Wie bitte?« Sven zog die Augenbrauen hoch.

»Kamphausen präsentiert heute Abend sein neues Wunderkind, frisch aus Mexiko.« Er klickte weiter zur Rubrik Veranstaltungen: »*Pedro Fernandez – Magier der Farben*. Da geh ich hin.«

Sven räusperte sich. *Während du Sekt schlürfst, lässt du mich herumtraben und nach Jan suchen,* hieß das.

»Ermittler müssen halt Ideen haben.« Seine Idee, den Kamphausen mal persönlich zu erleben, gefiel Wolff immer besser.

»Deshalb gilt unsere Tätigkeit auch als besonders kreativ«, maulte Sven. Dann lenkte er ein. »Was malt Fernandez denn?«

»Bei uns auf der Brandmauer kannst du solche Verzierungen umsonst angucken.«

Sven sah seinen Chef skeptisch an. Wolff ahnte, was er dachte: *Na, ob du der richtige Besucher bist?*

17.

Rechtsanwältin Verena Starke saß in ihrem Feuerwehr-Oldtimer am Laptop. Das Geständnis Katjas gestern Abend in der *Dicken Wirtin* lastete schwer auf ihr. Ihre Mandantin hatte ihren Exfreund angegriffen, nachdem der sich schon abgewandt hatte. Damit wäre die Notwehrsituation hin und Katja würde wahrscheinlich wegen versuchter Tötung verurteilt werden. Das Aus für eine Polizistin.

Es war draußen stockdunkel, und die Scheinwerfer der Autos warfen zuckende Lichter durchs Fenster. Seit Stunden rief Verena über die juristische Online-Datenbank Strafurteile auf, die sich mit Gewaltanwendung unter Partnern beschäftigten. Viele Taten fielen unter die Rubrik »vorsätzliche einfache Körperverletzung«. Knüffe, Ohrfeigen, Schläge, die nach Schwere des

Angriffs und der Verletzung meist mit kleinen Geldstrafen abgegolten wurden. Als härtere Fälle galten: Bedrohung, gefährliche Körperverletzung, Stalking. Schließlich Mord und Totschlag. Überwiegend waren Frauen die Opfer. Verena klickte sich von Urteil zu Urteil und fand schließlich den Fall einer gequälten Frau, die mit dem Messer auf ihren betrunkenen schlafenden Mann losgegangen war und ihn lebensgefährlich verletzt hatte. »Versuchter heimtückischer Mord«, lautete das Strafurteil, und allein der durch Zeugen und Gerichtspsychiater aufgearbeitete Leidensweg der Täterin brachte ihr eine Strafmilderung.

»Scheiße.« Verena legte die Stirn auf ihren kleinen zusammenklappbaren Schreibtisch. Katja hatte ihr von Beleidigungen erzählt. Ihr Exfreund hatte sich bei Bekannten und Nachbarn über ihre einfache Herkunft lustig gemacht, hatte öffentlich behauptet, dass sie eine völlige Fehlbesetzung bei der Kripo sei, und Gerüchte über psychische Probleme gestreut. Aber wie den Psychoterror vor Gericht beweisen? Blaue Flecken hatte Katja unter Kleidern und Schminke versteckt. Hätte Wolff sie nicht gezwungen, den Bluterguss an ihrer Brust von der Rechtsmedizin sichern zu lassen, gäbe es keinerlei Beweis.

»Blöde Kuh«, sagte Verena.

Warum hatte die Kommissarin sich nicht gleich gewehrt, sondern gewartet, bis der Mann aus dem Zimmer ging? Fahrig stieß Verena ihre Teetasse um, deren Inhalt sich über die Tastatur des Laptops ergoss.

»Ich geb das Mandat ab«, schrie sie ihren erlöschenden Computer an. »Kein Bock, mir meinen Ruf mit einer dämlichen Verteidigung zu verderben.«

Sie schüttelte den Kopf, dass ihre langen blonden Haare herumflogen, machte einige Tritte in die Luft, *Atemi-waza*, die im Übungskampf verboten waren. Judo – Siegen durch Nachgeben. Stimmte das?

Dann stellte sie den Wasserkocher an, warf zerkleinerte Blätter des chinesischen grünen Tees in die Kanne, goss heißes Wasser darüber, trank, legte sich kurz auf die Couch, die auch als Besprechungssofa diente. Der Rat eines erfahrenen Strafverteidigers fiel ihr ein: *Bauen Sie Ihre Verteidigung immer nach dem Worst-Case-Prinzip auf.*

»Geh vom Schlimmsten aus«, sagte Verena aufmunternd zu sich. »Die Kommissarin hat ihren Freund angegriffen und schwerverletzt. Sie hat nicht in Notwehr gehandelt. Sie hat gelogen, als sie das behauptete.«

Etwas störte Verena beim Gedanken an das *Worst-Case-Prinzip*. Es waren die schreckensweiten grünen Augen Katjas gewesen, als sie ihr Geständnis abgelegt und mit leiser Stimme gefragt hatte: »Glauben Sie tatsächlich, dass ich meinen Freund umbringen wollte?«

18.

»Und Mambo Stepp und Mambo ...« Hinter der beschlagenen Glasscheibe war eine Trainerin in Bewegung. Schweißband, Mikrofon, hoch und seitlich schwingende Arme und ein ausgestreckter Daumen, der die Richtung wies. Etwa zwanzig Frauen bewegten die Hüften zu lateinamerikanischer Musik, drehten sich und stiegen mit schnellem Fußwechsel auf kleine Podeste.

»Zum Probetraining?«, fragte eine junge Frau mit rostrotem Bürstenschnitt, als Wolff das Fitnessstudio von Dirk Nagel betrat.

»Vielleicht später.« Er setzte sich auf einen Hocker, froh, seine Beine auszuruhen. »Ich warte auf Dirk Nagel.«

Die Rothaarige zuckte zusammen.

»Sind Sie ein Bekannter von Herrn Nagel? Möchten Sie etwas trinken? Geht auf Kosten des Hauses.« Sie wies auf das verspiegelte Regal hinter sich, auf dem Behälter mit verschiedenfarbigen Pulvern standen, daneben eine Tafel mit dem Getränkeangebot. Alles hatte mit *Power, Mineral, Protein, Energy* zu tun. »Möchten Sie das Pulver mit Molke oder stillem Wasser anreichern?«

Ein Bier wäre mir lieber, dachte Wolff. Er schwitzte beim Anblick der Frauen, die ihre schlanken Körper vor der Spiegelwand im Trainingssaal zu einer einpeitschenden Musik bewegten.

»Herr Nagel kommt gleich. Denn muss hier alles tipptopp aussehn«, sagte die Barfrau hektisch. »Ich muss noch Proteinpulver nachbestellen, die Wasserlieferung ist ausgeblieben, und die Putzfrau hat sich krankgemeldet.« Sie reichte Wolff ein aprikosenfarbiges Getränk. »Die schwitzen beim Training immer so, der ganze Boden ist nass.« Sie deutete auf die Frauen hinter der Glasscheibe, die sich jetzt an Seitwärtsschritten mit einem Hüpfer versuchten. *Glisser to the side.*

Wolff erinnerte sich, dass er Katja einmal überrascht hatte, als sie sich in ihrem Dienstzimmer barfuß mit wiegenden Hüften und schwingenden Armen zu einer folkloristischen Musik gedreht hatte. Zumba, ein Mix aus Samba, Bauchtanz, Hip-Hop und Flamenco, hatte sie ihm erklärt.

Jemand rammte ihm die Sporttasche in den Rücken. Wolff blickte sich um. Das elegante dunkelblaue Stück war größer als sein rundlicher Besitzer im dunkelgrauen Dreiteiler.

»Guten Abend, Herr Doktor Meier«, flötete die Rothaarige. »Wie immer?«

Ohne den Gruß zu erwidern, reichte Dr. Meier der Bedienung ein Plastikkärtchen, das sie durch ein Lesegerät zog und ihm zusammen mit einem Chip und breitem Lächeln zurückgab. Dann schnipste der Mann mit den Fingern, und die Rothaarige begann geübt, einen sandfarbenen Mineraldrink zu mischen. Dr. Meier ergriff sein Getränk, und wieder bekam Wolff die Sporttasche zu spüren, was ihn veranlasste, sich auf dem Hocker nach hinten zu lehnen, so dass der kleine Dicke nicht die Kurve bekam.

»Könnten Sie mal bitte ...«

»Ich kann.« Wolff setzte sich wieder gerade hin.

Dr. Meier zog kopfschüttelnd weiter in Richtung Garderobe.

Die beschlagene Glastür wurde jetzt aufgestoßen. Zugleich mit den Kursteilnehmerinnen drang ein Schwall verbrauchter Luft, vermischt mit Deo, herein. Ein bisschen beneidete Wolff die Frauen, dass sie ihre Muskeln, ihr Fleisch in ergonomisch korrekter Weise bewegt und gefordert hatten, anstatt bei Schneeregen durch die zugeparkte Innenstadt zu laufen. Kaum war die Stepp-Gruppe draußen, eilte die Rothaarige mit einem Wischmopp in den Trainingsraum, fuhr mit einer Geschwindigkeit über den Boden, die einer Putzfrau in der Direktion Ehre gemacht hätte. *Wahrscheinlich darf sie ihren Lohn abtrainieren,* dachte Wolff mit Blick auf den knackigen Hintern.

In diesem Augenblick stürmte ein Mann herein. Ein blonder Herkules-Typ in einem schwarzen Mikrofaser-Anzug, die Trainingstasche über die linke Schulter geworfen. Das konnte nur Dirk Nagel sein. Sein Blick erfasste Wolff, ruhte eine Sekunde auf ihm, wanderte dann weiter. Grimmig musterte er die Rothaarige beim Übereinanderstapeln der Stepp-Podeste.

»Der Kurs ist seit einer Viertelstunde vorbei«, rief er mit einer für seine kompakte Statur erstaunlich hohen Stimme. »Hier stinkt's immer noch. Fenster auf, Heizung an.«

Ohne einen weiteren Blick marschierte er vorbei. Vor seinem geistigen Auge sah Wolff den Herkules auf einer Drückbank liegend eine Langhantelstange hochstemmen, während der Kommissar von oben auf ihn herabblickte. Dann sagte er sich, dass er lieber eine Aussage wollte als ein herausgepresstes Stöhnen.

Eine Gruppe älterer Leute, angeführt von Dr. Meier, nunmehr in schlabberigen Baumwollhosen und einem Trägershirt, das seine herabhängenden Schultern unvorteilhaft zur Geltung brachte, betrat den Empfang und trabte in Richtung Trainingsraum.

»Die Rückenschule«, sagte die Rothaarige.

Wolff beschloss zur Sache zu kommen und zeigte der Barfrau seinen Ausweis.

»Sind Sie echt von der Kripo?« Die Servicedame blickte ihn mit einer Mischung aus Ängstlichkeit und Bewunderung an. Wolff entschloss sich, sie einzuweihen.

»Britta Fuchs tot?«, presste sie hervor. Sie reinigte hektisch Gläser. »Aber wieso ... Hatte sie einen Unfall?«

»Es geht um Mord.«

Ihr Kopf schoss hoch. Entsetzt starrte sie Wolff an. »Was wollen Sie von mir? Ich mache hier meine Arbeit und sonst gar nichts.« Gläser wurden über Abwaschbürsten gestülpt.

»Sie brauchen keine Angst zu haben«, sagte Wolff sanft. »Ich weiß, dass Herr Nagel und Frau Fuchs zusammen waren.«

Laut Edith Krawitz hatte die Fuchs den Typen ausgesperrt. Wolff schnipste mit den Fingern, so wie Dr. Meier, und schenkte der Bedienung ein nettes Lächeln, um sie zum Reden zu bringen.

»Die Britta kam hier öfters zum Trainieren, aber irgendwann nicht mehr.« Abgewaschene Gläser wurden sorgfältig nebeneinander auf ein Küchentuch gestellt. »Ich spreche mit Dirk, Entschuldigung, Herrn Nagel, nicht über private Sachen.«

»Ich weiß, dass Frau Fuchs sich von Herrn Nagel getrennt hatte. Aus zuverlässiger Quelle.« Edith Krawitz wäre stolz, wenn sie das gehört hätte.

Die Rothaarige murmelte etwas von »Getränkebestellung aufgeben« und eilte in einen Lagerraum hinter der Bar.

Auf der oberen Ebene herrschte die Körperkraft. Männer mit Nierengürteln wuchteten Hanteln. Damit kannte Wolff sich besser aus als mit Stepp-Aerobic, trainierte er doch öfter in der Polizeisporthalle.

Die Geräte mit den schweren freien Gewichten, die Drückbanken und Langhantelstangen waren hinter einer verspiegelten Stellwand verborgen. Dirk Nagel war damit beschäftigt, die Fausthanteln der Größe nach auf den Ständern zu ordnen. Er hatte jetzt die Jacke seines schwarzglänzenden Anzugs ausgezogen. Darunter trug er ein ärmelloses Shirt, das anders als bei Dr. Meier äußerst vorteilhaft seinen definierten Oberkörper betonte.

»Kann ich etwas für Sie tun?« Der Mann starrte Wolff an.

Ob er ihn als Bargast wiedererkannte, war seinem Blick nicht zu entnehmen. Wolff roch Moschus und Nikotin, vermischt mit leichtem Schweißgeruch, und stellte sich vor, dass hier der Frauenmörder vor ihm stand.

Nagels Blick wechselte, schien Wolffs Lederjacke zu durchdringen, das Verhältnis von Muskelgewebe und Fett. Wie das Ergebnis war, konnte Wolff nicht sagen, aber es gab Männer in seinem Alter mit mehr Fett und weniger Muskeln.

»Wollen Sie zum Training kommen?« Er hielt ihm die Hand hin und quetschte sie.

Wolff quetschte zurück. »Kripo Potsdam. Frau Britta Fuchs wurde gestern leblos aus der Havel gezogen.«

Nagel starrte ihn an. Sein Gesicht zeigte keine Bewegung. Wolff wartete. Von Mord hatte er nicht gesprochen. Plötzlich machte der Mann eine ruckartige Kopfbewegung zur Seite, als habe man ihm eine heftige Ohrfeige verpasst. »Nein, das kann nicht stimmen.«

Wolff konnte nicht einschätzen, ob hier echte Bestürzung und Trauer vorlagen. »Wann haben Sie denn Frau Fuchs zuletzt gesehen?«

Der Antwort wurde der Mann enthoben, denn Dr. Meier hatte sich offensichtlich bei der Rückenschule so fit gemacht, dass er nun aufs Ergometer wollte. Nagel schoss hin zu dem rundlichen Club-Mitglied und stellte ihm das Indoor-Fahrrad ein.

»Ich hatte etwas gefragt«, rief Wolff ihm zu.

Der Fitnessstudio-Betreiber schlenderte wieder zurück. »Frau Fuchs hat hier trainiert.« Dann schüttelte er den Kopf: »Das ist ja furchtbar«, murmelte er. »Wissen Sie schon, wer es war?«

»Das frage ich Sie.« *Er geht also von Mord aus,* dachte Wolff.

Nagel riss die Augen auf, wobei seine solariumgebräunte Stirn Falten warf, dann senkten sich seine Augenbrauen. »Ich war es nicht.«

»Warum sollten Sie auch eine Besucherin Ihres Studios umbringen?«

Nagel sah ihn zweifelnd an. »Okay, Sie wissen also, dass Britta, ich meine Frau Fuchs, mehr als ein Club-Mitglied war.«

Gar nicht so dumm geschlussfolgert, dachte Wolff. »Meine ersten Ermittlungen fanden im Wohnhaus der Toten statt.«

»Da war ich nie«, sagte Nagel. »Frau Fuchs und ich waren manchmal nach dem Training etwas trinken, hier in der Altstadt. Frau Fuchs wohnte irgendwo weiter draußen Am Schlaatz.« Seine Hand fuhr wegwerfend durch die Luft.

Wolff überlegte, ob er den verzweifelt aufheulenden Ex-Liebhaber im Treppenhaus, von dem Edith Krawitz erzählt hatte, erwähnen sollte, entschied sich dann dagegen. Den Knaller würde er später bringen.

»Hat Frau Fuchs Feinde gehabt?«

»Sie war halt Klatschjournalistin.« Nagel schien etwas beruhigt, dass er aus dem Fokus war. »Sie hatte einen ziemlich flotten Stil drauf, direkt und unverblümt. Ich hab mich manchmal gewundert, dass die Chefredakteurin so was durchgehen lässt. Da fühlen sich bestimmt einige beleidigt.« Er blickte starr an Wolff vorbei zu Dr. Meier, der gerade an seinem Elektrolytgetränk saugte.

»Okay, letzte Frage: Was haben Sie vorgestern gemacht?«

Nagel brach in ein wieherndes Lachen aus, das Reihen perfekt weißer Zähne sehen ließ. »Mein Terminkalender ist gut gefüllt, Herr Kommissar. Die geschäftlichen Termine können Sie bei meiner Sekretärin abfragen. Und Sie werden es nicht glauben, zwischendurch bin ich auch ganz gern mal alleine. Liege in meinem Whirlpool oder stemme ein paar Hanteln.«

»Hier im Studio?«

»Ich habe eine komplette Ausstattung in meinem Loft, hier in der Nähe. Wollen Sie es sehen?«

Wolff winkte ab. »Wann ist denn Frau Fuchs das letzte Mail hierher zum Trainieren gekommen?«

Wieder lachte Nagel unangemessen laut auf. »Glauben Sie, ich führe Buch?«

»Ich kann mir sicher die Listen mit den Besuchern ansehen? Die werden doch elektronisch registriert?«

»Okay, Frau Fuchs hat ihren Vertrag gekündigt. Das Studio gefiel ihr nicht mehr.«

»Hatten Sie Streit?«, fragte Wolff mit honigsüßem Lächeln.

»Sie entschuldigen mich einen Augenblick.« Nagel eilte zu Dr. Meier, der rotgesichtig sein Indoor-Training beenden wollte.

»Achthundertsiebenundneunzig Moves«, berichtete der kleine Dicke stolz.

Nagel lobte ihn und kam dann zu Wolff zurück. »Mein Studio ist angesagt hier in der Gegend. Es kommt mir wirklich nicht auf ein Club-Mitglied mehr oder weniger an.«

»Ich fasse zusammen:« Wolff richtete sich auf. »Sie kannten Frau Fuchs, sind ein paar Mal zusammen ausgegangen, nie in ihrer Wohnung gewesen. Seit einiger Zeit kam Frau Fuchs nicht mehr, weil ihr das Studio nicht mehr gefiel. Richtig?«

»Völlig richtig, Herr Kommissar.«

Wolff ging zu den Hanteln, die Nagel vorhin sortiert hatte, und holte schnell seine Utensilien zur Sicherung von Fingerabdrücken heraus.

»Was machen Sie denn da?« Der Inhaber schoss geradezu auf Wolff zu.

»Sie haben wohl keine Zeit, Krimis anzugucken?«

»Fingerabdrücke?«

»Richtig.«

Nagel blähte seinen mächtigen Brustkorb, dass sein ärmelloses Hemd spannte. »Sie behandeln mich, als wäre ich der Mörder.« Seine Stimme kiekste, dann hatte er sich wieder im Griff. »Ich habe mit dem Mord an Frau Fuchs nicht das Geringste zu tun«, sagte er, jedes Wort betonend. »Sie hat mir von einem Schauspieler erzählt, der sie wegen Beleidigung angezeigt hat. Vielleicht sollten Sie da mal hingehen.«

»Sie gestatten, dass ich noch schnell meine Arbeit beende.«

Wolff nahm den Pinsel mit dem Rußpulver, fuhr über die Hanteln und sicherte die sichtbar gemachten Abdrücke mit einer Klebefolie.

Der Fitnessstudio-Inhaber schien sich entschlossen zu haben, die Angelegenheit mit Humor zu betrachten. »Ist ja wirklich interessant, die Kripo bei der Arbeit zu sehen.«

»Daktyloskopie«, sagte Wolff.

»Bin ich jetzt für alle Ewigkeiten im Polizeicomputer gespeichert?«

»Nein. Die Abdrücke werden sofort gelöscht, wenn wir den Täter haben.« Wolff packte seine Utensilien ein und lächelte Nagel an. »Es sei denn, Sie sind der Täter. Verlassene Männer kommen auf komische Ideen.«

19.

Emma war der große, dunkelhaarige Mann sofort aufgefallen. Er hatte einen guten Platz gewählt in der Nähe des Tisches, auf dem Gläser mit frisch eingeschenktem Sekt standen, und lehnte mit dem Rücken an der Wand, eingerahmt von zwei Gemälden. Links ein dunkelroter Strudel, rechts wellenförmige Muster in verschiedenen Grüntönen. Vor dem Mann stand Leonie Sanft, Kunsthistorikerin, langjährige Assistentin und frühere Geliebte Kamphausens. Sie redete auf ihn ein, pries das neue Malertalent an und warf die goldblonden Haare zurück. Zu lang, zu lockig, zu jugendlich für die Mittvierzigerin, fand Emma, wie eine in die Jahre gekommene Barbie. Aber sie bewunderte Leonie wegen ihrer umfassenden Kenntnis in bildender Kunst und fragte sich manchmal, warum die Frau ihr Leben im Dienst des Galeristen verbrachte, der nicht daran dachte, sich auch privat zu ihr zu bekennen.

Im Augenblick interessierte Emma sich mehr für den unbekannten Mann, der der Veranstaltung mit leicht ironischem Gesichtsausdruck beiwohnte. Er weckte ihre Neugier. Einen Großteil der Kunden Kamphausens kannte sie. Das Geschwätz über ein neu entdecktes malerisches Riesentalent oder die lukrativste Geldanlage auf dem Kunstmarkt langweilte sie mittlerweile. Dieser Mann lauschte dem Verkaufsgeplauder Leonies und musterte zugleich die Leute, die in Gruppen vor den Bildern standen, über deren Aussage diskutierten oder darüber, ob es lohnte, in einen noch unbekannten Maler zu investieren.

Emma rückte das knappe, in Form einer Rosette gestaltete Oberteil ihres schwarzen Cocktailkleides gerade, in dem sie sich eigentlich zu wenig angezogen fand, das ihr aber eine Freundin empfohlen hatte. Nach der schmerzhaften Trennung von Marc, der auf ihr Geld spekuliert hatte, war sie dringend auf nette Komplimente angewiesen, die ihr, und nicht ihrem Vermögen galten. Emma entschloss sich, ins Blickfeld dieses Mannes zu treten, griff ein Glas Sekt. Der Fremde trug schwarze Hosen und ein hellblaues Hemd, kein Jackett, was ihn von den meist älteren Männern in dunklen Anzügen unterschied.

»Ich bin auch Kunsthistorikerin«, sagte gerade Leonie Sanft zu dem Mann. Sie hatte eine für Emmas Gefühl ungeeignete Stimme, um zum Kauf teurer Kunstgegenstände anzuregen, hoch und leicht quäkend. »Aber im Gegensatz zu Ihnen beschäftige ich mich jetzt ausschließlich mit der Gegenwartskunst.«

Aha, dachte Emma, *ein Kunsthistoriker.* Nicht schlecht, man hätte Gelegenheit, sich miteinander zu unterhalten. Und noch mal Aha: Der Typ hatte eine gute Stimme, klar, mit deutlicher Aussprache und einem Hauch norddeutschen Akzent. Gerade als Leonie in gehetzt klingender Sprechweise den Werdegang des Malertalents des Abends, Pedro Fernandez, schilderte, setzte Emma ihr Glas mit betonter Geste auf dem Getränketisch ab. Jetzt hatte auch Leonie sie bemerkt.

»Emma, meine Liebe, eine wundervolle Vernissage hat Arthur ausgerichtet, findest du nicht auch?«, sprudelte sie.

Emma nickte zustimmend und sagte, dass dort hinten die Dame in Lila mit dem grauen Pagenkopf offensichtlich ins Geschäft kommen wolle.

»Tschüss, meine Liebe, du hast recht. Pflichten.« Leonie verdrehte bemüht scherzhaft die himmelblauen Augen und eilte zu der Kaufinteressentin hin, wobei sie an einen Mann stieß, der daraufhin seinen Sekt verschüttete. »Oh, ich Tollpatsch habe Sie angerempelt, ich hole ein Handtuch«, quäkte Leonie.

Emma dachte, dass sie bestimmt Zoff mit Kamphausen hatte. Leonie beherrschte die Verkaufspräsentation und bewegte sich sicher auf dem gesellschaftlichen Parkett.

Der unbekannte Mann hatte sich in ihre Richtung gewandt. »Gefallen Ihnen die Gemälde hier?« Seine Stimme war tief, etwas aufgeraut und freundlich.

Emma brauchte kein Kaufinteresse vorzuheucheln. Sie war auf der Standardgästeliste von Kamphausen, und ab und an weckte eins der ausgestellten Werke ihr Interesse oder ihren Neid, weil es eine gekonnte Farbgebung hatte, die sie auch nach sechzehn Semestern Kunststudium nicht hinbekam. Es fehlten die Übung, die Ausdauer, die Begeisterung, die nötig waren zum Malen. Sie entschloss sich, nicht die wohlsituierte Vernissage-Gängerin zu geben.

»Ich bin eher zufällig hier«, sagte sie zu dem Mann. »Mir ist eine Verabredung geplatzt.«

»Das ist mein Glück«, antwortete er charmant lächelnd. »Sie haben ja keinen Sekt mehr. Morgen ist es zu spät, den heutigen Abend zu genießen.«

Er wartete die Antwort nicht ab. Emma wandte sich einem Bild zu. Sie fühlte ihr Herz schlagen.

Schon war der Mann wieder da, reichte ihr ein Glas, das Getränk perlte. »Ich heiße Carsten Henschke, Kunsthistoriker, komme gerade von einer Ausstellung in Sankt Petersburg, für die ich beratend tätig war, und fahre in den nächsten Tagen nach Köln, auch in Sachen Kunst.«

»Welche Werke werden denn in Sankt Petersburg ausgestellt?«

»Werke eines halb vergessenen sibirischen Malers aus dem neunzehnten Jahrhundert. Ich habe Quellenstudien betrieben, die Entstehung der Gemälde und den Lebenslauf des Künstlers analysiert. Aber ich möchte Sie nicht langweilen. Diese Kunst hier ist anders.« Seine Augen ruhten auf Emma, dunkel und neugierig.

»Emma von Burgsdorff, ich bin Kunststudentin.«

»Ich ahnte Ihre Zugehörigkeit zur Malerei. Wollen wir gemeinsam ein Bild interpretieren? Sehen Sie diese Schwünge?« Er deutete auf den dunkelroten Strudel, in dessen Mitte helle Farbe war. »Es zieht mich geradezu in die Tiefe. Am liebsten würde ich hineinfassen, die Farben fühlen.« Henschke fuhr sich mit der Hand durchs Haar, das er entgegen der Mode im Nacken lang trug.

Emma rief sich ihr Wissen über verschiedene Strömungen nicht gegenstandsbezogener Malweisen in den Kopf. »Ja, mich begeistert auch, wie Pedro Farben, Kontraste und Formen komponiert.«

»Sie können das bestimmt auch, wo Sie doch Kunst studieren.« Gespreizte Finger fuhren dicht übers Bild, als wollten sie die Landschaft aus Farben streicheln.

»Nein, ich kann das nicht. Ich wollte, ich könnte es.« Emma fühlte, wie ihr das Blut in den Kopf schoss.

»Seien Sie nicht zu bescheiden.« Er lächelte sie an mit Grübchen in den Wangen.

»Ich gehe gleich morgen an meine Staffelei und übe. Vielleicht sogar noch heute Nacht.«

»Ich würde gern zuschauen, wie Sie das Malen üben.« Der Mann bohrte seine dunklen Augen in ihre.

Emma warf den Kopf in den Nacken und sah ihn direkt an. »Das Bild weckt in mir die Assoziation von Helligkeit am Ende einer langen Röhre.«

»Ich denke an Geburt. Das Licht auf dem Grund, das ist die Hoffnung.«

Emma versuchte, das Licht in der Mitte zu umgehen, sich an der dunkelroten Farbe festzusaugen. Es gelang ihr nicht.

»Ich finde, es hat ein Geheimnis.« Verführerstimme.

Emma würde sich nur zu gern verführen lassen nach dem Desaster mit Marc. Sich nicht mehr quälen bei dem Gedanken, wie ihm seine Gesichtszüge entglitten waren, als sie das Wort Ehevertrag in den Mund nahm.

Henschke hatte weitergeredet. »Es ist wie ein Sog. Sie stehen vor dem Gemälde, es ist warm, heiß. Es hat eine existentielle Bedeutung.«

Emma starrte in den hellen Schlund in der Mitte. »Ist das nicht überinterpretiert für einen weinroten Strudel, der in der Mitte heller wird?«, sagte sie betont nüchtern. Sie spürte plötzlich Unruhe. *Nicht schon wieder verlieben,* dachte sie, *wo ich mir gerade meine eigene Welt zurückhole.*

In Emmas Blickfeld erschien ein älterer, kräftiger Mann in Jeans und Lederjacke, den sie nicht kannte. Sie hatte ihn schon vorhin bemerkt, er hatte ihr freundlich zugenickt und war zunächst am Eingang stehen geblieben, während sie sich sofort unter die Gäste gemischt hatte. Er hatte den Kopf voller grauweißer Locken, ein Glas Sekt in der Hand, durchquerte den Raum, wobei er sich neugierig und genau umsah. Den Gemälden schenkte er weniger Beachtung als den Gästen.

»Okay.« Sie lächelte ihre neue Bekanntschaft an. »Taufen wir das Bild ›Abziehendes Gewitter‹.«

Er lächelte zurück. »Schöner Vorschlag. Gewitter zieht ab. Das hat etwas Verheißungsvolles. Es wird schön.«

20.

Durch die Fenster drang goldgelbes Licht in den kalten regnerischen Abend, als Wolff eine Stunde zuvor die Galerie Kamphausen betrat. Besucher in eleganten Mänteln, Frauen in Pelzen und auf hochhackigen Schuhen. Wolff fragte sich, ob es wieder Kavaliere gab, die ihre Angebetete auf Händen über Pfützen trugen. Die Erwartung, die die Gäste in die Galerie eilen ließ, schwappte sogar auf ihn über.

Vor der Jugendstilvilla entstieg eine junge Frau einem Taxi. Ihr dunkles Haar hing ihr wie ein Vorhang über den Rücken.

Auf hohen Absätzen sieg sie mit zielsicherem Schritt die Stufen zur Galerie hoch. Wolff folgte ihrer Duftbahn, die direkt in das goldgelbe Licht führte. In der Garderobe entwand sich die junge Frau ihrem Mantel. Sie trug einen gestuften, schwarzen Seidenrock und ein knappes rosenartiges Oberteil. Helle Haut, die sich über den runden Schultern spannte, über dem gewölbten Busen. Wolff verdrängte den Gedanken, was passieren würde, wenn die junge Frau einmal tief Luft holte ... Die Frau stellte sich vor den Spiegel. Langes Haar, das in die Höhe gezogen, gestriegelt und wie ein Fächer fallen gelassen wurde.

Dann eilte sie auf einen älteren Mann zu. Sein Gesicht hellte sich auf, sie fielen sich geradezu in die Arme, Wangenküsse links und rechts.

»Arthur«, hörte Wolff sie rufen. »Das wird hier wirklich gut.«

Aha, dachte Wolff, der Galerist, *der geklaute Bilder kauft.*

Arthur Kamphausen trug einen dunklen Anzug und statt einer Krawatte eine Brosche mit einem Katzenauge. Sein Haar war silberweiß und lang, über der Stirn zurückgestrichen, nach hinten in einer Welle bis auf die Schultern fallend. Er hatte eine große, gebogene Nase und müde Augenlider. *Wie ein Stadtindianer,* dachte Wolff und nickte dem Galeristen zu. Kamphausens Gesicht verzog sich zu einem mechanischen Lächeln.

Drinnen im Saal war ein Gesumm wie von einem Bienenschwarm. Glänzende Gesichter, perlende Zähne, nackte Haut und bunter Glitzer. Overdressed zu erscheinen schien modern zu sein. An den weißen Wänden hingen abstrakte Bilder in verschiedenen Formaten und Farben.

»Bitte, mein Herr, bedienen Sie sich.« Ein junger Mann, offensichtlich arabischstämmig und mit großem Eifer dabei, gewähltes Deutsch zu sprechen, hielt Wolff ein Tablett hin.

Sekt, Wein, Saft, Mineralwasser. Eigentlich wollte er nichts von dem nehmen, was Kamphausen anbot. Seit er die anonyme Anzeige über kriminelle Kunstdeals gelesen hatte, vermutete

Wolff einen unheilvollen Zusammenhang zwischen den Recherchen von Britta Fuchs über Kamphausen und ihren gewaltsamen Tod. Er nahm doch ein Glas Sekt, weil er so besser ins Ambiente passte, und beobachtete den Galeristen, der im Mittelpunkt einer Gruppe stand und redete.

So bringt man Kunst unter die Leute und deren Geld zu sich, dachte Wolff. Langsam schob er sich an den Leuten vorbei. Die Männer waren überwiegend nicht jung und trugen teure Anzüge. Frauen in den Zwanzigern traten in kurzen, ausgeschnittenen Kleidern auf. Sie zeigten ernste Gesichter, als geizten sie mit ihrem Lächeln, zum Ausgleich für die nackte Haut. Es gab auch ältere Frauen, die weniger Haut zeigten, nicht als Partnerin eines Mannes auftraten, dafür aber den Raum mit den Augen durchforsteten. Letzteres war eine Tätigkeit, die auch Wolff gern und viel ausübte. Sein Blick fiel auf eine Frau mit goldblonden Locken in den Vierzigern, die dicht beim Büfett stand. Sie unterhielt sich mit einem Mann mit wachem Blick, der sich in seinem gutsitzenden hellblauen Hemd angenehm von den Anzugträgern abhob. Daneben stand die junge Frau im Rosettenkleid, die er bereits vorhin am Eingang gesehen hatte, und warf dem Mann verhaltene Blicke zu. Die Blonde stand vor dem Büffet, ohne etwas zu nehmen, und trat nervös von einem Fuß auf den anderen.

Wolff stellte sich vor ein quadratmetergroßes Bild in Feuergelb, Orange, Rot, das ihn an einen abgefackelten Müllcontainer erinnerte.

»Ich kann mich gar nicht entschließen, ein Bild zu kaufen«, stöhnte neben ihm eine Frau. »Sie sind so groß, so bunt, ich finde sie fast vulgär.«

»Sie sind nicht vulgär, sie sind direkt.«

»Dann erklär mir die direkte Aussage von dem Bild. Über der Leinwand ausgequetschte Farbtuben.«

»Diese Orangetöne sind genau das, was ich für die Praxis

brauche. Arthur wird dir schon die Botschaft des Malers klarmachen.«

Wolff wollte sich gerade umdrehen, da sagte die eine leise: »Der gute Arthur soll ja in Schwierigkeiten sein. Ein paar nicht ganz astreine Stücke …«

»Wie meinst du?«

»Arthur soll angeblich …« Die Stimme senkte sich.

Wolff trat vorsichtig einen Schritt näher.

»… abgekauft … unbekannte Eigentümer.« Dann nur noch Flüstern und schließlich wieder etwas lauter: »Du weißt von nichts, okay?«

Wolff drehte sich zu den Frauen hin. Sie sahen wie Schwestern aus, ohne einander zu ähneln. Irgendwo zwischen fünfzig und sechzig, mager, mit kinnlangen, gepflegten Haaren in Grau, was jetzt offensichtlich Mode war. Beide hatten festgeschraubt wirkende, interessierte Gesichter angelegt und zeigten viele weiße Zähne, als Wolff ihnen zulächelte.

»Da ist ja Arthur«, rief die eine plötzlich schrill. »Ich muss ihn unbedingt fragen, ob das orangefarbene Teil zu mir passt.«

Wolff wandte sich wieder dem speienden Vulkan zu. Getrocknete Wellen von orangefarbener Ölfarbe, auf schillernden Vulkanen und Wildwassern. Kunstraub und Hehlerei. Gab es einen Zusammenhang zum Mord an Britta Fuchs? Er dachte an die anonyme Anzeige. Viele geklaute Kunstwerke blieben bei unbekannten Sammlern in der Illegalität. Hatte die Journalistin etwas Brisantes aufgedeckt? Musste sie deshalb sterben?

»Arthur.« Die Grauhaarige hatte den Galeristen erreicht und schwenkte ihre Wangen an seinen vorbei. Kamphausen stand nun in einer anderen Gruppe, den Arm um die Schultern eines schmalen Jungen mit schwarzem Dutt gelegt. Pedro Fernandez fingerte an seinen Hemdknöpfen, die Beine gekreuzt.

Wolff konnte die durchdringende Stimme der Frau hören, wie ein Moped. Kamphausen sah der Kundin ins magere Gesicht, schien zuzuhören, lachte, als habe er die liebste Freundin getroffen. Da glänzte auch die Grauhaarige. Der Maler stand daneben und bemühte sich, die elektrisch aufgeladenen Röcke der Dame neben ihm von seiner Hose zu wischen. Dann lächelte er krampfhaft. Kamphausen hatte anscheinend für ihn das Bild mit den genialen Orangetönen an die Grauhaarige verkauft.

An der hinteren Wand des Saales sah Wolff eine offene Tür, dahinter ein Raum, in dem ein Flügel stand. Er durchquerte den Saal. Auf der Brokatdecke lagen Präsentationskarten. *Kamphausen präsentiert: Pedro Fernandez – Magier der Farben!* Aus dem Halbdunkel betrachtet, erschienen der hellerleuchtete Ausstellungsraum, die glänzenden Gesichter, die vielen Farben wie ein Fest in einer Opernaufführung.

»Ein guter Platz zum Beobachten, nicht wahr?« Plötzlich stand die Blondine neben ihm, die er vorhin am Büffet wahrgenommen hatte. »Sie habe ich hier noch nie gesehen. Darf ich fragen, wie Sie hierher kommen?« Sie hatte eine hohe, etwas quäkende Stimme.

»Ich kam hier vorbei, auf dem Nachhauseweg«, sagte Wolff. »Ein Freund hat mir von der Galerie Kamphausen erzählt.« Vernissage-Grinsen.

»Leonie Sanft, Kunsthistorikerin und die rechte Hand von Herrn Kamphausen. Zu meinen Aufgaben gehört es, mit einem Kaufinteressenten über Maltechniken zu reden und die Kaufverhandlungen zu begleiten.«

Wolff schien, dass das geschäftsmäßige Lächeln ihr Mühe machte. Auf ihrem hübschen Gesicht lag ein Ausdruck der Resignation, des Überdrusses. Der Kriminalist in ihm überlegte, ob die Frau als Zeugin taugte. Vielleicht hatte sie Britta Fuchs gekannt. Aber es war zu früh, sich als Kriminalist zu erkennen zu geben.

»Uwe Wolff, engagierter Bürger«, sagte er mit kleiner Verbeugung. »Ich stelle Nachforschungen über die moderne Stadtentwicklung in Potsdam an und wie man Vielfalt möglichst nachhaltig ins Stadtbild integriert.« Er holte Luft nach dem langen Satz.

In den Augen der Leonie Sanft erschien der Funke eines Interesses. »Wollen Sie über Urbanisierung veröffentlichen? Ich könnte Sie in der Szene bekanntmachen.« Sie legte ihm die Hand auf den Arm. »Schauen Sie, die junge Frau am Getränkebüfett ist die Erbin des Burgsdorff-Vermögens«, flüsterte sie. »Emma ist regelmäßig hier. Sie studiert Malerei und verwaltet die Gemäldesammlung ihres Großvaters.«

Die Frau mit dem Rosettenkleid. Emma von Burgsdorff. Sie war immer noch ins Gespräch mit dem dunkelhaarigen Mann vertieft, die beiden hatten nur Augen füreinander. Wolff seufzte leise und dachte an Katja, die sich den Abend mit seiner achtzigjährigen Mutter vor dem Fernseher vertrieb.

»Da scheint sich was anzubahnen«, wisperte Leonie Sanft. »Wenn man reich ist als Frau, hat man es bei der Männerwahl nicht leicht. Emma hat sich gerade getrennt. Der Ganove hörte etwas von Ehevertrag und macht die Biege.«

Wolff beugte sich leicht zu ihr hinüber und roch Maiglöckchen. »Wer ist denn der Mann da?« Gerade reichte Emmas Gesprächspartner ihr galant ein Glas.

»Auch ein Kunsthistoriker. Ich kannte ihn bis heute nicht, aber Arthur, ich meine Herr Kamphausen, hatte wohl bereits Kontakt zu ihm.«

Im Saal kam Bewegung auf. Die Gruppen öffneten sich, drehten sich in die Richtung, in der das feuerspuckende Bild hing. Dort stand Kamphausen, neben ihm der junge Maler. Es wurde still.

»Ich bin glücklich, Sie hier zu begrüßen«, sagte Kamphausen. »Ich sehe liebe Freunde, aber auch fremde Gesichter, und das macht mich besonders stolz. Denn Sie kommen, weil Sie neugierig sind. Und Ihre Neugier ist der Anfang, der Kunst auf ihren schwierigen Wegen zu folgen.« Das Lächeln des Galeristen erreichte alle, auch Wolff, obwohl Kamphausen ihn gar nicht sehen konnte. Der Maler blickte zu Boden. »Auch ich habe versucht, selbst zu malen. Einige Versuche hingen im Haus meiner Eltern, in irgendeinem Winkel. Andere konnten es besser. Warum also sollte ich nicht einen wirklichen Maler aus seinem Winkel holen, ihm die Resonanz verschaffen, ohne die Kunst nicht gedeihen kann?«

Leises Lachen. Kamphausens Stimme war angenehm, aber für Wolff klang der Initiator hindurch, der einen jungen Künstler in Mode brachte. »Sie, meine Damen und Herren, sind das Publikum, das der Künstler so dringend braucht.«

Die Leute klatschten und Kamphausen schob den Magier der Farben in den Vordergrund, damit Pedro seinen Beifall einsammeln konnte.

»Ich bin heute Abend in der glücklichen Situation, sagen zu dürfen: Hier hängen Gemälde, die für sich sprechen.« Kamphausen fuhr sich mit der Hand durchs silbrige Haar, als habe er vor Rührung den Faden verloren.

»Der Galerist, wie er leibt und lebt«, sagte Leonie Sanft neben ihm.

Wolff hörte einen bitteren Ton. Da schwelte was in ihrem Innern. Schlecht bezahlt, ausgenutzt? Das glaubte er in dem Milieu nicht. Er warf einen Blick auf ihre Hand, die sich in der Brokatdecke auf dem Flügel festkrallte. Kein Ehering. Heftige negative Emotion, sagte ihm sein kriminalistisch geschulter Verstand. Die Frau löste ihre Hand von der Decke und ließ unvermittelt die Finger durch ihr Haar gleiten. Die Handbewegung wirkte lässig und einstudiert zugleich, sie zeigte kurz ihre Stirn, ließ das Haar wieder in seine Fasson fallen. *Genau so fährt sich Kamphausen durchs Haar,* dachte Wolff. *Sie hat ihn verinnerlicht. Sie leidet.*

Wolffs Hand glitt in seine Jackentasche, umschloss die Kripomarke. *Ran an die Frau,* schrie der Ermittler in ihm. *Sie kennt die Szene, sie hat offensichtlich Wut auf Kamphausen. Die anonyme Anzeigende?* Der Drang, sich als Polizist zu erkennen zu geben, war stark. Ein Rest Vorsicht hielt ihn davon ab. Vielleicht hatte Leonie Sanft einfach einen schlechten Tag. Vielleicht stammte die anonyme Anzeige von jemand anderem aus der Szene. Gab er sich zu erkennen und sie rannte zu Kamphausen, wäre eine Polizeiaktion zum Scheitern verurteilt. Jetzt hier allein konnte er nichts ausrichten. Morgen? Kamphausen wäre gewarnt und externe Tresore, in denen geraubte Kunstwerke gelagert werden konnten, gab es genügend.

»Wie lange arbeiten Sie schon für Herrn Kamphausen?« Die Finger pressten sich um die Kripomarke.

»Ewig. Etwa zwanzig Jahre. Ich habe mir bereits mein Studium mit der Arbeit in seiner Galerie finanziert«, sagte Leonie Sanft resigniert. »Sie entschuldigen mich, ich muss wieder zu den anderen Gästen.«

Sie zog ihren Rücken mit Anstrengung gerade, bevor sie ins Helle trat, ging mit hocherhobenem Kopf zu den Besuchern, die einen Halbkreis um Kamphausen gebildet hatten.

Leonie Sanft. Zwanzig Jahre neben dem Meister, da kommt schon was rüber, dachte der Kriminalist Wolff.

In diesem Augenblick schob sich ein junger Mann in sein Blickfeld, der bis eben noch nicht unter den Gästen gewesen war. Der Mann war ein Fremdkörper. Sein Gesicht stach geradezu aus dem lachenden, glänzenden Umfeld heraus. Seine Augen waren starr auf Kamphausen gerichtet, der Mund verkniffen, Jeans und Lederjacke schlammbespritzt.

Er schob sich direkt zu dem Galeristen durch. Die Gesprächstraube um ihn verstummte. Man witterte einen kleinen Skandal. Wolff trat näher an den Störenfried heran. Er kannte ihn von irgendwoher.

»Mörder«, schrie der junge Mann dem Galeristen ins gekünstelt lächelnde Gesicht. Und noch mal: »Mörder!«

»Bitte verlassen Sie die Vernissage«, sagte Kamphausen laut, packte den Mann an der Lederjacke. »Wenn Sie etwas mit mir zu bereden haben, dann kommen Sie morgen wieder.«

Es war, als hätte sein Ausbruch den Eindringling erschöpft. Er ließ sich von einem plötzlich aufgetauchten, durchtrainiert wirkenden Mann im schwarzen Anzug am Arm packen und hinausschieben. Wolff war jetzt so nahe gekommen, dass er sah, wie dem jungen Mann Tränen übers Gesicht liefen.

Die Störung hatte die Gäste durcheinandergerüttelt. Sie bildeten neue Gruppen, schüttelten die Köpfe, sprachen aufgeregt miteinander. Mehrere Frauen schlangen die Arme umeinander. Der Kellner mit einem Tablett in der Hand stand starr wie ein Pinguin.

Leonie Sanft war verschwunden.

Kamphausen hatte sich im Griff. »Die Welt wird bunter«, sagte er lächelnd zu seinen Gästen. »Und die Meinungsfreiheit ist ein hohes Gut. Wo ist Pedro?« Er blickte sich um, sah den Star des Abends, der sich zu einem seiner Werke zurückgezogen hatte, holte ihn wieder in die Mitte. »Kehren wir zurück zum Anlass unseres Beisammenseins. Hier hängen Werke eines verheißungsvollen Künstlers. Kaufen Sie, meine Herrschaften.«

In diesem Augenblick wusste Wolff, woher er den jungen Mann kannte. Das Foto. Jan, der Freund der Fuchs. Jan, der Mann mit dem unbekannten Nachnamen.

Wolff raste nach draußen, ohne sich um das Gezeter der Leute, die er anrempelte, zu kümmern. Aber er sah nur noch, wie Jan sich auf sein Motorrad schwang und in der Nacht verschwand.

Der Wahrheit auf der Spur 3

Seit langem versuche ich, dem schmutzigen Geschäft mit der Kunst auf den Grund zu gehen.
Arthur Kamphausen, ehrenwerter Galerist, ist ein Millionenbetrüger. Der Apfel fällt nicht weit vom Stamm. Großpapa erwirbt Kunstwerke aus den Beutezügen der Nationalsozialisten. Papa pflegt Kontakt zu obersten SED-Kreisen, verteidigt Kunstgegenstände und Villa mit Erfolg gegen die Überführung in Volkseigentum. Sohnemann übernimmt das Vermögen, vereitelt die Rückführung des Raubgutes an die wahren Berechtigten und weitet die Geschäfte in den arabischen Raum aus.
Noch habe ich nicht genug Material gesammelt. Aber ich bleibe am Ball.

Potsdam, im Oktober 2017
Britta Fuchs

Der 3. Tag

Mittwoch

21.

Der Missklang auf der Vernissage, nachdem Jan, der Freund der Britta Fuchs, dort hereingeplatzt war, ließ Wolff in der Nacht schlecht schlafen. Immer wieder sah er das verstörte Gesicht des jungen Mannes vor sich. Immer wieder hallte der Ruf nach, den Jan dem Galeristen Kamphausen entgegengeschleudert hatte: »Mörder!«

Am Morgen unterrichtete Wolff noch von zu Hause aus die Zentrale, dass Arthur Kamphausen observiert werden sollte.

»Observierung, ha, ha, weißt du, wie viele Kräfte das bindet?«, schlug es ihm unfreundlich entgegen.

»Dann heuer einen Bauwagen nebst Arbeitern an, dass sie sich vor der Galerie auf die Lauer legen.« Wolff legte missgelaunt auf.

Am Eingangstor des Polizeireviers angelangt, klingelte sein Handy. Eine aufgeregte ältere Frauenstimme. »Jetzte is er wieder da. Is eben mit dem Schlüssel rein. Ick leg mir uff die Lauer, bis er wieder rauskommt.«

Edith Krawitz hatte ihren Ermittlungsauftrag gut erfüllt. Wolff wendete seinen Wagen, setzte die Blaulichtlampe aufs Dach, als er durch die Innenstadt nach Süden zum Wohnhaus der Fuchs Am Schlaatz raste. Leiser Schneeregen setzte ein, der Wischer kratzte über die Scheibe, und Wolff schaltete das Gebläse an. Blaulicht bedeutete nicht unbedingt, dass alle Autofahrer schnell Platz machten. Rechte Spur, linke Spur, er fluchte, Berufsverkehr, alles verstopft. Wolff lockerte seine verkrampft das Steuer haltenden Hände und hoffte nur eins: Jan, der Freund der Fuchs, sollte noch in der Wohnung sein.

Endlich da. Vor dem Wohnblock Am Schlaatz war kein freier Parkplatz und Wolff musste den Wagen im Halteverbot abstellen. Der Schneeregen wurde dichter. Der Kommissar rannte. Sein Knie, das er sich bei einer Verfolgungsjagd durch einen brennenden Stall angeschlagen hatte, schmerzte. Der kaputte Knöchel schmerzte sowieso.

Am Hauseingang stand Edith Krawitz, wie immer im Kostüm. »Er is noch oben«, sagte sie strahlend. »Soll ick mitkomm'?«

Wolff entschied, dass Jan, der trauernde Freund, nicht gefährlich war und nickte. Während sie beide zum sechsten Stock hochfuhren, glättete er seine Haare, die sich in der feuchten Luft noch mehr als sonst kringelten. Sein Instinkt sagte ihm, dass der Freund der Journalistin etwas Wichtiges wusste, sonst wäre er gestern nicht hektisch mit Papieren unterm Arm aus der Wohnung gerannt.

»Geben Sie mir den Schlüssel, Frau Krawitz?« Wolff stellte sich neben die Tür und klingelte. »Öffnen Sie bitte, Polizei.«

Niemand öffnete.

»Der is noch drin«, flüsterte die Krawitz, die entgegen seinem Verbot hinter ihn getreten war. »Durchs Fenster kann er nich, und bei mir vorbeijekomm' is er auch nich.«

Wolff klingelte noch einmal und wartete, dann schloss er auf. Mit gezogener Waffe ging er durch den Flur, die Hauswartsfrau hinter ihm. Die Tür zum Wohnzimmer war geschlossen. Wolff wartete kurz, dann stieß er sie auf.

Ein Mann stand vor einer Kommode und wühlte darin herum.

»Verflucht, Sie schon wieder. Haben Sie mich nicht gestern zur Genüge ausgequetscht?« Dirk Nagel sah jetzt nicht aus wie der Inhaber eines gutgehenden Fitnessstudios. Sondern wie einer, der ertappt wird. Er trug einen schlabberigen Kapuzenpullover und ausgeleierte Jogginghosen. Seine Hand mit der Handy-Taschenlampe, mit der er die Schubfächer der Kommode ausgeleuchtet hatte, senkte sich.

Wolff hätte fast ebenfalls geflucht, aus Überraschung und Ärger, den abgehalfterten Freund der Fuchs zu treffen, und nicht den ominösen Jan.

»Det is er ja gar nich«, stieß Edith Krawitz hervor und schlug sich erschrocken auf den Mund.

»Was tun Sie hier in der Wohnung?«

»Die Frage gebe ich zurück.« Nagel straffte sich, und Wolff dachte an die ausgearbeitete Muskulatur unter dem lockeren Sweatshirt. »Soweit ich gesehen habe, ist die Wohnung nicht versiegelt. Ich bin hier, weil ich meinen Schlüssel zurückbringen wollte. Wie Sie detektivmäßig herausgefunden haben, ist meine Beziehung zu Frau Fuchs beendet.« Er lachte wiehernd auf. »Im wahrsten Sinne des Wortes.«

»Warum geben Sie den Schlüssel nicht bei der Hausverwaltung ab?« Wolff hielt seine HK SFP9, eine neuere Selbstladepistole im Kaliber neun mal neunzehn Millimeter, deutlich sichtbar in der Hand.

»Alle krank.« Nagel lachte heiser.

»Stimmt nicht«, fuhr die Krawitz dazwischen und senkte den Kopf, als Wolff ihr einen bösen Blick zuwarf.

»Dann hätten Sie den Schlüssel Frau Krawitz geben oder in den Briefkasten werfen können.« Wolff trat näher an den Mann heran und sah ihm in die stahlblauen Augen. Das solariumgebräunte Gesicht wirkte fahl.

»Wenn Sie mir nicht sofort sagen, was Sie hier suchen, machen wir beide eine Spazierfahrt zum Revier.« Die Pistole auf

Nagel gerichtet, ging er rückwärts zur Tür und stellte sich breitbeinig auf.

»Ich will mein Geld zurück.« Nagel stemmte die Fäuste in die Seiten.

»Welches Geld?«

»Geld, das ich einer mittellosen Journalistin geliehen hatte. Spesen sozusagen, für einen großen Auftrag. Ganz schön viel Geld.«

22.

Den Spaß, den aufgeblasenen Fitnessstudio-Betreiber mit aufs Revier zu nehmen, hatte Wolff sich gegönnt. Dirk Nagel hätte in der Wohnung der Fuchs also nach Geld gesucht. Geld war da nicht gewesen, sonst hätte er es bei seiner Durchsuchung gefunden. Aber es interessierte den Kommissar schon, ob Nagel Britta Fuchs zu guten Zeiten tatsächlich Geld geliehen hatte. Und wofür.

Wolff ließ den aufgebrachten Nagel, auf den angeblich junge Menschen, die eine Trainerausbildung absolvierten, warteten, in einen Vernehmungsraum dicht bei den Zellen bringen und ein bisschen schmoren. Immerhin kam der Typ in den Genuss der üblichen Verpflegung für Personen im Polizeigewahrsam.

Aus Svens Zimmer schallte eine aufgeregte Männerstimme.

»Wissen Sie denn immer noch nicht, wer es war?«, rief der Schauspieler Max van der Weppen.

Wolff trat ein. Der Schauspieler trug weinrote Jeans und hatte einen rotschwarz gemusterten Schal zweimal um den Hals geschlungen, als erwartete er, die Polizei im unbeheizten Gemäuer zu finden. Er wanderte auf und ab, so weit das bei zehn Quadratmetern möglich war.

»Vielleicht könnten Sie mir wenigstens sagen, was aus meiner Verleumdungsklage gegen die Fuchs geworden ist.«

»Wir sind kein Gericht und haben daher mit Klagen nichts zu tun«, sagte Sven in seiner ruhigen Art. »Und Strafverfahren gegen Verstorbene werden eingestellt. Tote können nicht mehr verurteilt werden.«

»Dann erstatte ich jetzt Anzeige gegen Sybille Cramer. Sie hat zugelassen, dass die Fuchs mich öffentlich beleidigt. Mir ist eine Rolle in einem Fernsehfilm durch die Lappen gegangen. Der Sender befürchtet, ich könnte keinen Verführer mehr spielen.« Er wandte den Kopf seitlich und hob die Nase in die Höhe.

Warum ist die Fuchs so weit gegangen?, überlegte Wolff. Unter dem Titel »Auf zum letzten Gefecht« zu berichten, war deplatziert. Auch Wolff hatte einmal mit viel Wut über einen schlecht organisierten Großeinsatz in der Gewerkschaftszeitung seinen Direktionsleiter als »Armleuchter« und »Leithammel« bezeichnet, was ihm ein Disziplinarverfahren einbrachte. Fuchs schien auch viel Wut im Bauch gehabt zu haben.

Sven, der dabei war, im Umfeld von Britta Fuchs nach dem ominösen Jan zu fahnden, war genervt. Sein rechtes Augenlid zuckte, und nur seine Höflichkeit hielt ihn davon ab, den schmollenden Schauspieler hinauszuwerfen.

»Was ist nun mit meiner Anzeige gegen dieses Schmierfinken-Magazin?« Van der Weppen blickte demonstrativ auf seine Uhr. »Ich habe ein Casting.« Er lachte kokett. Ein Herrenparfüm mit der Duftnote *animalisch* verbreitete sich im Raum.

Wolff widerstand der Versuchung, das Fenster zu öffnen, und überlegte, wie er dem zurückhaltenden Sven beistehen und van der Weppen aus dem Zimmer befördern konnte. Sie brauchten ihn jetzt nicht. Die Auswertung der Fingerabdrücke am Cola-Glas, das Wolff aus den Filmstudios mitgenommen hatte, war negativ. Van der Weppens Abdrücke fanden sich nicht in der Wohnung der Fuchs oder an ihrer Leiche.

»Soll ich auf meine Homepage setzen lassen, dass die Potsdamer Polizei sich nicht traut, gegen die lügnerische Presse vorzugehen?« Der Schauspieler rieb sich heftig die Nase. »Meine Agentin twittert gerade …«

Sven machte einen letzten Versuch. »Eine Anzeige gegen Frau Cramer hätte keinen Erfolg. Beleidigung und Verleumdung sind Vorsatzdelikte, wenn Sie verstehen? Die Chefredakteurin hat den Artikel von Frau Fuchs nicht gegengelesen.«

»Also ist niemand für diese Ungeheuerlichkeit verantwortlich?« Der Kopf des Schauspielers schnellte in Wolffs Richtung. Anscheinend war ihm etwas eingefallen: »Es gibt ja auch noch diesen Schreiberling, den die Fuchs im Schlepptau hatte«, sagte er schrill.

Svens Kopf, gesenkt über seinen Aufzeichnungen, fuhr in die Höhe. Zugleich fühlte Wolff, wie sich seine Härchen wie elektrisiert aufstellten. Fast hätte er unkontrolliert gerufen: *Los, wen hatte die Fuchs dabei und was wissen Sie über den Begleiter?* Er holte Luft.

»Frau Fuchs hatte bei ihrem Interview einen Kollegen dabei?«, fragte er ruhig.

»Ja, er war eingeweiht und hat zugelassen, dass sie mich beleidigt. Den zeige ich jetzt an. Der lebt ja noch.«

Wolff schob seinen Daumen in die Faust und versenkte sie in seiner Jackentasche. »Wenn Sie diesen Mann anzeigen wollen, dann müssen Sie uns seinen Namen sagen.« Seine Stimme war butterweich.

»Stolte hieß der. Ich lasse mir immer die Personalien geben von Leuten, die über mich berichten. Man weiß ja nie …«

»Wissen Sie vielleicht auch den Vornamen?« Die Finger pressten sich um den Daumen.

»Jan. Jan Stolte.« Van der Weppen stieß die Antwort mit einem Zischen hervor. »Wenn Sie wollen, gebe ich Ihnen auch seine Adresse und Handynummer, ich habe alles vermerkt.«

»Oh, gern. Sven, nimm bitte sofort die Anzeige von Herrn van der Weppen auf, gegen Jan Stolte, wegen Beleidigung und Verleumdung.«

Er zwinkerte Sven über den Kopf des Schauspielers zu. Die Anzeige van der Weppens wäre zwar für die Tonne. Aber sie hatten die Personalien des Freundes der Toten.

23.

Carsten Henschke hatte einen hübschen Tisch in einer verborgenen Ecke eines Cafés im Holländischen Viertel reserviert. Als Emma, bewusst einige Minuten verspätet, eintraf, ging er ihr entgegen und umarmte sie mit einer Lässigkeit, als würden sie sich schon lange kennen. Wangenschwenken und angedeutete Küsse waren in Emmas Freundeskreis selbstverständlich und besagten nichts über den Grad der Sympathie. Jetzt hätte sie sich gewünscht, dass Carsten die Wangenküsse nicht nur andeuten würde.

Er trug ein weißes Hemd und schwarze edle Jeans, eine weiche Wildlederjacke lag lässig auf dem Ecksofa. »Wie schön, dass Sie gekommen sind.« Er umfasste sie mit den Augen.

Emma fühlte sich geschmeichelt und ein wenig befangen. Zum ersten Mal seit der Trennung von Marc hatte sie längere Zeit vor dem Spiegel verbracht, das anthrazitfarbene Kostüm wieder ausgezogen, es gegen ein sonnengelbes Wollkleid mit schwingendem Rock getauscht, das ihr dann aber zu flatterhaft erschien. Schließlich entschied sie sich für dunkelrote Jeans und eine Seidenbluse mit expressionistischem Muster in Weinrot, Gelb und Schwarz, als Erinnerung an die gemeinsame Bildinterpretation auf der Vernissage gestern Abend.

»Erstes oder zweites Frühstück?«, fragte er. »Ich weiß ja noch nicht, ob Sie Frühaufsteherin sind.«

»Kein Frühsport. Ich bin Abendmensch.« Dass sie nach ihrem Liebesdesaster manchmal bis mittags überhaupt nicht aus dem Bett gefunden hatte, brauchte Carsten nicht zu wissen. »Ein interessanter Abend gestern«, sagte Emma. »Ich hoffe, dass der junge Maler weiterhin Erfolg hat. Es ist beschämend, zwischen zwei Bildverkäufen auf Sozialhilfe angewiesen zu sein.«

»Ich bin Optimist.« Carsten zwinkerte ihr mit seinen dunklen Augen zu. »Wer nicht besessen von der Kunst ist, sollte den Pinsel liegen lassen.« Er winkte die Bedienung heran und bestellte Frühstück für zwei.

»Sie wissen nicht, wie ich diesen Morgen mit Ihnen genieße.« Er seufzte theatralisch. »Der erste Tag, an dem ich nicht an Gesprächen mit Archivaren, Sammlern, Kunsthistorikern teilnehme. Alles hochgebildete Leute mit Leidenschaft für die Inszenierung von Kunstwerken, aber jedes Mal diese heftigen Streitgespräche, was der Besucher in einer Ausstellung sehen möchte.«

»Wie spannend.« Emma nippte an ihrem Latte macchiato. Weiter als in eine Ausstellung im Hinterraum eines kleinen Cafés hatte sie es noch nicht geschafft, wobei sie argwöhnte, dass Arthur Kamphausen aus alter Freundschaft zu ihrem Großvater den Inhaber bestochen hatte. Dagegen war ihr neuer Verehrer als Kurator für die Auswahl der Kunstwerke für ein Museum und die Organisation von Ausstellungen verantwortlich.

»Wirken Sie auch an der Gestaltung von Ausstellungskatalogen mit?«

»Heutzutage müssen Sie alles können.« Genussvolles Seufzen. »Kunst und Administration gehören zusammen. Aufstellung eines Budgets, Fundraising, eine lebendige Schreibe, um das Interesse der Öffentlichkeit zu wecken. Aber die Leidenschaft für die Kunst bleibt das Wichtigste in diesem Job.«

Leidenschaft, dachte Emma, *wie sehr würde ich mir dieses Gefühl wünschen.*

»Was sehen Sie denn so betrübt aus? Wir haben doch den schönsten Job der Welt.«

Emma lächelte und nahm sich vor, ihr Bild »Der Kuss« heute fertigzustellen. »Erzählen Sie mir mehr über Ihren Beruf.«

Carsten schien nur darauf gewartet zu haben. »Wenn ich eitel wäre, würde ich sagen: Der Berater von Museen ist von der Vorbereitung bis zur fertigen Ausstellung die künstlerisch gestaltende Kraft. Ich mache den Museen Vorschläge, welche Werke gezeigt werden sollten.« Der Mann plauderte mit seiner angenehmen, etwas angerauten Stimme und Emma ließ sich gern mitziehen. »Ich habe eine konkrete Vorstellung von der Ausstellung, was die Auswahl der Werke, ihre Anordnung in den Räumen, ihre Beschreibung in den Prospekten und Audioguides betrifft.«

»Das ist viel. Sie müssen also künstlerische, visuelle und marktpolitische Elemente berücksichtigen.«

»Nicht nur das. Ich muss auch die Geldgeber, meist ahnungslose Angehörige der Kulturverwaltung, und die Museumsleute mit ihren unrealistischen Vorstellungen zusammenbringen. Und die technischen Mitarbeiter, die dafür sorgen, dass die Werke unversehrt ankommen und bei optimalen Raumbedingungen ausgestellt werden, überwachen. Nicht zu vergessen die Seelsorge an den Künstlern.«

Die Zeit verging angenehm beim Genuss von geröstetem Brot, cremigem Camembert, Lachs, Obstsalat, Sahnequark.

»Ich kann nicht mehr.« Carsten legte lachend die Hand auf seinen Bauch.

Unwillkürlich dachte Emma an die Haut unter seinem weißen Hemd. Mit viel Kraft hatte sie gestern Abend den Wunsch unterdrückt, ihn nach der verheißungsvollen Bildinterpretation noch zu einem Abschiedsgetränk zu sich nach Hause einzuladen. *Nicht noch einmal denselben Fehler machen,* hatte ihre innere Stimme befohlen, *nicht noch einmal sofort preisgeben, was für eine gute Partie du bist.* Carsten schien ähnlich gedacht zu haben. »Ich unterdrücke den Wunsch, Sie in mein Hotelzimmer einzuladen«, hatte er gesagt, »denn das wäre bei einer Frau wie Ihnen nicht stimmig.«

»Genug von mir geredet«, sagte er. »Ich bin neugierig auf Sie.« Seine dunklen Augen klebten auf ihrer expressionistisch gemusterten Bluse. »Ich würde zu gern eins Ihrer Werke bewundern.«

»Ich hatte eine kleine Ausstellung im Café in der Gutenbergstraße im Holländischen Viertel.« *Zum Glück sind meine Werke bereits wieder abgenommen,* dachte sie. »Ich bin jetzt sehr motiviert und werde nachher wieder an die Arbeit gehen.« Emma lehnte sich zurück, ganz die Frau, die ihren Weg geht.

»Sie sind nicht etwa fest liiert?« Seine Augen zwinkerten schelmisch.

Emma trank einen Schluck Orangensaft. »Hm. Ich habe mich vor kurzem getrennt. Es passte nicht zusammen.« Das musste reichen.

»Dann kann ich ja ungehemmt mit Ihnen flirten.« Carstens Stimme war weich, und Emma spürte eine erwartungsvolle Wärme durch den Körper rinnen. Er griff nach seinem Sektglas und stieß mit ihr an. »Mit Sekt haben wir den gestrigen Abend beendet und mit Sekt setzen wir unsere verheißungsvolle Bekanntschaft heute fort.«

Emma konnte nichts tun als zu nicken, während ihr ein angenehmer Schauer über den Rücken lief.

»Was halten Sie von einem Spaziergang? Gerade eben ist die Sonne herausgekommen.«

Sie verließen das Lokal. Emma überlegte, ob sie sich bei ihm einhaken sollte, fühlte aber eine Mischung aus Scheu und etwas Argwohn. Vielleicht war es der kalte Wind, der durch die Straße pfiff. Aber der Himmel war dunkelblau. Carsten enthob sie ihrer Überlegungen und fasste zart, aber zielstrebig ihren Ellenbogen.

Sie gingen durch das Nauener Tor und schlenderten durch die kleinen Straßen des Holländischen Viertels. An einer roten Ampel nahm Carsten ihre Hand, was durchaus angenehm war. Es war eine lange Ampelphase, in der Emma in sein Gesicht blickte, das ihr mit seinem guten Schnitt und den festen Konturen äußerst angenehm war. Er erwiderte ihren Blick und so lehnte sie sich an ihn. Er legte seine Finger unter ihr Kinn, hob es hoch, strich über ihre Nase, hinterließ eine Kribbelspur auf Oberlippe, Mund und Hals. Sie küssten sich. Zuerst zärtlich, dann öffneten sich seine Lippen und er zog sie an sich. Sein Gesicht war warm, sein Mund angenehm. Emma erwiderte den Kuss willenlos. Kaum spürte sie, dass ihr jemand von hinten in den Rücken stieß.

»Na los, grüner wird's nicht!«

Sie konnte sich nicht von Carsten lösen. Er tat es für sie, blickte den ungeduldigen Mann an, anscheinend Leiter einer Touristengruppe.

»Es gibt Augenblicke im Leben, die muss man festhalten«, sagte er. »Sie können gern um uns herum gehen, Hauptsache wir dürfen hier stehen bleiben.«

»Scheint ja 'ne tolle Gegend zu sein«, hörte Emma undeutlich eine schrille Frauenstimme, bis sie im wohligen Nebel eines neuen Kusses versank.

Die Welt um sie herum verschwamm. Emma hatte das Gefühl, dass etwas geschehen war, was ihr Leben verändern würde.

24.

»Wir haben die Wohnung vom Jan Stolte gefunden«, meldete ein mit der Observierung beauftragter Polizist. »In Treuenbrietzen.«

»Fast am Fläming«, seufzte Wolff und dachte: *Da kann ich ja gleich auf den Bauernhof zu meiner Mutter fahren.* Nur der Gedanke, dass ihn dort die nach Abwechslung hungernde Katja mit ihrem Bedürfnis nach Zuwendung überfallen würde, war unangenehmer, als Jan Stolte in seiner entlegenen Wohnung aufzusuchen.

»Haltet Stolte fest, bis ich nachkomme. Er darf nicht entwischen«, sagte Wolff zu dem Polizeikollegen.

Der jammerte über Personalprobleme und die drohende Jahresendstatistik.

»Dann holt euch die örtliche Polizei ran.«

Wolff überlegte, wen er mitnehmen könnte. Sven war ausgelastet mit der Ermittlungsgruppe, die den Galeristen Kamphausen ins Visier nehmen sollte. Geklärt werden musste auch, was es mit der Feindseligkeit seitens seiner Assistentin Leonie Sanft auf sich hatte. Die anonyme Anzeige, die dem Galeristen den Ankauf von gestohlenen Kunstgegenständen vorwarf, hatte ein Insider geschrieben. Kamphausen schien wenig zimperlich mit Menschen umzugehen, die ihm nicht passten. Wie schnell war gestern Abend ein Bodyguard auf der Vernissage aufgetaucht und hatte den randalierenden Jan Stolte abgeführt. »Mörder!« Es klang Wolff immer noch im Ohr.

Als er den Flur betrat, um sich auf den Weg nach Treuenbrietzen zu machen, kam ihm eine Frau im eleganten dunkelblauen Hosenanzug und mit rosafarbener Bluse entgegen, die suchend die Nummern der Dienstzimmer musterte.

»Hallo, Herr Wolff.« Erfreut eilte sie auf ihn zu. »Erkennen Sie mich noch?«

Eine adrette Erscheinung stand vor ihm. Das weißblonde Haar hochgesteckt mit ein paar kunstvoll herausgezogenen Locken, große runde Augen, rosa geschminkte Lippen, was der Frau zusammen mit den runden Wangen etwas Mädchenhaft-Ländliches verlieh. Ihr Gesicht, etwas jünger, tauchte in Wolffs Erinnerung auf. Damals hatte sie einen Seitenscheitel getragen und das Haar hinters Ohr gestrichen. Brav und angepasst war sie gewesen, eine junge Kommissarin, die verschiedene Bereiche der Polizei durchlief und ihm vorübergehend in der Mordkommission zugeteilt war. Nach drei Monaten hatte sie wieder gewechselt, wohin, wusste Wolff nicht. Und, verdammt, er wusste auch nicht ihren Namen.

»Nicole Schäfer, ich bin jetzt Hauptkommissarin.«

Wolff stutzte. Die hellblauen Augen der Frau waren direkt auf ihn gerichtet, ohne dass er hätte sagen können, was sie jetzt von ihm erwartete. Hauptkommissarin. Das war ziemlich weit oben, und die Frau war nicht älter als Anfang dreißig.

»Ich habe meine letzten Berufsjahre in der Innenverwaltung verbracht«, fügte Schäfer hinzu. »Jetzt bin ich Ihnen vorübergehend zugeteilt.« Ihre ausgestreckte Hand war kühl und feucht, der weiche Druck passte nicht zu ihrem Powerfrau-Aufzug.

»Auf gute Zusammenarbeit«, sagte Wolff gequält. Da hatten die Ministeriellen einen Coup gelandet, ihm eine im Innendienst verweichlichte Kommissarin als Ersatz für Katja zuzuteilen.

Entgegen seiner sonstigen Gewohnheit kam plötzlich Sven fast rennend über den Flur gelaufen. »Herr Nagel randaliert in der Zelle. Haben wir ihn offiziell festgenommen? Oder soll er bloß warten, bis du Zeit hast?«

»Sven, hol den Nagel gemeinsam mit Frau Hauptkommissarin Schäfer aus der Zelle und vernehmt ihn.« Und an Nicole Schäfer gewandt: »Der Mann war heute früh in der Wohnung der Toten in unserem aktuellen Fall. Hat angeblich nach Geld gesucht, das er ihr geliehen und nicht zurückbekommen hat.«

Wolff war dankbar, wie schnell sein jüngster Kommissar sich auf Neuigkeiten einstellen konnte. Sven warf einen verhaltenen Blick auf die neue Kollegin, die im Dienstrang über ihm und dicht unter Wolff selbst stand. Nicole Schäfer streckte Sven die Hand hin, die er verlegen nahm. Dann ging er mit ihr zum Zellentrakt, um den randalierenden Fitnessstudio-Betreiber herauszulassen.

25.

»Stolte hat seine Wohnung verlassen und fährt jetzt ins Zentrum«, meldete ein Polizist über Funk.

»Passt auf, dass ihr ihn nicht verliert.« Wolff war mit dem Dienstwagen auf halber Strecke nach Treuenbrietzen unterwegs. Was für eine lästige Fahrerei. Vorbei an drei vollgeladenen Müllwagen, dann ein mit zwanzig Kilometern pro Stunde fahrender Traktor und eine ältere Dame, die anscheinend ihre Fahrstrecke mit Bewunderung der Landschaft verbinden wollte. Wolffs Dienstwagen lag in der Wagenklasse weit unter dem BMW Z4, mit dem er neulich einen angetrunkenen Freund nach Hause gebracht hatte, das bemerkte er deutlich beim Beschleunigen.

»Zielpersonen fährt zur B 246«, meldete die Funkstimme, gerade als Wolff das Ortsschild von Treuenbrietzen sah.

»Fahrzeugtyp? Kennzeichen?«

»Motorrad, Yamaha, wahrscheinlich MT-07.«

»Welche Richtung?«

»Magdeburg.«

Wieso das denn?, dachte Wolff. *Soll ich dem Stolte hinterher, um seinen Besuch bei der Magdeburger Tante zu überwachen? Observierung unauffällig, ha, ha.*

»Da fährt noch 'ne Honda hinter ihm her.«

»Wie? Stolte wird noch von jemand verfolgt?«

»Jedenfalls ist der Typ auch Richtung Magdeburg abgebogen und hält sich hinter ihm.«

»Kennzeichen?«

»Nicht erkennbar. Dürfte 'ne RC213V-S sein, starkes Geschoss.«

Nach kurzer Zeit kam die Meldung: »Haben Sichtkontakt verloren. Verdammte Traktoren.«

Für 'ne Verfolgung brauch ich zwei Kollegen aus der Motorradstaffel, dachte Wolff, *macht 'ne vierstellige Summe, blockiert Einsatzkräfte und das Ganze bei der Polizei in Sachsen-Anhalt. Von Potsdam aus würden selbst die schnellsten Maschinen Stolte nicht mehr einholen. Und wenn der Typ auf der Honda auch zu Tantchen nach Magdeburg will? Extrabericht nach landesübergreifendem Einsatz, Grinsen der Kollegen über seine Fehleinschätzung.* Die Entscheidung fiel ihm sauschwer.

»Gib der Staffel in Magdeburg Bescheid.« Wolffs Instinkt sagte ihm, dass er an Stolte dranbleiben musste. Vielleicht hatte er die Papiere bei sich, von denen Edith Krawitz gesprochen hatte. Er war die Verbindung zu Britta Fuchs. Und vielleicht die Verbindung zu ihrem Mörder.

Motorradfahren, na ja, man muss es halt können. Der Verfolger auf der Honda beschleunigte. Zweihundert Kilo Metall, volle Kraft. Die Füße auf die Fußrasten, die Sitzposition auf der Maschine stimmt, Kunststück nach zigtausend Fahrkilometern. Ein Sturz passiert schon mal. Aufstehen, aufsteigen, weiterfahren. Life is pain, learn to enjoy it!

Der Stolte gehört zur Kategorie Hobbyfahrer. Dreht seine alte

Yamaha zu sehr auf. Mal schauen, wo er zu kriegen ist. Nachher kommt eine kurvige Strecke, da kann man sich gut dranhängen. Alleebäume, rutschiges Laub, Dämmerung.

War nicht Plan A, diese schwierige Jagd. Aber dass die Bullen ausgerechnet gestern Nacht in dem Kaff 'ne Anti-Terror-Übung veranstalten müssen. Kurz davor, in Stoltes Haus einzudringen, die Sache dort zu erledigen, stürmen Männer mit Kalaschnikows einem entgegen, spielen terroristischen Angriff. Unangekündigt, nicht mal über Polizeifunk zu hören. Schüsse. Streifenwagen. SEK.

Also, Plan B. Bis nach Magdeburg darf der Stolte mit den Unterlagen nicht kommen.

Die Landstraße zog sich endlos. Bäume rechts und links, manchmal ein Dorf oder ein Einkaufscenter.

»Zwei Jungs von der Staffel Magdeburg fahren entgegen«, meldete die Funkstimme.

»Die Kollegen sollen sich an den Abfahrten postieren.«

Der Einsatz war bereits jetzt im vierstelligen Bereich. Weiter kam Wolff nicht in seinen Gedanken. Die schmale Allee wurde kurvig, Bäume flogen vorbei. Er konzentrierte sich darauf, den Wagen bei den vielen Überholmanövern sicher zu halten.

Magdeburg, acht Kilometer, las er an einem Schild. Die Reifen quietschten, aber Spaß an echter Arbeit vor Ort verspürte er nicht.

Das Leben ist wie eine Kurve, man weiß nie, was dahinter kommt. Lkws, Traktoren, Omis in Fahrradgeschwindigkeit am Steuer, Feinde des Motorradfahrers. Nicht mal Platz, um die Fahrt mit ein paar kleinen Schlenkern aufzulockern. Nein, ruhig halten die Gashand, erst den Auftrag erledigen.

Auf der geraden Strecke geht's auch nicht besser. Überholversuch abbrechen und zurück hinter ein fahrendes Hindernis. Die Honda bollert niedertourig vor sich hin, tief durchatmen, das hier ist nicht gerade eine Art von Meditation.

»Die Jungs aus Magdeburg haben dich geortet. Ihr seid nur kurz voneinander entfernt.«

Zugleich mit Wolff kamen zwei Fahrer der Motorradstaffel aus der Gegenrichtung an der Ausfahrt Grabow/Möckern an.

»Die sind da lang«, hörte Wolff eine Funkstimme. »Die Ausfahrt is nich abgeriegelt. Die rasen, was das Zeug hält.«

Wenigstens ein Verkehrsvergehen, dachte Wolff mit mühsamem Humor.

»Zielobjekt wieder in Sicht, sind durch Grabow durch.«

Wolff zog den Wagen auf einem geraden Stück wieder auf hundertzwanzig, aber schon musste er abbremsen, an Überholen war nicht zu denken. Beginnender Feierabendverkehr.

Der Typ da vorn auf seiner Yamaha ist nervös, überholt immer wieder, hat bemerkt, dass jemand hinter ihm ist. Setzt plötzlich den Blinker nach rechts, biegt scharf ab, saust fast hin beim Überbremsen in Schräglage, richtet Maschine wieder auf. Schade, eine Chance weniger.

Plan C. Kurz vor Magdeburg gibt's ein unwegsames Gewerbegelände, da wird er abgedrängt. Plan C ist der schwierigste.

Was macht der Typ denn jetzt? Gibt mächtig Gas, rast an einem Lkw vorbei, der Abstand zur nächsten Kurve ist kurz. Hinterher. Die Honda mit energischem Schlenker vorbei, raus aus dem Schatten des Riesen, nach vorn sprinten. Jahrelanges Fahrtraining bringt Intuition. Halsbrecherisches Bremsen, scharf nach rechts in die Parkbucht rein. Matsch fliegt in alle Richtungen, schlitternd kommt die Honda zum Stehen.

Da liegt der Typ. Hat keine Intuition gehabt, prallt auf 'nen Container. – Absteigen, hinrennen. Satteltasche abreißen. Aufsteigen, weiterfahren.

Die Unfallstelle erreichte Wolff etwa fünf Minuten, nachdem Stolte auf seinem Motorrad frontal gegen einen unbeleuchteten Container gerast war. Die Yamaha lag zusammengedrückt am Boden. Der Fahrer war durch die Luft geschleudert worden und lag verkrümmt auf dem Pflaster.

»Verdammte Scheiße«, stieß Wolff hervor.

Die beiden Polizisten der Staffel Magdeburg waren von ihren Motorrädern gestiegen. Kurze Zeit später kamen örtliche Polizei und Sanitätswagen angerast.

»Kannst aufhören«, sagte Wolff zu dem Kollegen in der Zentrale. Er stellte das Funkgerät aus und ging zu den Fahrern der Motorradstaffel. Die beiden Männer hatten ihre Helme vom Kopf genommen und sahen bedrückt aus.

»Der Typ hat immer mehr aufgedreht«, sagte der eine. Er war jung und schien mit den Tränen zu kämpfen. »Es hat ihn jemand verfolgt.«

»Den anderen haben wir verloren?«, fragte Wolff.

Die beiden Polizeifahrer nickten. »Zu wenig Zeit, um uns überall aufzustellen.«

Sirenengeheul tönte und überall blinkten Alarmlichter.

Wolff ging zu dem Verunglückten hin, neben dem ein Arzt und die Sanitäter hockten. Sie hatten Stolte auf den Rücken gelegt, den verkrümmten Körper geradegerichtet, die Lederjacke ausgezogen, den Mann intubiert, Braunülen für Infusionen gelegt, um den Kreislauf zu stabilisieren. Der Arzt leuchtete dem Verunglückten in die Augen.

»Erweiterte Pupillen«, hörte Wolff ihn sagen. »Schädelverletzung. CT.«

Wolff sah in das zerstörte Gesicht des jungen Mannes. Risswunden über Stirn und Wangen, die Nase eingedrückt, Blut floss aus Mund und Nase. Er trat beiseite, als die Sanitäter den Verunglückten vorsichtig auf eine Trage legten und in den Rettungswagen brachten.

»Er muss sofort in die Neurochirurgie«, rief ihm der Arzt über die Schulter zu.

Wolff ging zu dem Motorrad, das auf dem Gehweg lag. Die Radaufhängung war beschädigt, das Vorderrad hatte sich gelöst und war weggeflogen, das Gehäuse war aufgerissen, Motor und Getriebe zerdrückt. Totalschaden.

Auf den ersten Blick sah Wolff, dass die Satteltasche fehlte. Keine Papiere, kein Handy, kein Portemonnaie.

Ein paar Meter entfernt lag der Helm. *In die Jahre gekommen,* dachte Wolff, der bei gutem Wetter selbst gern Roller fuhr. Als erfahrener Kraftradfahrer ahnte er, dass es hier um die gefährlichste Sturzform ging: Das Hinterrad rutscht seitlich weg, bekommt wieder Bodenhaftung. Der Fahrer wird über den Lenker geschleudert und landet hart.

Im Rettungswagen arbeiteten Arzt und Sanitäter auf Hochtouren. Durch die offene Hintertür sah Wolff, dass sie Stolte an ein Beatmungsgerät angeschlossen hatten. Eben wurde ein Schlauch für ein Narkosemittel angeschlossen. Ein Sanitäter versuchte, die Blutung aus dem Nasenrachenraum zu stoppen, und führte eine Tamponade ein. Der Arzt setzte den Kopf eines mobilen Ultraschallgeräts auf den Bauch des Patienten. An seinem besorgten Gesicht erkannte Wolff, dass Lebensgefahr bestand.

»Massive Blutungen im Bauchbereich, Verdacht auf Einriss der Aorta«, sagte der Arzt.

Ein Sanitäter telefonierte. »Notfallteam hier. Rettungshubschrauber.« Er gab die genaue Unfallstelle an.

Christoph 35, dachte Wolff, der dem Land Brandenburg

zugeteilte Rettungshubschrauber. Unruhig ging er auf und ab, dann rief er den Bereitschaftsdienst an.

»Ein Team soll sofort Stoltes Wohnung durchsuchen.« Eine vage Hoffnung, dass der Mann vielleicht aufschlussreiche Unterlagen dort gelassen hatte und die noch nicht von seinen Verfolgern abgeholt wären.

Sein Gesprächspartner brach in heiseres Lachen aus. »Krankenstand fünfzehn Prozent.«

»Dann versiegelt die Wohnung wenigstens.« Wolff war kurz davor auszurasten.

»Hab grad niemand, der nach Treuenbrietzen könnte.«

»Du bist doch einer von der Bereitschaft, oder etwa nicht?«

»Hab grad 'ne Anforderung wegen Schlägerei inner Kneipe im Schlaatz.«

»Schick sofort jemand zur Wohnung, von mir aus sollen die vom Ordnungsamt ihren Hintern bewegen.« Wütend legte Wolff auf.

»Wir haben ihn stabilisiert.« Der Arzt, ein blonder schmaler Mann Anfang dreißig mit müdem Gesicht, stieg aus dem Rettungswagen. »Die Milz muss entfernt werden, das sehe ich an der ausgedehnten Blutung. Außerdem vermutlich Beckenfraktur und Bruch des rechten Ober- und Unterschenkels.« Er fügte mit bekümmertem Lächeln hinzu: »Biker lieben den Thrill.«

»Hier ging es um etwas anderes. Der Mann ist Hals über Kopf losgerast, weil er etwas Wichtiges vorhatte.« Wolff blickte in die Landschaft. Weiter hinten der Wald, hochgewachsene Kiefern, stabil, unverwüstlich.

Von Ferne sah er den Rettungshubschrauber. Ihn schauderte bei dem Gedanken, dass er derjenige gewesen wäre, von dem Stolte sich verfolgt gefühlt hatte. Die Kosten für einen Hubschraubereinsatz wären noch das Geringste. Zum ersten Mal war Wolff dankbar für den nicht allzu sprintfreudigen Polizeiwagen.

Schnell flog der Hubschrauber heran und suchte seine Position. Anscheinend war die Straße zu schmal. Der Hubschrauber nahm wieder Abstand, flog erneut an. Als er über dem Rettungswagen war, hielt er sich senkrecht in der Luft. Wolff hörte gehetzte Stimmen über Funk. Dann öffnete sich die Luke und ein Mann wurde an einem Seil herabgelassen. Offensichtlich war das Luftrettungsteam darauf vorbereitet, nicht direkt beim Unfallopfer landen zu können. Auch das Team im Rettungswagen hatte verstanden. Vorsichtig hoben sie Stolte auf der Trage ins Freie, halfen dem Mann aus dem Hubschrauber, der über ihnen schwebte, den Verletzten auf eine Vakuummatratze zu betten, führten breite Gurte darunter hindurch. Dann wurde der Verunglückte auf der Matratze langsam hochgezogen und in den Hubschrauber gehievt. Es war der Augenblick, der alle Konzentration der Männer verlangte. Auch der Helfer von der Luftrettung wurde hochgezogen, und nach wenigen Minuten nahm der Hubschrauber Kurs auf und flog zur Uniklinik Brandenburg.

Wolff ging langsam zum Auto zurück, tiefbetroffen und zugleich wütend. Der Ablauf war klar. Den Unfall hatten weder er noch die Motorradstaffel verursacht.

Stolte war von jemand gejagt worden.

26.

Katja Eickelbaum kippte die Eimer Schweinekost über der Futterrinne aus. Ein fauliger Geruch breitete sich aus. Eine Sau lag in einer Kuhle im Streu, um sie herum sechs Ferkel, geboren an dem Tag, als Katja hier einzog, verzweifelt, weil sie ihre alte Welt verloren hatte. Der Bauernhof von Wolffs Mutter war ihre neue Welt, unfreiwillig und gezwungenermaßen.

Zurück zur Natur, dachte Katja sarkastisch, während sie Stroh und getrockneten Tierkot zusammenfegte. Der gute alte Bauernhof mit Kühen auf der Wiese, Hühnern, die gackerten und scharrten, Schweinen, die sich im Matsch suhlten, jeder Menge Landromantik. Bereits als Kind hatte sie mit den kleinen, teuren Plastiktieren ihrer Freundinnen nichts anfangen können. Als Nachtisch ein paar Falläpfel in die Rinne, und es schmatzte rundum. Im Schweineparadies.

Während Katja vor den Stall trat, auf den rutschigen Brettern über den Matsch balancierte, dachte sie an Uwe, der hier groß geworden war. Seit ihrem missglückten Telefongespräch gestern, als sie ihn mit ihrem Notwehr-Problem konfrontierte, hatte sie nicht mehr mit ihm gesprochen, hatte ihm auch keine Emoticons mehr geschickt. Wie kindisch von ihr, mit irgendwelchen Zeichen ihren Gefühlszustand auszudrücken. Er mochte keine Smileys, und noch weniger mochte er es, wenn sie ihn bei der Arbeit anrief.

Das triste Szenario eines Dezembernachmittags. Umgepflügte graubraune Felder, in der Mitte ein kahler Baum, eine Landschaft im Nebel. Die einzelne Krähe machte das Bild für Katja noch trostloser. In Kürze würde es dunkel sein, und es warteten der übliche Fernsehabend mit betäubendem Alkohol, dann die schlimme Nacht, die sie nur mit Schlaftabletten überstand.

Sie hatte alles falsch gemacht. Gestern Abend, in einer rührseligen Stimmung hatte sie an Uwe gedacht, wie sie auf der Chaiselongue in seinem Dienstzimmer zusammengefunden hatten. Es war wie ein helles warmes Licht inmitten der Finsternis. Spontan hatte sie ihn angerufen. Kollege Sven Noack war am Apparat gewesen und hatte mit leichter Belustigung mitgeteilt, dass der Chef auf eine Vernissage gegangen sei. »Ganz neue Ermittlungsmethoden«, hatte sie einigermaßen locker geantwortet. Uwes Handy war den ganzen Abend abgeschaltet.

Ich muss hier weg, dachte Katja und ballte die Fäuste, bis es schmerzte, *ich muss, muss.* Auch ihre Rechtsanwältin hatte sich heute nicht gemeldet. Sie erinnerte sich an Verena Starkes entsetztes Gesicht, als Katja zugab, dass ihr Freund bereits abgedreht hatte, als sie ihn angriff. Noch war sie nicht aus dem Polizeidienst rausgeflogen, und bei erwiesener Unschuld würde sie wieder zurückkehren. Aber unschuldig war sie nicht. Nein, sie war emotional gestört, unbesonnen, als Polizistin untauglich.

In ihrer Verzweiflung begann Katja zu laufen, hieb ihre Stiefel in die matschige Erde, lief bis zu der einzigen Gaststätte, in der sie vorgestern Abend mit der Rechtsanwältin gesessen hatte. Um konstruktive Verteidigung war es gegangen, und einen Augenblick hatte Katja wieder Hoffnung gefasst, dass dieser Alptraum glimpflich für sie enden würde. Bis sie das mit der Notwehr offenbarte, die keine war.

»Na, so alleene?« Ein Landarbeiter, mit Gummistiefeln wie sie.

Hoffentlich hatte der Typ nicht erkannt, dass hier die ausgemusterte Kommissarin stand, die auf dem Hof von Wolffs Mutter geduldet wurde.

Der Mann öffnete die Tür zur Gaststätte, gelbes Licht, der Geruch nach Suppe und Buletten drangen heraus und Stimmengewirr.

»Heute jibt's Borschtsch«, rief ihr der Typ noch über die Schulter zu. »Det schmeckt uffjewärmt noch besser. Anders als so een Exfreund.«

Sie drehte sich wütend ab. Dann tat sie das, was sie eigentlich nicht tun wollte: Sie wählte Uwes Nummer. Jetzt, gegen fünf, saß er vielleicht an seinem Schreibtisch, um den Tagesbericht zu schreiben. Das Freizeichen ertönte, zweimal, dreimal, viermal. *Man kann sich als Frau zum Deppen machen,* dachte Katja zynisch, *und trotzdem tut man es.*

Gerade als sie auflegen wollte, meldete sich eine hohe, frische Stimme:

»Hier spricht Nicole Schäfer, am Apparat von Herrn Hauptkommissar Wolff. Was kann ich für Sie tun?«

27.

Nach dem schweren Unfall Jan Stoltes befand sich Wolff auf dem Rückweg nach Potsdam. Er machte an einer Landgaststätte halt, obgleich er keinen Hunger verspürte. Aber er musste bei Kräften bleiben. Er bestellte Steak mit Pommes frites und ein Bier. Dienst hin und her, er hatte es sich verdient, auch wenn die Verfolgungsjagd dramatisch fehlgeschlagen war. Was jetzt mit Stolte im Klinikum geschehen würde, konnte er nicht mehr beeinflussen. Er nahm ein paar Bissen vom Steak, schon wegen des Wirts, aber als der rote Fleischsaft herausrann, tauchte das zerstörte Gesicht des jungen Mannes, das aus Nase und Mund quellende Blut auf. Wolff schob das Steak weg.

Kaum hatte er sein Handy wieder eingeschaltet, rief Sven an. »Leonie Sanft ist heute nicht in die Galerie gekommen, und sie war auch nicht in ihrer Wohnung.«

Wolff dachte daran, wie sich die Hand der Frau während des Gesprächs auf der Vernissage in die Flügeldecke gekrampft hatte. »Vielleicht hat sie heute frei. Hast du mit Kamphausen gesprochen?«

»Gesprochen …« Sven lachte genervt auf. »Geredet hat nur er. Strafanzeige wegen Verleumdung und Beleidigung …«

»Weil Stolte ihn vor versammelter Mannschaft als Mörder bezeichnet hat?«

»Genau. Er lässt sich nicht von einem Schreiberling vor der Potsdamer Gesellschaft beleidigen.«

»Hat Kamphausen noch was über die Sanft gesagt?«

»Sie sei wegen der neuen Ausstellung nervlich überlastet. Er hat ihr ein paar Tage freigegeben.«

»Wart ihr bei ihrer Wohnung?«

»Natürlich. Eine Nachbarin sagte, dass Frau Sanft gestern Abend nicht nach Hause gekommen ist. Die Wohnung war dunkel und die Nachbarin wunderte sich, weil Frau Sanft immer viel Licht anmacht.«

Bei Wolff schrillten die Alarmglocken. Er fühlte eine Unruhe, über die er selbst erstaunt war. Er nahm einen Schluck Bier, legte einen Schein auf den Tisch und verließ das Lokal.

Sehr geehrte Kripo,
falls Sie Bedenken haben, gegen einen alteingesessenen Galeristen zu ermitteln, komme ich Ihnen zu Hilfe. Kamphausen hat seinen Hausmeister angewiesen, sich um die Enthüllungsjournalistin zu kümmern. Sie gehe ja gern in einsamen Gegenden joggen.
Jemand, der will, dass die Kripo endlich ihren Mörder fast.

Adrenalin strömte durch Wolffs Adern, als er die zweite anonyme Anzeige gegen Kamphausen auf seinem Schreibtisch vorfand. Es klopfte, und Nicole Schäfer, im purpurroten Wickelkleid, betrat den Raum.

»Eben hat mich eine Frau angerufen«, sagte sie außer Atem. »Anonym. Wohl aus einer Telefonzelle, ich habe den Straßenlärm gehört.«

»Und?«

»Kamphausen handelt mit Raubkunst, hat sie gesagt. Verkauft an Kunstsammler in Abu Dhabi.« Hektisch strich sie sich eine blonde Locke hinters Ohr.

Verdammt, dachte Wolff, *warum kann diese Unbekannte nicht anrufen, wenn ich da bin?* »Hat die Frau noch was gesagt?«

»Eine Journalistin hätte sich bei ihr nach Kamphausen erkundigt. Für eine Recherche.«

»Was für 'ne Recherche?«

»Hat die Frau nicht gesagt. Hat aufgelegt.«

»Was hatte sie für eine Stimme?«

Nicole sah ihn mit großen, verständnislosen Augen an. Wolff musste an sich halten, sie nicht ungeduldig anzufahren.

»Stimme? Hoch und schnell. Aber gepflegtes Deutsch.« Die Schäfer konnte nicht wissen, worum es ihm ging, aber dass es wichtig war, hatte sie bemerkt und suchte sichtlich nach einer Beschreibung. »Die Stimme klang ein bisschen so ... Wie soll ich das ausdrücken ...?«

»Versuchen Sie's.«

»Es klang, als ob die Frau gegen was ist, so als ob sie protestieren würde. Das hörte sich nervig an.«

»Quäkend?«

»Ja, genau so.« Nicole nickte mehrfach.

Leonie Sanft. Ihre hohe, im Stress jammernd klingende Stimme war Wolff gestern Abend auf der Vernissage aufgefallen.

Ich wusste es doch, dachte er zufrieden. *Und wer sonst als Leonie Sanft soll auch einen Auftrag Kamphausens an den Hausmeister abgelauscht haben?*

»Ich hätte das Gespräch mit der anonymen Anruferin aufnehmen müssen.«

Nicole Schäfer wirkte bedrückt. Sie hatte sich ans Ende des Tisches in Wolffs Büro gesetzt. Auch Svens angestrengtem Gesicht war die Enttäuschung über die unergiebigen Ermittlungen anzusehen. Seit einiger Zeit diskutierten sie darüber, was das plötzliche Verschwinden von Leonie Sanft zu bedeuten hätte.

»Wir müssen in ihre Wohnung«, sagte Wolff. »Sie ist die Anonyme. Vielleicht hat Kamphausen Lunte gerochen und ihr ist was passiert.«

»Durchsuchen? Ohne Gerichtsbeschluss?« Nicole zuckte zusammen.

»Dann holen Sie sich einen.« Die zögernde Kollegin ging ihm auf die Nerven.

»Nach vier Uhr ist der Richter nicht mehr da«, sagte der hilfsbereite Sven.

»Besorgt euch den Schlüssel von der Hausverwaltung«,

fauchte Wolff in Svens Richtung. »Was Gefahr im Verzug bedeutet, wisst ihr wohl.«

Was hatten die im Ministerium sich dabei gedacht, als sie ihm diese Verwaltungsfrau als Ersatz für Katja vorsetzten? Wolff hatte das dringende Bedürfnis, seinen Ärger abzulassen. Immer noch sah er das zerstörte Motorrad Stoltes vor sich, das eingedrückte Gesicht mit der gebrochenen Nase, dachte an die schweren inneren Blutungen. Hoffentlich überlebte der Mann, hoffentlich wäre er bald in der Lage, auszusagen: Welchen Auftrag hatte Britta Fuchs ausgeführt?

Sven ergriff Partei für Nicole. »Uwe, wir können nicht einfach eindringen. Frau Sanft hat ein paar Tage frei, warum sollte sie nicht wegfahren? Wir haben in ihren Briefkasten eine Nachricht eingeworfen, dass sie sich dringend melden soll.«

Nicole nickte Sven dankbar zu. Wolff hob theatralisch die Schultern und ließ sie fallen. Den beiden Kollegen fehlte halt sein kriminalistisches Gespür.

»Wir können ja ihr Haus observieren«, sagte Nicole.

»Observieren!« Wolff musste an sich halten, die Schäfer nicht anzubrüllen. »Vielleicht kommt die Sanft nie mehr lebend zurück.« Er sprang auf, wobei er seinen Stuhl umstieß.

Die Kommissarin zuckte zusammen. Sven hob den Stuhl wieder auf, stellte ihn laut und deutlich an seinen Platz.

»Wenn Leonie Sanft wirklich die anonyme Anruferin war«, sagte Sven im leichten Nörgelton. »Wenn das anonyme Schreiben tatsächlich von ihr stammt. Und wenn es stimmt, was in ihrer Anzeige steht.«

»Kannst du noch was anderes als ›wenn‹ sagen?«

»Wenn mit der Enthüllungsjournalistin aus der Anzeige wirklich Britta Fuchs gemeint ist«, setzte Sven fort. »Und selbst wenn: Vielleicht sollte Kamphausens Hausmeister die Fuchs nur einschüchtern.«

»Du ewiger Bedenkenträger.«

»Ich bin nur realistisch«, sagte Sven pikiert.

»Wow.« Wolff hieb mit der Faust in seine Handfläche. »Du bist realistisch und ich bin ein Spinner, was?«

»Frau Sanft kommt schon wieder«, sagte Nicole Schäfer.

Wollte die ihn etwa trösten? »Wenn ihr nicht wollt, gehe ich in ihre Wohnung«, sagte Wolff böse, »und zwar sofort.«

Die Schäfer hatte anscheinend vergessen, wie sich ein ungelöster Mordfall anfühlte, oder sie hatte die Erfahrung noch nie gemacht.

Wolff ging zum Fenster, starrte über den Hof auf das vordere Gebäude, die Front des Reviers. *Bin ich verbohrt, verbissen?,* überlegte er, den Rücken den anderen zugekehrt. Wie eine Welle durchflutete ihn die Wut. Er hatte einen taktischen Fehler gemacht. Er hätte gestern Abend die Sanft gleich in die Mangel nehmen müssen, auf der Vernissage, ohne Rücksicht auf die Mitglieder der Potsdamer Crème.

Wolff atmete tief durch, drehte sich wieder zu den Kollegen. »Die Sanft kennt Kamphausens kriminelle Kunstgeschäfte. Und Britta Fuchs recherchierte über Kamphausen.«

»Die Frau am Telefon hat von Abu Dhabi gesprochen«, warf die Schäfer ein und ihre hellen Wangen röteten sich. »Da gibt es jetzt auch einen Louvre. Seit zweitausendsiebzehn steht dort ein Kunstmuseum in Kooperation mit dem Louvre in Paris. Auf der Insel Saadiyat.«

Wolff blickte sie verblüfft an und vergaß seine Wut.

»Ich interessiere mich für bildende Kunst«, sagte Nicole. »Wenn ich Zeit habe, male ich.«

»Was malen Sie denn?«, fragte Sven interessiert.

»Aquarelllandschaften.« Sie lächelte schüchtern.

»Schön.« Wolff zwang sich auch ein Lächeln ab, das wahrscheinlich säuerlich wirkte. Dann kam ihm ein Gedanke. »Louvre Abu Dhabi. Wer weiß, welche Provenienz ihre Kunstwerke aufweisen.« Vor seinem geistigen Auge tauchte Kamphausen als Mitglied einer weltweiten Kunstmafia auf, die über dubiose Quellen geraubte und gehehlte Kunstgegenstände bezog und weiterverkaufte. »Fuchs hat über Kamphausen recherchiert, und das ist ihr schlecht bekommen. Ihr Freund Stolte hat Kamphausen als Mörder bezichtigt.« Er berichtete kurz, wie Stolte die Vernissage sprengte. »Und heute ist der Mann gejagt worden. Sein Verfolger hat nach dem Unfall Stoltes Motorradtasche gegriffen und war sofort danach weg. Das riecht nach organisierter Kriminalität.«

Nicole stand zögernd auf. »Ich hole mir was zu trinken«, sagte sie, »ich habe so einen trockenen Hals.«

Wolff konnte einen entnervten Gesichtsausdruck gerade noch unterdrücken, bis Nicole aus dem Zimmer war.

Sven legte ihre halb abgerutschte Jacke wieder korrekt über die Lehne. »Gib ihr ein bisschen Zeit. Sie könnte die Koordination hier drinnen machen, Erkenntnisse sammeln und die Kollegen immer mal auf den neuesten Stand bringen.«

»Und ich darf die Drecksarbeit vor Ort machen«, sagte Wolff grimmig. Hatte er sich nicht schon mit dem Schauspieler Max van der Weppen und dem Fitnessstudio-Betreiber Dirk Nagel angelegt, die beide wütend auf Britta Fuchs waren? Der eine aus verletztem Ehrgefühl heraus, der andere wegen einer geliehenen Stange Geld. »Was ist eigentlich aus Nagel geworden? Sitzt der noch in der Zelle?«

»Danke, dass du auch mal fragst.« Sven zog ein Protokoll aus seiner Aktentasche. »Britta Fuchs hat mit Nagel Schluss gemacht und schuldete ihm dazu noch fünftausend Euro. Dass der sauer war, verstehe ich.«

Nicole erschien wieder, eine Flasche Holunder-Bionade in der Hand. Wolff holte ein Glas aus seinem Schrank. Sie lächelte dankbar.

»Registermäßig ist Herr Kamphausen ein unbeschriebenes Blatt.« Sven blätterte in seinen Papieren.

»Wir könnten in Abu Dhabi nachfragen, ob der Galerist dort bekannt ist.« Nicole strich über ihre blonden Locken, obwohl es nichts zu glätten gab. Ihre Wangen waren immer noch gerötet.

»Über Interpol?« Wolff lachte rau auf. Die Sache bekam eine Richtung, die ihm überhaupt nicht schmeckte.

Wieder kam Sven der neuen Kollegin zu Hilfe. »Gute Idee. Interpol unterstützt die Kripo, stellt Datenbanken, Spezialisten zur Verfügung, gibt Auskunft über gesuchte Personen.«

Wolff verdrehte die Augen. »Die sagen uns also, dass in Abu Dhabi ein international agierender Kunstschmuggler namens Arthur Kamphausen bekannt ist«, sagte er süffisant. »Und einer von Interpol hält Wache vor dem Louvre.«

Sven presste wütend die Lippen zusammen. Wolff spürte, dass er die Truppe wieder einigen musste. Er spreizte die rechte Hand und machte dann eine Faust.

»Okay, Sven, frag den Direktionsleiter, über welche Kanäle wir die Polizei von Abu Dhabi ansprechen könnten.« Schaden konnte es ja nicht, sich etwas breiter aufzustellen. »Und Sie, Nicole, trommeln Kollegen zusammen für 'ne Durchsuchung der Wohnung von Leonie Sanft. Die Spusi soll auch gleich mitgehen. Gefahr im Verzug, da brauchen wir keinen Richter. Keine Angst, die Verantwortung übernehme ich.«

»Er hat einen guten Draht zum Direktionsleiter.« Sven zog den Mund breit, dass sich ein Grübchen in seinen schmalen Wangen zeigte.

Wolff blickte seinen jungen Kollegen erstaunt an. Solche ironischen Seitenhiebe leistete Sven sich sonst nicht. Hatte das mit der Anwesenheit von Nicole zu tun?

Die Kollegin schrieb großformatig etwas in ihre Kladde, nickte mehrfach und erhob sich erleichtert.

Hoffentlich geht das gut, dachte Wolff, als die beiden sein Zimmer verlassen hatten.

Als sein Telefon läutete, sah er eine unbekannte Nummer auf dem Display.

»Hier spricht Doktor Kunz von der Uniklinik Brandenburg«, hörte Wolff eine erschöpft klingende Stimme. »Herr Kai Stolte ist eben während der Operation verstorben. Die inneren Verletzungen waren zu schwer. Es tut mir leid.«

Der Wahrheit auf der Spur 4

Die Menschen um mich herum interessieren sich nicht mehr für Hintergründe. Geben sich mit oberflächlichen, sogar gefälschten Nachrichten zufrieden. Aber ich bin dieselbe geblieben. Und mein Traum ist derselbe geblieben.

Undercover-Recherchen kosten Geld. Aus Verzweiflung hab ich Dirk angepumpt, obwohl ich seine stahlgestärkte solariumgebräunte Männlichkeit nicht mehr ausstehen kann. Schwere Zeiten erfordern starke Waffen. Mein Einsatz war verloren, gezahlt an einen Informanten, der kein echter Insider war.

Weitermachen, immer weiter. Hinter die Fassade schauen, wie es wirklich ist. Nicht wie die Alphatiere in Wirtschaft und Politik und Kultur es haben wollen.

Potsdam, im März 2018
Britta Fuchs

Der 4. Tag

Donnerstag

28.

Das Häuschen am Waldsee entzückte Emma selbst in der dunklen, nebligen Jahreszeit. Es lag einsam inmitten eines dichten Mischwaldes. Vor dem Haus gab es eine überdachte Terrasse, eine Feuerstelle und eine Wiese, die sich zum See absenkte.

Carsten Henschke hatte sie zu einem Ausflug aufs Land eingeladen. Ein Freund von ihm habe eine entzückende Hütte, da könnten sie das Wochenende miteinander verbringen. Nur sie beide in friedlicher Landschaft.

Emma blickte aus dem Fenster. Ein Holzsteg reichte bis weit hinein in den See, am Steg lag vertäut ein Ruderboot. Vielleicht könnten sie beide sogar hinausrudern, wenn sie sich warm genug anziehen würden. Carsten hatte sich kurz verabschiedet, um ein bisschen Brennholz zusammenzusuchen. Es gebe zwar einen Ölofen, aber ein Feuer draußen vor der Terrasse sei doch romantischer.

Verliebt sein ist die schönste Sache der Welt, dachte Emma, während sie aufs Wasser schaute. An die Schattenseiten der Liebe wollte sie jetzt nicht denken, die hatte sie zur Genüge mit Marc durchlebt. Jetzt war nichts als Kribbeln im Bauch, rosarote Verliebtheit, und bald würden sie den ersten Sex zusammen haben. Die ganze Welt auf Wolke sieben.

Emma sah sich in der Hütte um. Es gab ein Wohn- und ein Schlafzimmer, beide mit Dielen ausgelegt, die Wände weißgekalkt. Vor den Scheiben hingen Spitzengardinen. Das Mobiliar war aus massivem Eichenholz, an einer Seite eine übers Eck gehende Bank, davor ein Esstisch mit geklöppelter Tischdecke. Gegenüber stand ein alter Schrank mit Glasfenstern, darin Bücher der Unterhaltungsliteratur und Bildbände.

Im Schlafzimmer ließ sich Emma probeweise aufs Doppelbett fallen, das ein Gestell aus gedrechseltem Holz besaß, die karierten Bettbezüge rochen frisch gewaschen. Ein wohliger Schauer erfasste ihren Körper, als sie daran dachte, dass sie in Kürze mit Carsten dieses Bett einweihen würde.

Er sollte sie nicht bereits im Schlafzimmer antreffen. Sie erhob sich und ging in den Flur. Unter einem Spiegel mit Goldrahmen war eine Konsole angebracht, auf die sie vorhin ihr I-Phone gelegt hatte. Sie wollte kurz nachschauen, wo der Waldsee und diese entzückende Hütte lagen. Ach ja, sie musste auch ihre Putzfrau anrufen, die würde sich sonst Sorgen machen, wenn sie nicht zur verabredeten Zeit da wäre.

Ihr I-Phone lag nicht auf der Konsole. Emma war verblüfft. *Aber hier gibt's sowieso kein Internet,* dachte sie dann. Carsten hatte sein Handy ja auch bereits zu Beginn ihrer Zweisamkeit, wie er das so liebevoll ausdrückte, ausgeschaltet.

Emma ging zur Tür. Langsam wurde sie ungeduldig. Sie trat vor die Hütte und versuchte Carsten irgendwo im Gehölz zu entdecken. Aber außer ein paar grauschwarzen Baumstämmen sah sie nichts. Konnte es so lange dauern, Brennholz zu sammeln? Da bemerkte sie, dass Carstens Auto nicht mehr da stand. Sie stutzte. War er ein kleines Stück gefahren, um nicht das schwere Holz tragen zu müssen? Sie fröstelte, trat wieder in die Hütte, ging in die Küche, um im Hängeschrank nach Tee zu suchen. Sehnsüchtig wünschte sie sich, Carsten würde gleich durchgefroren aus dem Wald hereinkommen und mit ihr heißen Tee mit Kandiszucker schlürfen.

Da hörte sie ein Geräusch. Die Tür öffnete sich.

»Bist du endlich wieder da, Carsten?«

Jemand war in der Hütte. Es war nicht Carsten. Im Flur stand ein fremder Mann. Er hatte das Gesicht mit einer schwarzen Strumpfmaske verdeckt. Emmas Herz raste.

»Wer sind Sie?«, schrie Emma. »Was wollen Sie von mir?«

»Das werden Sie gleich hören«, sagte der Mann mit tiefer, rauer Stimme. Der anklingende Rachenlaut deutete auf einen Araber hin.

»Mein Freund kommt gleich«, stieß Emma hervor. »Verschwinden Sie, hier ist nichts zu holen.«

Statt zu antworten, schoss der Mann mit einer Pistole in die Decke des Flurs.

»Was tun Sie da?!« Ihre Hände verkrampften sich zu Fäusten. »Lassen Sie mich in Ruhe.«

Ein zweiter Mann betrat plötzlich die Hütte, ein dunkler massiger Typ. Auch er trug eine schwarze Strumpfmaske.

»Verdammt, was soll das?«

Der Mann trat von hinten dicht an Emma heran und griff in seine Jackentasche. Dann spürte sie etwas rundes Hartes im Rücken. Bei dem Gedanken, dass es ein Pistolenlauf war, ging ihr Atem hechelnd.

»Carsten«, schrie sie wie von Sinnen, »hilf mir!«

»Ihr Freund wird nicht zurückkommen«, sagte der Mann, der bisher gesprochen hatte.

»Aber warum …«, stammelte sie. »Was wollen Sie von mir? Ich habe nichts bei mir. Nur ein bisschen Geld. Sie können alles haben.«

»Es geht um mehr.«

»Was haben Sie vor?« Ihre Stimme kiekste.

»Das werden Sie früh genug erfahren.« Wieder sprach nur der eine Mann. »Mein Kollege wird Ihnen jetzt die Hände zusammenbinden, und wenn Sie Theater machen, auch noch die Füße.«

»Nein«, schrie Emma. »Ich mache ja, was Sie wollen.«

Der andere Typ zog ein Seil aus der Tasche. Er hatte fleischige Hände, die Fingerglieder mit dunklen Haaren bewachsen.

»Nein, nein!«

Der Mann griff ihre Handgelenke und umwickelte sie fest.

»Hören Sie auf, bitte, das tut weh.« Es war ein Gefühl von völliger Ohnmacht und Hilflosigkeit.

»Jetzt rüber ins andere Zimmer.« Wieder fühlte sie den Pistolenlauf im Rücken. »Keine Sorge, wir lassen Sie nicht verhungern. Wenn Sie mal müssen, sagen Sie Bescheid.«

»Was wollen Sie bloß von mir?«, schluchzte sie.

Ihre Frage blieb unbeantwortet. Emma taumelte voran und wurde auf das Bett gestoßen.

»Mein Freund wird die Polizei rufen«, stieß sie hervor.

»Ihr Freund hilft Ihnen nicht mehr.«

Die Typen verließen den Raum und verschlossen die Tür.

Emma sank aufs Bett und hörte ihre Zähne klappern.

29.

»Sie ham doch jesacht, det ick wachsam sein soll. Und det war ick.« Die Stimme der Hauswartin Edith Krawitz drang so laut und aufgeregt an Wolffs Ohr, dass er den Hörer ein Stück fernhielt. »Da is so een junget Pärchen, Amerikaner. Wolln die Britta besuchen. Aber det jeht ja nu nich mehr.«

»Halten Sie die Leute fest«, sagte Wolff. *Freunde der Fuchs,* dachte er freudig.

»Die Leutchen sitzen bei mir inne Küche. Bloß die Verständigung klappt nich so richtich.«

»Es kommt jemand vorbei, in einer halben Stunde. Danke, Frau Krawitz.«

Wolff ging hinüber in Svens Büro. Der Kollege tropfte gerade etwas aus einem Fläschchen in die brennenden Augen.

»Setz deine Brille auf. Hier im Innendienst brauchst du keine Kontaktlinsen.«

»Ich möchte auch mal raus. Immer nur Koordination, PC-Arbeit, Telefonate.« Sven schnaufte. »Immerhin eine interessante Mail.« Er reichte Wolff ein ausgedrucktes Schreiben.

Das Generalsekretariat von Interpol mit Sitz in Lyon teilte mit, dass der Galerist Arthur Kamphausen in Abu Dhabi als Kunsthändler bekannt sei und in Kontakt mit arabischen Sammlern stehe.

»Super.« Wolff griff einen von Svens Steinen, die der Kollege in einer Schale auf seinem Regal liegen hatte, und warf ihn hoch in die Luft. »Die Idee mit Interpol war nicht schlecht.«

»Das war nicht deine Idee, sondern die von Nicole.« Sven drehte sich unwillig mit dem Stuhl zur Telefonanlage, weil es schon wieder klingelte. »Ja, ihr müsst leider weiter seine Haustür beobachten«, sagte Sven geduldig zu seinem Gesprächspartner. »Herr Kamphausen hat Geschäftskontakte nach Abu Dhabi und will sich vielleicht absetzen.« Sven nahm den Hörer vom Ohr, hielt ihn mit dem ausgestreckten Arm ganz weit weg und führte ihn dann wieder heran. »Ich kann auch nichts dafür, dass Observieren langweilig ist. Vielleicht macht er bald eine Fluchtbewegung, dann können wir zufassen.« Der andere sagte etwas. Wieder nahm Sven den Hörer vom Ohr. »Gerichtsbeschluss?«, fragte er Wolff.

»Erst mal nicht.«

Die Überwachung Kamphausens war ein heikles Thema. Kurzfristige Beobachtungen durfte die Kripo ohne weiteres durchführen, bei länger andauernden Observierungen, vor allem mit Abhören von Telefonen und Handys war eine richterliche Anordnung notwendig. Wie gut war die Meldung von Interpol. Kontakte nach Abu Dhabi, verdächtige Kunstgeschäfte, mögliche Verstrickung in den Mord an Britta Fuchs, jedenfalls nach der anonymen Anzeige. Wolff warf den Stein nochmals in die Höhe.

»Der Chef meint, ohne Gerichtsbeschluss. Er nimmt das auf seine Kappe.« Sven beendete das Gespräch und warf Wolff einen schrägen Blick zu. »Der Kollege da draußen tut mir leid. Kamphausen bringt Unterlagen von der Galerie in sein Haus, empfängt Leute, sucht seinen Anwalt auf, seine Bank und seine Versicherung. Dauernd muss er hinterher, ohne richtig etwas veranlassen zu können. Ach ja, immerhin haben wir festgestellt, dass seine Galerie im Augenblick geschlossen ist.«

Wolff erinnerte sich an die öden Stunden, die er in seiner Anfangszeit wartend in Wind, Kälte oder unbequemen Autos verbrachte, immer in der Hoffnung, dass das Zielobjekt irgendetwas Verdächtiges machte, damit er selbst endlich aktiv werden konnte. »Was für Unterlagen bringt Kamphausen weg?«

»Konnte der Kollege nicht erkennen. Aber der Galerist hatte auch einen Koffer dabei.«

»Koffer? Fluchtgefahr?« In Wolffs Gehirn entstand das Bild eines Haftbefehls auf dunkelrotem Papier. »Versuch mal, beim Flughafen rauszukriegen, ob Kamphausen gebucht hat.«

»Abu Dhabi?«, fragte Sven gequält.

»Okay, hab was Besseres für dich.« Wolff berichtete von dem Anruf der Krawitz. »Fahr sofort hin. Amerikanische Freunde der Fuchs sitzen in der Küche von der Hauswartin. Nimm dir 'nen Dolmetscher mit.«

Svens Miene heiterte sich auf. Er schoss geradezu hoch, griff sein Tablet und seine Winterjacke und war schon an der Tür. Dort drehte er sich nochmals um. »Das schaffe ich auch ohne Dolmetscher. Ich habe ein Auslandsjahr in den USA verbracht.«

30.

Emma saß zusammengesunken auf dem Bett, die gefesselten Hände im Schoß. Ihr Mund war wie ausgetrocknet.

»Da ist Wasser.« Der Maskenmann, der bisher gesprochen hatte, deutete auf eine Karaffe mit Leitungswasser. »Strengen Sie sich ein bisschen an, dann können Sie sich auch mit gefesselten Händen bedienen. Da ist Brot. Sie sollen nicht verhungern. Wir wollen ja noch was von Ihnen.«

Emma war zu geschockt, um zu ihrem Entführer aufzublicken. Seine raue kehlige Stimmlage war ihr zutiefst unangenehm. »Was wollen Sie von mir?«

»Alles mit der Ruhe.« Hämisches Lachen.

»Ich muss mal«, sagte Emma kläglich.

Der Mann lachte wieder auf anzügliche, widerwärtige Weise. »Kein Problem. Stehen Sie auf.«

Emmas Beine waren so kraftlos, dass sie kaum hochkam. Wankend ging sie ein paar Schritte in Richtung Tür und spürte wieder den Lauf der Pistole im Rücken.

»Immer schön geradeaus. Noch drei Schritte, da ist das Bad. Und glauben Sie nicht, dass Sie durchs Fenster abhauen können.« Der Mann rief etwas in einer Sprache, die Emma nicht verstand, zu dem anderen Maskenmann, der die Hütte verließ. »Mein Kompagnon steht vorm Badezimmerfenster. Und Nachbarn gibt's hier nicht. Um Hilfe schreien macht keinen Sinn.«

Das kleine Badezimmer war ebenso hübsch und anheimelnd ausgestattet wie die anderen Zimmer. Emaille-Badewanne, über dem Rand ein weißes, flauschiges Badetuch. Ein goldgerahmter Spiegel hing über dem Waschbecken. Auf einem Tischchen daneben stand ein großer Strauß Strohblumen, daneben ein Handspiegel, ebenfalls goldgerahmt. Hinter den geblümten Vorhängen am Fenster dehnte sich der Wald aus.

Im Spiegel sah Emma ihr blasses Gesicht mit starren, schreckensweiten Augen, verschmierter Wimperntusche und angetrockneten Tränen. Sie war zu schwach, um ihr Gesicht in Ordnung zu bringen, und sie hätte es mit den gefesselten Händen auch nicht gekonnt. In der Gemütlichkeit, die dieses kleine Badezimmer ausstrahlte, fühlte sie ihre verzweifelte Lage besonders.

31.

Die psychiatrische Abteilung des Krankenhauses befand sich in einem einzeln stehenden Gebäude aus rotem Backstein inmitten einer Grünanlage. Wolff stand am Eingang vor einer Hinweistafel, auf der Pfeile in alle Richtungen zeigten, und betrachtete den roten Punkt. *Sie befinden sich hier.* Jedenfalls eine konkrete Aussage. Wolff grinste.

Eine riesige Last war von ihm genommen, nachdem es Sven durch müheseliges Nachforschen bei Familie, Freunden, Nachbarn geschafft hatte, den Aufenthaltsort von Leonie Sanft zu klären. Direkt nach der Vernissage war sie Hals über Kopf zu einer Freundin gefahren, hatte dort einen nervlichen Zusammenbruch erlitten und war jetzt Patientin auf der psychiatrischen Station. *Die Frau schwankt zwischen Enttäuschung, Rache, Hass und Solidarität mit Kamphausen,* dachte Wolff, bemüht um Einfühlsamkeit.

Auf dem weitläufigen Gelände herrschte lebhaftes Treiben. Lastwagen mit Bettwäsche, Arbeiter, die Granulat auf die rutschig-nassen Wege streuten, Besucher, die zwischen den einzelnen Gebäuden umherirrten und eilig laufende Pfleger in grünen Kitteln. Im Gebäude, in dem die psychiatrische Station untergebracht war, saß in einem Glaskasten eine ältere, stark geschminkte Frau, deren Lächeln erfror, als Wolff seinen Kripoausweis zeigte und nach Leonie Sanft fragte.

»Was wollen Sie von Frau Sanft? Unsere Patienten brauchen Ruhe.«

»Sie kann helfen, einen Mord aufzuklären. Das wird ihr sicher guttun.« *Der einzige Mensch, der über die Kunstdeals ihres ehemaligen Chefs Bescheid weiß,* dachte Wolff. *Aber anonyme Briefe schreiben ist das eine, und gegen einen Kunsthehler mit besten Verbindungen aussagen, das andere.*

Mit deutlichem Stöhnen drehte sich die Pförtnerin zur Telefonanlage.

Wolff setzte sich auf eine Plastikschale neben eine verhärmt aussehende ältere Frau, die immer wieder zur Pförtnerin ging, um Einlass zu ihrem gerade eingelieferten Mann zu erhalten. Zwei Kinder spielten Fangen, und auf dem Gang ging eine jüngere Frau auf und ab und brabbelte vor sich hin.

»Der behandelnde Arzt ist Doktor Lorenz«, kam die Stimme der Pförtnerin über den Lautsprecher. Dann wandte sie sich ab.

Wolff nahm das als Aufforderung, sich ins Innere der Klinik zu begeben.

Der Flur der Station wirkte trotz des grauen Wetters freundlich, Tageslichtlampen verbreiteten angenehmes Licht, anstelle von medizinischen Geräten und Pflegewagen standen überall Kübel mit Grünpflanzen, die Wände waren nicht funktionell weiß, sondern sonnengelb gestrichen. Ein Mann ohne Kittel kam Wolff entgegen.

»Seit wann kommt die Kripo, wenn eine Frau unter ihren Problemen zusammenbricht?«, fragte Dr. Lorenz, der sehr jung aussah und bereits Oberarzt – OA – war, wie Wolff mit einem Blick auf das Namensschild feststellte.

»Frau Sanft ist die einzige Zeugin in einem Mordfall.«

»Die Patientin hat einen psychogenen Schock erlitten.« Dr.

Lorenz lächelte, als müsse er sich entschuldigen für den labilen Zustand der Frau. »Sie trägt eine große Last mit sich herum. Wenn sie stabil ist, sollte sie eine Psychotherapie beginnen.«

»Wie äußert sich ein psychogener Schock?«

»Manche Menschen können nicht mehr sprechen, manche nicht laufen, andere werden sehr unruhig, und manchmal bricht der Kreislauf zusammen. Die Patientin wird medikamentös behandelt und braucht Ruhe.«

»Wenn ich morgen mit einer Vorladung wiederkomme, wird das ihren Zustand nicht stabilisieren«, sagte Wolff. Dann merkte er, dass er zu direkt war, und fügte hinzu: »Vielleicht entlastet es Frau Sanft, wenn sie der Kripo weiterhelfen kann.«

Der Arzt machte ein halb lachendes, halb schmerzliches Gesicht. »Okay. Überzeugen Sie sich selbst. Aber ich werde eine Schwester mitschicken.«

Dr. Lorenz ging vor zum Personalraum und kam mit einer Schwester wieder, die ein so strahlendes Lächeln zeigte, dass es hier fast fehl am Platz wirkte. Wolff holte ein zweites Mal seinen Kripoausweis hervor, nicht weil das nötig war, sondern weil er hoffte, dass die Frau beeindruckt und hilfsbereit wäre.

»Frau Sanft hat etwas gegessen.« Die Schwester blickte Dr. Lorenz stolz an. Dessen Rufgerät schlug an, und er eilte den Gang entlang in die andere Richtung.

Die Schwester ging vor in ein aprikosenfarben gestrichenes Zimmer mit heller Holzeinrichtung.

»Frau Sanft, Besuch.« Wahrscheinlich strahlte sie jetzt ihre Patientin an.

Wolff warf einen Blick durchs große Fenster in die graue Winterlandschaft. *Hier drinnen ist es gemütlicher,* dachte er sarkastisch. Die Schwester stellte sich schützend vor das Bett. »Regen Sie Frau Sanft bloß nicht auf.«

»Ich bemühe mich.«

Langsam trat er auf das Bett zu und war bestürzt. Die Frau,

die er als leicht gealterte, elegante Blondine in Erinnerung hatte, wirkte kleiner und zerbrechlich. Sie lag auf dem Rücken, in ihrem Handgelenk steckte eine Kanüle, die über einen Schlauch zum Tropf ging. Ihre Haut war fahl, das Haar verschwitzt, aber ihre blauen Augen waren geöffnet.

»Meine erste Erfahrung mit der Psychiatrie.« Ihre Stimme war nicht aufgeregt und quäkend, wie er sie in Erinnerung hatte, sondern schwach und leise.

Die Schwester, die sich ans Fenster gestellt hatte, beobachtete ihre Patientin aufmerksam.

»Was wollen Sie von mir?«

Sie erkennt mich wieder. »Auf der Vernissage standen wir beide am Flügel und haben uns unterhalten«, begann Wolff vorsichtig. Sanft richtete den Blick zur Decke, und er fuhr fort: »Ein junger Mann kam plötzlich herein. Das war Jan Stolte. Der Freund von Britta Fuchs.«

Bei dem Namen der Journalistin zuckte die Patientin zusammen.

Sie weiß, dass Britta Fuchs ermordet wurde. »Stolte hat Herrn Kamphausen als Mörder beschimpft.« Ein direkter Blick auf die Kranke, deren Beine sich unter der Bettdecke unruhig bewegten. »Jan Stolte ist ebenfalls tot. Gestorben bei einer Hetzjagd auf dem Motorrad.«

»Nein!« Das bleiche Gesicht von Leonie Sanft verzog sich schmerzlich.

Die Schwester legte den Zeigefinger auf die gespitzten Lippen und schüttelte den Kopf.

Wolff war hin- und hergerissen. Er fühlte Mitleid mit der Frau, die ihr bisheriges Leben Kamphausen und seiner Galerie gewidmet hatte, ohne ihn für sich zu gewinnen. Was für eine Wut und Enttäuschung musste sie gefühlt haben, dass sie ihn anonym anzeigte.

Ist Britta Fuchs für Kamphausen so gefährlich gewesen, dass er sie beseitigen ließ? Ist die Anweisung an den Hausmeister, sich um die Fuchs kümmern, ein Mordauftrag gewesen?

»Jan Stolte wollte auf seiner letzten Motorradfahrt wichtige Unterlagen nach Magdeburg bringen.«

Leonie Sanft bemühte sich, nachlässig die Achseln zu zucken, aber ihre Finger krallten sich in die Bettdecke.

»Ich weiß, dass Herr Kamphausen Bilderkäufe an arabische Händler vermittelt.« Wolff sprach schnell, um seine Kenntnisse bloßzulegen und der Sanft das Gefühl zu geben, dass nicht sie die Verräterin wäre. »Ich weiß, dass Herr Kamphausen mit Werken handelt, die als NS-Raubkunst gelten.« Er pokerte.

»Sie wissen ja schon alles. Mich brauchen Sie doch gar nicht mehr.« Die matten blauen Augen der Patientin füllten sich mit Tränen. Sie begann, leise zu weinen.

Die Schwester kam auf Wolff zu und packte ihn am Ärmel. »Sie sollen die Patientin nicht aufregen.«

Jetzt sie mit meiner Vermutung konfrontieren.

»Die Journalistin Britta Fuchs war Herrn Kamphausen auf der Spur.« Wolff sprach einfach weiter. »Er steht im Verdacht, sie über einen Mittelsmann ermordet zu haben.«

Das Weinen hörte abrupt auf, Leonie Sanft stützte sich auf ihre Ellenbogen auf und stieß hervor: »Gehen Sie. Ich brauche meine Ruhe.«

Die Tür öffnete sich und Dr. Lorenz trat ein. Er warf einen besorgten Blick auf seine Patientin, die den Kommissar mit schreckensweiten Augen anstarrte. »Schluss jetzt.«

Die Schwester maß der Kranken den Puls. Wolff legte seine Visitenkarte auf den Nachttisch und strich der Zeugin über den Arm. Kaum hatte er sich abgewandt, hörte er, wie sie in lautes Weinen ausbrach. Die Schwester sprach beruhigend auf sie ein.

Dr. Lorenz brachte Wolff zur Treppe und begleitete ihn bis zum Eingang. »Ich will mich nur überzeugen, dass Sie wirklich weg sind«, sagte er und grinste ihm zu.

32.

»Emma von Burgsdorff wird vermisst«, meldete ein Kollege vom Vermisstendezernat, kaum dass Wolff von der psychiatrischen Klinik wieder ins Revier gefahren war. »Ihre Putzfrau hat angerufen, total aufgeregt, weil niemand aufgemacht hat.«

»Ich bearbeite Mordfälle«, fauchte Wolff. Dann stieg siedendheiß eine Ahnung in ihm auf. Emma von Burgsdorff ... Das war doch die junge Erbin, die er auf der Vernissage in vertrautem Gespräch mit einem attraktiven Mann, den selbst Leonie Sanft nicht kannte, beobachtet hatte.

»Tot ist sie noch nicht, Uwe«, sagte der Kollege. »Hab dich nur unterrichtet, weil du unter die Künstler gegangen bist. Also, wir sind schon mal ins Haus von der Emma, die Putzfrau ist Zeugin. Willst du dir das mal angucken? Lohnt sich. Riesenvilla, beste Lage, Babelsberg Süd, dicht am Wasser.«

»Ich will nicht so mit der Tür ins Haus fallen«, sagte Wolff mit mühsamem Humor.

»Die Putzfrau sagt, Emma hat was für 'ne Reise eingepackt. Das Kosmetikzeug im Badezimmer war weg.«

»Warum soll sie nicht verreisen?«

»Weil sie sonst immer Bescheid sagt, meint die Putzfrau.«

Wolff hörte den Kollegen am PC arbeiten. »Okay. Gib mir 'ne halbe Stunde zum Nachdenken.« Er wies Nicole Schäfer an, die Putzfrau und die Nachbarn zu befragen, ob sie Emma hätten wegfahren sehen. In Begleitung eines unbekannten Mannes? »Ach ja, Sie könnten auch mal im Internet schauen, ob Sie etwas über die Kunstsammlung der von Burgsdorffs herausbekommen.«

»Richtige Kunstrecherche?«, flötete die neue Kollegin, anscheinend glücklich über den wichtigen Auftrag.

»Eher Lebendrecherche.«

Im Kühlschrank fand Wolff nichts als einen Joghurt und ein pappiges Brötchen, das er mit einem zähen Rest Ahornsirup bestrich. Er dachte an Katja und den knusprigen Kirschstreusel von ihrem Bäcker, aß mechanisch das trockene Brötchen, die Beine auf dem Schreibtisch.

Erinnerungen aus seiner früheren Tätigkeit im Vermisstendezernat schossen ihm durch den Kopf. Kein Täter, kein Opfer, man stocherte im Nichts, die Zeit rannte, vielleicht war ein Menschenleben bedroht. Ging es um Geld, was bei einer Erbin wie Emma von Burgsdorff anzunehmen war, würde bald der erpresserische Anruf kommen. Lief die Übergabe des Lösegeldes schief, fühlte der Täter sich von der Polizei bedroht, bestand Todesgefahr für das Opfer.

Er hasste Vermisstenfälle.

Mehr als sechstausend Kilometer entfernt schob sich eine luxuriöse Segelyacht an der Hauptinsel Saadiyat und den Mangroveninseln vorbei und nahm im auffrischenden Wind des Persischen Golfs Fahrt auf. Zwei Männer und eine Frau saßen in leichter Sportkleidung auf ihren Liegestühlen, vor sich auf dem mit Mosaiken verzierten Tisch kalten Pfefferminztee und Petits Fours, die der Diener gebracht hatte. Sie diskutierten über die neuesten Entwicklungen in der Kunstszene. Mittlerweile verfügte das Emirat nicht nur über das Miraj Museum für islamische Kunst, das Nationalmuseum und mehrere Galerien. Jetzt gab es den Louvre Abu Dhabi, der im Jahr zweitausendsiebzehn in enger Zusammenarbeit mit dem Pariser Musée du Louvre entstanden war.

Kunst jenseits von Bauboom, Erdölgeschäft, Tourismus. Dollarpreise für Kunstwerke tauschten die drei auf ihrer Yacht mit einer Lässigkeit aus wie andere die Angebote im Discounter. Gemälde eines russischen Impressionisten waren heute eingetroffen und im Kunstdepot auf einer Sandinsel gelagert. Acht Millionen, berichtete die Frau und streckte ihre Füße von sich, roter Lack, auf dem sich silberne Schlangen wanden. Schon schmiedeten sie einen neuen Plan. Er musste perfekt sein. Sie waren reich, verstanden sich als Kulturschaffende in einer Wüstenregion und hatten eine Mission.

33.

Wie peinlich, sich von einem Orangegurt auf die Matte zwingen zu lassen.

Verena Starke war im Judo-Studio *Satori* in Babelsberg, aber diesmal schaffte sie es nicht, Abstand zwischen sich und ihr schwieriges Mandat zu legen. Sie bemühte sich um Konzentration. Das übliche Ritual. Beim Betreten des *Dōjō*, der Halle für Kampfsportarten, verbeugte sie sich vor dem Bild des Judogründers Kāno, aber auch vor ihrer Partnerin, dem unterklassigen Orangegurt, Verbeugung vor und nach jedem *Randori*, dem Übungskampf. Auf diese Weise erkannte man die Regeln an, erwies dem Gegner Achtung und beendete Gefühle von Wut, Ärger, Aggression, Feindseligkeit.

Sie begannen mit *Seoi-nage*, einem einfachen Wurf. Verena fasste ihre Gegnerin an Kragen und Ärmel, drehte sie ein, bis sie mit dem Rücken vor Verenas Bauch stand, nahm sie Huckepack und warf sie kopfüber über die Schulter. Es knallte, als die Frau, einen Kopf größer und bestimmt zwanzig Kilo schwerer, seitlich auf die Matte fiel. Zu spät mit dem Arm abgeschlagen, um die Wucht des Aufpralls abzufangen. Die Gegnerin erhob sich stöhnend, hechtete auf Verena. Der Haltegriff einer massiven Anfängerin war auch für einen Blaugurt manchmal nicht zu überwinden. Verena fühlte, wie das Gewicht auf ihrem

Brustkorb sich verdoppelte, sie im Klammergriff auf die Matte gedrückt wurde. Sie versuchte verschiedene Befreiungstechniken, heraus kam nur ein Zappeln. Ein Kampfrichter stand zum Glück nicht dabei, der mit der Stoppuhr die dreißig Sekunden bis zur regelrechten Niederlage abzählte. Das hatte Verena gerade noch gefehlt: Verlieren gegen eine dicke Anfängerin ohne technische Fähigkeiten. Ein schlechtes Omen?

Als der Klammergriff nachließ, erhob Verena sich, zwang sich zur Verbeugung vor dem nassen roten Gesicht, das im Siegesrausch strahlte. Die Revanche war fällig.

Da klingelte ihr Handy. Verena entschuldigte sich, es war eine große Unhöflichkeit, ein eingeschaltetes Handy in der Kampfsporthalle zu haben.

»Spreche ich mit Frau Rechtsanwältin Starke?«, hörte sie eine aufgeregte ältere Frauenstimme. »Sie waren doch vorgestern bei uns draußen, wegen Katja.«

»Ja?« Verena verspürte ein krampfhaftes Gefühl im Magen, das nicht mehr vom Gewicht ihrer Judo-Partnerin herrührte.

»Katja ist weg«, rief Wolffs Mutter verstört.

Darf nicht wahr sein, dachte Verena.

»Katja hat noch die Schweine gefüttert, dann wollte sie ins Dorf.« Verena hörte die alte Frau heftig atmen.

»Sie wird im Gasthof sitzen.« Das war der einzige Ort zum Ausgehen im Dorf.

»Nein, sie hat sich umgezogen, hat ihre Handtasche genommen und ist weg, während ich die Hühner gefüttert habe. Nicht mal Bescheid hat sie gesagt, das macht sie sonst immer.«

Verenas Finger krallten sich im verstärkten Vorderteil ihres Kampfanzugs fest. Ihr Anwältinnen-Gehirn ging mehrere Möglichkeiten durch. Die harmloseste: Vielleicht hat Katja in der Wirtschaft einen neuen Verehrer getroffen. Die zweite Möglichkeit: Ihr Exfreund oder ein von ihm beauftragter Typ hat ihr aufgelauert und sie zusammengeschlagen oder entführt. Drittens:

Katja ist einfach abgehauen. Dann bestand höchste Gefahr, dass man sie verhaftete.

»Frau Starke, ich habe Angst. Tun Sie etwas.«

Verena kehrte zu ihrer Partnerin zurück, die immer noch voller Befriedigung über ihren Sieg auf der Matte hockte, verneigte sich vor ihr.

»Entschuldige. Ich möchte das Training wieder aufnehmen.«

Verena griff die Frau beidseitig am Kragen, trat ihr das Knie weg, ließ sich selbst rückwärts fallen, zog sie dabei auf sich, diesmal aber mit totaler Körperspannung, und drückte ihr die Fingerknöchel probeweise in die Halsschlagadern. Sie hörte sofort auf, ehe ihre Partnerin abklopfen konnte, denn der Würgegriff gehörte bei weitem noch nicht zur Technik eines Orangegurts.

Zum Abschluss des Trainings verneigten sich beide voreinander. *Bei verletzten Gefühlen und zerstörter Liebespartnerschaft geht's nicht so fair zu,* dachte Verena.

34.

Es war Spätnachmittag, als Katja die Henning-von-Tresckow-Straße entlang lief. Hunderte Male war sie den Weg vom Potsdamer Hauptbahnhof über die Lange Brücke vorbei an dem Hochhaus des Hotels *Mercure* und dem Lustgarten gelaufen, meist in Eile, um rechtzeitig zur Acht-Uhr-Frühbesprechung zu kommen. Sie hatte einen wichtigen und aufregenden Beruf gehabt. Jetzt wartete niemand auf sie.

Unschlüssig stand sie vor dem Polizeirevier, dem rosafarben angestrichenen Gebäude aus dem neunzehnten Jahrhundert, hinter dessen Fenstern Licht brannte. Die Morddirektion war im hinteren Teil untergebracht. Nie hatte sie die Fassade betrachtet, nie gedacht, einmal vor verschlossener Türe zu stehen. Was wollte sie hier eigentlich? Der im Regionalzug gefasste Plan, einfach anzuklopfen, hallo zu sagen in der Hoffnung, dass Uwe da wäre, dass er sie freundlich hereinbitten, sich nach ihr erkundigen und ihr von dem neuen Fall erzählen würde, schien jetzt absurd. Sie hatte hier nichts mehr verloren.

Das massive Eingangstor öffnete sich, eine Frau und ein Mann, beide in der Uniform der Schutzpolizei, kamen heraus. Katja kannte sie nicht, auf dem großen Gelände waren etliche Dienststellen der Polizei untergebracht. Die Polizistin lächelte Katja freundlich an und hielt ihr die Tür auf. Katja ging hinein, vorbei am Pförtner, der ihr ebenso freundlich zunickte und offensichtlich nichts von ihrem Zwangsurlaub wusste. Schritt für Schritt setzte sie den vertrauten Weg fort. Als sie die Tür zum Innenhof öffnete, war ihr erster Blick nach oben zu Uwes Büro. Dort brannte Licht. Katja fühlte ihr Herzklopfen. In diesem Moment öffnete sich die Tür der Morddirektion und eine blonde Frau in einem Mantel in der Farbe von Erdbeer-Shake trat heraus. Katja kannte sie nicht. Nach der Frau kam Sven Noack. War die Erdbeerrote Nicole Schäfer, die gestern an Uwes Telefon gegangen war? Was hatte sie da zu schaffen? Saß die jetzt auf seiner Chaiselongue? Abserviert von einer Erdbeere.

Katja drehte abrupt ab und raste am Pförtner vorbei. »Hab was im Auto vergessen.« Die schwere Eingangstür fiel hinter ihr zu, das Licht erlosch. *So wie mein Leben,* dachte sie voller Selbstmitleid.

Katja lief wieder die Henning-von-Tresckow-Straße entlang, diesmal in umgekehrter Richtung, zurück zum Hauptbahnhof. Der nächste Regionalzug ging in einer halben Stunde. Wolffs Mutter würde sich sicher Sorgen machen. Aber der Gedanke, wieder ins ereignislose Landleben zurückzukehren, war unerträglich.

In der Pizzeria im Hauptbahnhof bestellte sie Spaghetti alle vongole. Seit dem Frühstück hatte sie nichts mehr gegessen und wollte endlich mal was anderes als die Wurstbrote bei Wolffs Mutter. Während sie auf ihr Essen wartete, wählte Katja die Nummer einer Schulfreundin. Die Nummer gab es nicht mehr. Bei einer anderen Freundin ertönte der Anrufbeantworter.

Hatte es mit den Spaghetti zu tun, dass ihr Eduardo einfiel? Der smarte Italiener, der immer so strahlte, wenn sie sein Lokal aufsuchte – »ciao Bella« –, oder der ihr zumindest das Gefühl großer Freude vermittelte. War Eduardo nicht mit Servieren beschäftigt, erzählte er stolz über die Angehörigen seiner riesigen Familie, alle wohnten natürlich direkt am Meer. Eduardo verstand es zu flirten. »Tesoro, ti amo!« Ach ja, ein Kompliment, eine romantische Geste waren genau das, was Katja jetzt brauchte. Dazu eine Italo-Schmonzette nur für sie.

Stürz dich ins Leben, dachte Katja, *bevor du es durch Gitterstäbe betrachtest.*

35.

»Brauchen Sie Geld?« Emma zwang sich, direkt in das Maskengesicht zu blicken. »Warum verschleppen Sie mich?« Sie schluchzte auf. Egal, es war in dieser Situation weniger schrecklich zu reden als zu schweigen. Der Klang ihrer eigenen Stimme, wenn auch fremd und klein, beruhigte sie ein wenig.

»Sie werden früh genug merken, was wir wollen.«

Emma hatte das Gefühl, dass der Typ hinter der Maske unfreundlich grinste. Er schob sie wieder ins Schlafzimmer, immer die Pistole in ihrem Rücken.

»Nehmen Sie mir bitte die Fesseln ab. Es tut weh. Ich laufe Ihnen nicht weg.«

Der Entführer lachte höhnisch. »Weit würden Sie auch nicht kommen. Einer von uns bewacht immer das Haus.« Er zog ein Messer aus seiner Hosentasche, ließ die Klinge aufschnappen und schnitt geschickt die Fesseln durch. Emmas Hände waren wie taub, es kribbelte schmerzhaft, als das Blut durch die Adern floss.

»Jetzt ist erst mal alles erledigt.« Der Typ zog die Schlafzimmertür hinter sich zu, ehe Emma noch etwas sagen konnte, und verriegelte sie von außen. Das Schloss klackte zweimal.

Emma trat zum Fenster. Draußen fielen nasse weiße Flocken. Das Fenster war klein, nur ein schlanker wendiger Mensch könnte sich durchzwängen. Selbst wenn sie durchs Fenster käme, hinaussprang, würden ihre Entführer es in dieser Totenstille mitbekommen.

Plötzlich hörte sie ein Auto heranfahren. Ein kurzer Moment der Euphorie. Aber die vage Hoffnung, dass Carsten mit der Polizei kam und sie hier herausholte, war schnell zerstört. Der Motor wurde abgestellt. Kurz darauf sah Emma eine wendige schwarze Gestalt am Fenster vorbeigehen, gleichzeitig hörte sie im Wohnzimmer Stimmen, wieder in dieser unverständlichen Sprache. Ein dritter Mann war gekommen. Um ihre Flucht zu verhindern, um sie zu erpressen. Emma ließ sich aufs Bett fallen, lag zusammengekrümmt auf der Seite, die Knie angezogen, die Arme gebeugt. Endlich richtete sie sich auf, griff die Karaffe und trank Leitungswasser, das schal schmeckte. Sie ließ ihren Tränen freien Lauf und hatte nicht einmal die Kraft, sich dieses elende Bild, das sie abgab, vorzustellen.

36.

»Haben Sie was über Emma von Burgsdorff herausgefunden?«, fragte Wolff, nachdem er bei Nicole Schäfer angeklopft und eine Höflichkeitssekunde gewartet hatte.

Auf dem Schreibtisch der neuen Kollegin standen zwei von innen leuchtende Rentiere, die ihn dämlich anglotzten. In Pink. Wolff schluckte die Bemerkung hinunter, dass ein Raum in Rosa nicht passte zu einer Polizistin der Mordkommission, die einen Festgenommenen über seine Rechte belehrte. Aber bisher hatte die Hauptkommissarin Schäfer außer ihren Kollegen noch keinen Menschen in ihrem Zimmer gehabt und Wolff vermutete, dass sie vom Ministerium auch nicht zu derart alltäglichen Arbeiten geschickt worden war.

Aus Nicoles hochgestecktem Haar hingen ein paar Strähnen mehr heraus als sonst und ihre geröteten Wangen zeigten, dass sie etwas loswerden wollte. »Ich lese Ihnen schnell vor.«

Sie griff zu ihrem Notizbuch, dessen Einband stilisierte Rosen zeigte, und begann: »Die Putzfrau und die Nachbarn wissen leider nicht, wo Frau von Burgsdorff sich aufhält.«

»Aha.«

»Eine Freundin hat mir den Tipp gegeben, an der UdK bei den Kommilitonen nachzufragen.« Nicole blickte ihn zufrieden lächelnd an und setzte hinzu: »Universität der Künste, Berlin, Hardenbergstraße, Fakultät Bildende Kunst.«

»Danke«, sagte Wolff mürrisch. *Wäre ich auch allein drauf gekommen.* »Hat denn jemand Emma weggehen sehen, vielleicht mit einem Koffer?« Wäre zumindest ein Hinweis, dass sie freiwillig irgendwohin gefahren war.

»Ja.« Nicole blätterte um und Wolff sah, dass sie mit vier bis fünf großformatigen Zeilen eine Seite füllte. »Der Hausmeister vom Nachbarn hat gesehen, dass sie mit einem Köfferchen zu einem Mann in einen BMW eingestiegen ist. Den Mann kannte der Hausmeister nicht, aber er war auch mit Fegen beschäftigt und hat nicht genau hingeguckt. Aber Frau von Burgsdorff hat ihm fröhlich zugewinkt.«

»BMW, welcher Typ? Kennzeichen?«

Nicole Schäfer zuckte die Schultern.

»Mist.« Wolff bemühte sich um eine Erklärung. »Ich habe auf der Vernissage von Kamphausen …« Er genoss Nicoles verwunderten Blick, dass er auf einer Vernissage war. »… auf der Vernissage hat so ein mexikanischer Maler ausgestellt … Also, ich wollte sagen, ich hab Emma dort im Gespräch mit einem unbekannten Mann gesehen. Ich hatte den Eindruck, dass sie …«

»Ja?«

»Nun ja, sie hat ziemlich verliebt ausgesehen. Vielleicht ist das der Mann mit dem BMW.« Wolff trat einen Schritt zurück und stieß mit dem Kopf an einen glitzernden Schlittschuh, der mit seinem rosa Schnürsenkel über dem Aktenschrank befestigt war.

»Oh, hoffentlich haben Sie sich nicht an der Kufe wehgetan«, sagte die Kollegin. »Ein bisschen Atmosphäre im Dienstzimmer, na ja, im Ministerium hab ich durchs Fenster immer nur auf Stein geguckt.«

»Schon in Ordnung.« Wolff überlegte, wie das Zimmer wohl im Frühling aussehen würde, falls die Schäfer dann noch hier war.

»Was machen wir denn jetzt?« Sie schlug ein leeres Blatt auf.

»Wir warten ab.«

Auf Nicoles besorgten Blick sagte Wolff: »Zwei Turteltauben machen vielleicht einen Ausflug. Wenn Frau von Burgsdorff morgen nicht auftaucht, rede ich mit dem Leiter des Vermisstendezernats.«

Während er zurück in sein Büro ging, grübelte er, wie er die Kollegin einsetzen könnte. Zu echter Arbeit vor Ort taugte sie nicht. Bis sie alle Ermittlungsschritte in ihr Notizbuch eingetragen hätte, wären Beweisstücke weggeräumt und Zeugen abgetaucht. Wann hatte die eigentlich ihr letztes Schießtraining gehabt? Sollte sie in ihrem Dornröschenzimmer sitzen und über die journalistischen Arbeiten von Britta Fuchs, die Kunstszene Potsdams und ihre Verbindungen nach Abu Dhabi recherchieren.

Zurück in seinem Büro setzte er sich an seinen Besprechungstisch. Sein kriminalistischer Instinkt sagte ihm, dass mit dem plötzlichen Ausflug Emmas etwas nicht stimmte. Gern hätte er mit Hauptkommissar Krause darüber gesprochen, aber ein romantischer Ausflug zu zweit ging das Vermisstendezernat nicht wirklich was an. Und abwarten war etwas, was Wolff nicht gut konnte.

Sein Besprechungstisch, an dem zwölf Personen Platz hatten, war leer. Die nicht mit der Mordsache Britta Fuchs befassten Kollegen waren alle vor Ort, hatten zu tun. Für Wolff selbst gab es keine E-Mail, keinen Bericht zu schreiben, keine Durchsuchung wegen Gefahr im Verzug vorzunehmen, keinen Zeugen zu befragen. Alles, was er im Mordfall Britta Fuchs tun konnte, hatte er getan.

Ihm fielen die Besprechungen bei seinem ersten Chef, Major der Volkspolizei, ein. Immer an einer Kaffeetafel, auf der weder Kekse noch frische Blumen fehlten, drapiert von der Sekretärin, ha, ha, so was gab's wirklich mal. Die wuchtigen Sessel, die Couch, alles in Tannengrün, der schwere große Holztisch waren verschwunden. Nicht dass Wolff die damalige Einrichtung schön gefunden hätte, aber sie hatte eine Gemütlichkeit verbreitet, die jetzt völlig fehlte. Sollte er sich rosa Lampions hinhängen, wie Nicole, oder die Materialverwaltung um rosafarbene Locher und Kulis bitten? Unwillkürlich blickte er in die Ecke, wo seine Chaiselongue gestanden hatte. Nach jener schicksalhaften Nacht mit Katja hatte Wolff sie unter dem Vorwand, das gute Erbstück müsse überarbeitet werden, abholen lassen. Nein, er wollte nicht daran erinnert werden, was auf der Chaiselongue geschehen war. Wenn dieser Alptraum mit Katjas Strafverfahren vorbei wäre, würde er mit ihr ein ehrliches Gespräch führen. Sie sollte in ein anderes Kommissariat wechseln, außerhalb Potsdams.

Der Tisch war doch nicht ganz leer. Darauf lag der Kieselstein aus Svens Zimmer. Er hatte gar nicht bemerkt, dass er ihn mitgenommen hatte. Wolff schüttelte den Kopf über sich selbst, ging dann zu Sven, um zu sehen, ob der Kollege die beiden Amerikaner, die nach Mitteilung von Edith Krawitz nach Britta Fuchs gesucht hatten, hergebracht hätte.

Svens Zimmer war leer. Wolff legte den Kiesel wieder in die Schale auf Svens Regal. Sonst dachte der Kollege noch, sein Chef glaube an positive Schwingungen eines Steins.

Kaum war Wolff wieder in seinem Zimmer, rief Verena Starke an.

»Was haben Sie mir denn für eine Mandantin aufgebrummt?«, fuhr die Rechtsanwältin ihn an. »Frau Eickelbaum ist abgetaucht.«

Wolff schüttelte ungläubig den Kopf.

»Herr Wolff?«

»Ja …«

»Ihre Mutter hat mich eben angerufen. Frau Eickelbaum hat den Hof verlassen, ohne Bescheid zu sagen. Ihr Handy ist abgestellt. Haben Sie eine Idee, wo sie stecken könnte?«

»Hier jedenfalls nicht.« Wolff blickte in die Ecke, wo die rotsamtene Chaiselongue gestanden hatte.

»Ich lege die Verteidigung nieder.«

Den Unmut der Anwältin konnte er verstehen. Wolff atmete einmal durch. »Vielleicht ist Katja zu einer Freundin gefahren, um sich auszusprechen.«

»Es reicht mir.« Die Anwältin konnte sich nicht beruhigen. »Erst sagt sie, ihr Freund hat sie angegriffen und sie hat sich verteidigt. Dann gibt sie zu, dass ihr Freund schon abgedreht hatte, als sie ihn angriff. Und dann haut sie einfach ab, obwohl ich ihr gesagt habe, dass sie den Hof nur mit Erlaubnis verlassen darf.«

»Geben Sie ihr noch eine Chance.«

Katja, dachte Wolff, *das kannst du doch nicht machen.* Er räusperte sich. »Frau Starke, ich hör mich mal um, ob jemand Katjas Vertrauenspersonen kennt.«

»Da müssten Sie doch eigentlich Bescheid wissen«, fiel ihm die Anwältin mit säuerlichem Tonfall ins Wort.

»Wieso ...« Wolff stoppte sich. Hoffentlich hatte Katja der Starke nichts von ihrem unverhofften Akt auf der Chaiselongue erzählt. »Okay«, fuhr er peinlich berührt fort, »ich schicke jemand zu ein paar Lokalen und Geschäften, wo Katja manchmal hingeht.« *Ich kann keine Kollegen mit der Suche nach Katja beauftragen,* dachte er, *muss ich halt selbst alle Orte abklappern.* »Bleiben Sie bitte am Ball, bis wir Katja gefunden haben.«

Seine Stimme musste flehentlich geklungen haben, denn die Anwältin sagte plötzlich ruhig: »Das musste mal raus. Natürlich lege ich nicht jetzt das Mandat nieder. Erst müssen wir Katja wiederhaben.«

Wolff legte den Hörer auf und stützte den Kopf auf die Hände. War Katja über ihrer Zwangsbeurlaubung durchgedreht? Nach einer Weile sagte er sich, dass er als Hauptkommissar einer Morddirektion mit fünfunddreißig Berufsjahren ein jämmerliches Bild abgab. Er schob mit Wucht seinen Stuhl zurück, stieß an die Zweige der Yuccapalma, die ihm Katja geschenkt hatte. Die trockenen Wedel raschelten. *Die Pflanze stirbt,* dachte er, dann schlug er sich mit der flachen Hand gegen den Kopf. *Hör auf zu spinnen.* Er suchte die Gießkanne, fand sie nicht, ging in die Kaffeeküche, füllte eine Thermoskanne mit kaltem Wasser, tränkte die staubige Erde und sagte sich, dass da vielleicht noch ein lebendiger grüner Rest in der Pflanze wäre.

Mühsam versuchte er, wieder Tritt zu finden. Aus dem Fenster sah er, dass Sven gerade mit Edith Krawitz und einem jungen Paar aus seinem Dienstwagen ausstieg. Wolff widerstand der Versuchung, alle hierher in sein stilles Büro zu holen.

Nach einer Weile ging er in die dritte Etage zum Besprechungsraum. Schon von weitem hörte er eine hohe, aufgeregte Frauenstimme in rasend schnellem Amerikanisch, ab und an wurde sie durch einen Mann unterbrochen, auch auf Amerikanisch, dann hörte Wolff die ruhige Stimme Svens in flüssigem Englisch. Und schließlich: »Det is ja ein großet Ding. Wat machen wir denn nu?«

Ihm kam eine Idee. Er würde jetzt nicht da hineinplatzen, er wollte Sven freie Hand lassen.

Wieder zurück im Büro rief Wolff im Besprechungsraum an und sagte zu dem jetzt aufgeregter klingenden Sven, dass er Edith Krawitz zu ihm schicken solle.

Während er auf die Hauswartin wartete, schrieb er auf, welche Orte Katja erwähnt hatte. Sie mochte Blumen, plauderte öfter mit der vietnamesischen Händlerin, sie kaufte sich manchmal Heringsbrötchen im Bahnhof … Hatte sie nicht auch mal einen Tanzkurs angefangen, wie hieß der bloß … Ach ja, Zumba. Die Liste wurde ziemlich lang.

Es klopfte und gleich darauf stand Edith Krawitz in seinem Büro.

»Die beiden Amis sind jeschickt worden von 'nem anderen Ami, und der wollte wissen, wie weit die Britta is mit ihrem Auftrag«, rief sie ihm entgegen.

»Interessant«, sagte Wolff. Sven würde ihm nachher genauer berichten. »Wollen Sie mir helfen, Frau Krawitz?« Ohne eine Antwort abzuwarten, drückte er der alten Frau seinen Zettel in die Hand. »Bitte suchen Sie diese Orte auf und fragen nach Katja Eickelbaum. Es ist wichtig.«

Edith Krawitz blickte ihn aus kleinen grauen Augen an, krauste die Stirn und schluckte offensichtlich eine Frage hinunter. »Mach ick, Herr Kommissar.«

Die alte Dame stand schon in der Tür, da rief Wolff ihr hinterher: »Katja war auch öfter Cappuccino trinken. Eduardo heißt der Italiener, vielleicht weiß der was.«

37.

Ich bin entführt worden. Emma bemühte sich, ruhig zu atmen und nachzudenken. Bei einer Erpressung würden ihre Entführer Kontakt aufnehmen und ihre Forderung stellen. Aber wer sollte für sie zahlen? Ihre Großeltern, die sie aufgezogen hatten, waren tot. Ihr Vater hatte dem Wohlstand entsagt und lebte als Gastronom auf Formentera. Der Kontakt zu ihrer Mutter war seit der Trennung ihrer Eltern abgebrochen.

Carsten. Was war mit ihm? War auch er von den Maskenmännern beim Holzsammeln überfallen und verschleppt worden? Der andere Gedanke war zu schrecklich. Hatte der gebildete, charmante Mann sie in eine Falle gelockt, machte er mit ihren Entführern gemeinsame Sache? Emma schüttelte unbewusst den Kopf.

Nach ihrem ausgedehnten Frühstück gestern hatte sie ihm Fotos von Gemälden eines noch wenig bekannten Künstlers gezeigt, die sie auf Kamphausens Rat hin erworben hatte. Die würden mal richtig teuer werden, sagte sie stolz. Carsten nickte zustimmend. Seine Sachkunde als Kunsthistoriker vereint mit ihrer vom Großvater übernommenen Sammelleidenschaft. Sie träumte bereits davon, mit ihm eine Galerie zu eröffnen. Carstens Lächeln, seine zärtlichen Hände, die Vorfreude auf ihren gemeinsamen Ausflug, auf die Vereinigung zweier Körper, die einander begehrten. Nein, sie wollte es einfach nicht glauben, dass dieser Ausflug mit Carsten der Auftakt ihrer Entführung sein sollte. Ist sie nach ihrem Pech mit Männern leichtgläubig auf den Charmeur mit dem weichen Blick und der angenehmen Stimme hereingefallen? Hätte die rote Lampe aufleuchten müssen? Nein. Bestimmt hatte Carsten längst die Polizei informiert. In Kürze würde man sie befreien.

Emma rollte sich zusammen, versuchte eine Haltung zu finden, in der sie ihre schmerzenden Glieder entspannen konnte. Sie war halb eingedöst, als ihr plötzlich klar wurde, dass es schon mehrere Stunden her war, dass Carsten hinausgegangen war, um Brennholz zu holen. Die Polizei müsste doch längst hier sein?

Sie warf sich auf die andere Seite und weinte verzweifelt.

38.

Hinterher würde sie wissen, dass sie einen Fehler gemacht hatte. Ein »Ciao Bella« war schnell gesagt, ein sanfter Kuss war unverbindlich hinters Ohr gehaucht.

Eduardo freute sich tatsächlich über ihren Besuch. Das letzte Mal war Katja vor dem schrecklichen Abend dort gewesen, von der Arbeit kommend, müde, verschwitzt, aber mit einem gelösten Mordfall mehr. Das Lokal war leer gewesen, und so hatte sie Eduardo beim Rotwein ein bisschen über ihren eifersüchtigen Freund erzählt. Der sympathische Italiener hatte ihr ein weiches Bett im privaten Hinterraum seines Lokals oder sogar bei ihm zu Hause angeboten, natürlich nur, falls es ganz schlimm kommen sollte, wie er versicherte. Er erzählte von seiner geschiedenen Ehe und den missglückten Versuchen, das Desaster bei verschiedenen Frauen zu vergessen. Alle Frauen hätten nicht das versprochen, was er sich ersehnte. Eine Powerfrau wie Katja habe er vor seinem inneren Auge gehabt. Und dann sei sie das erste Mal bei ihm eingekehrt, die coole Polizistin, aber er hätte nicht den Mut aufgebracht, ihr seine Bewunderung zu zeigen.

»Bella, ich möchte dich in die Arme nehmen«, flüsterte er ihr jetzt ins Ohr, kaum dass sie ihre Winterjacke abgelegt hatte.

Katja ließ sich einlullen, obwohl ihre innere Stimme sie warnte. Was, wenn Uwes Mutter sie als vermisst meldete? Katja hatte ihre Nummer nicht und fand sie auch nicht im elektronischen Telefonbuch.

Nun aber war sie in Eduardos Pizzeria und seine Werbung genau das, was sie im Augenblick brauchte: sich an die starke Schulter eines Mannes anlehnen, der ihre Probleme für eine Weile von ihr fernhielt.

Das Rendezvous verlief aber anders als erwartet. Sie hatte gehofft, dass Eduardo sie in seine Wohnung einladen würde. Katja gab vor, dass ihre Wohnung gerade renoviert werde und voller Malerutensilien stehe und dass sie derzeit bei einer Freundin übernachten würde. Aber auch Eduardos Wohnung stand gerade nicht zur Verfügung, aus welchen Gründen auch immer.

Sie gingen in die Wohnung eines Freundes, der gerade Spätschicht hatte, wie Eduardo erklärte. Die Wohnung war unaufgeräumt und kalt, so dass sich ein längerer Aufenthalt auf dem Sofa mit Tigermuster verbot.

»Ti voglio«, flüsterte Eduardo, *»tanto, tanto.«*

Sie wollte ihn auch so sehr, sagte sie sich, und schmiegte sich an ihn. Gegen seinen Körper war nicht viel einzuwenden, er war schlank und wirkte trainiert, aber die Arme, die sich um sie legten, waren zu sehr tätowiert. Ein Tattoo störte Katja eigentlich nicht, sie trug selbst eine kleine Blume an der Schulter. Vielleicht waren es seine Hände, die zu direkt ihre Bluse aufknöpften, sich unter ihren BH schoben, ihre Brüste griffen.

Sie entwand sich. »Hier muss es doch auch ein Bett geben. Lass uns dahin gehen.«

Es war ein kurzer Aufschub, den er mit »Ich bringe uns *vino, amore*« überbrückte. Seine weiche Stimme erinnerte sie nun wieder an den zärtlichen Eduardo. Sie blickte ihm hinterher, wie er mit entblößtem Oberkörper in die Küche ging, er hatte auch ein riesiges Tattoo auf dem Rücken, wie eine Krake. *Es ist so weit,* sagte Katja sich, *kneifen gilt nicht.*

Ihr Liebhaber kam mit einer vom Freund bereits geöffneten und halb ausgetrunkenen Fünf-Liter-Flasche Chianti zurück und blickte sie mit dem Gesicht eines Jungen an, der gleich spielen geht.

»Leider kann ich dich nicht kulinarisch mit einer Pasta asciutta verführen«, sagte er, und sein Akzent mit den gezogenen Vokalen ließ Katja zum ersten Mal seit langer Zeit lächeln. Er schenkte Chianti ein, in ausgespülte Senfgläser.

»Salute.« Katja nahm einen großen Schluck, um ihre plötzliche Verlegenheit zu überbrücken. Hoffentlich schaffte Eduardo es, einen Hauch *bella vita* über die karge, billige Einrichtung zu legen.

Sie drehte sich ab, ging voraus in den einzigen weiteren Raum dieser Hinterhofwohnung, in der ein breites Bett stand, zerwühlt und mit fremder Wäsche.

Hier ist ein Mann, der Zeit für dich hat, der nett zu dir ist, der sich über dich freut, und bestimmt auch über lachende Smileys mit Kussmund, dachte Katja. Der Gedanke an Uwe und ihr spontanes nächtliches Zusammenkommen auf seiner Chaiselongue schoss ihr schmerzhaft durch Kopf und Herz. Plötzlich konnte sie kaum die Tränen unterdrücken. Mit heftiger Bewegung warf sie sich in Eduardos tätowierte Arme, damit er ihr trauriges Gesicht nicht sehen sollte.

»*Tesoro*, komm, spüre mein inneres Feuer.«

Katja legte ihre Hand auf sein heftig pochendes Herz. Tatsächlich fühlte er sich nicht mehr so fremd an. Er presste seine heiße Wange gegen ihre, und der lange Kuss war eine folgerichtige Entwicklung. Er schmeckte nach einer Mischung aus Pizzeria, Nikotin, Rotwein, überlagert von einem durchaus angenehmen Duft von Zitrone und Süden. *Der Nachkomme Casanovas,* dachte Katja mit leichter Ironie, *genieße es, verdammt.*

Eduardo hatte tatsächlich verstanden. Er ließ sich alle Zeit der Welt und erkundete jetzt vorsichtig ihren Körper. Katja dachte nicht mehr daran, den Bauch einzuziehen, der in den Wochen der Inaktivität und deftigen ländlichen Küche eine kleine Fettschicht angesetzt hatte, dachte nicht mehr an ihre kräftigen Schenkel. Es fühlte sich warm und pulsierend an, und das Gefühl, einen Fehler zu machen, war vergessen.

»Entschuldige, war es zu heftig, zu spontan?«, fragte er hinterher schläfrig.

»Nein.« Katja kuschelte sich an ihn und meinte es ehrlich. »Sag, kommt nicht dein Freund bald von der Schicht nach Hause?«

»Soll er«, murmelte Eduardo halb im Schlaf. Und dann, wieder wacher: »Möchtest du ein Foto von mir, ein echtes? Ich schreibe dir auch eine Widmung darauf.«

Wieder schossen Katja Tränen in die Augen, und *diesmal* ließ sie es zu. Manches Mal hatte sie im Wohnzimmer das einzige Foto von Uwe, das seine Mutter aufgestellt hatte, angeschaut. Sie hatte ihn gefragt, ob sie ihn einmal am Schreibtisch knipsen dürfe, nur für sich. Er hatte abgelehnt.

»Ich lass es von einem Fotografen machen, gleich morgen«, flüsterte er. »Nur für dich.«

Da weinte auch Eduardo. Sie wollte nicht wissen, was er gerade dachte, und sie wollte auch nicht, dass er von ihren Gedanken wusste.

»Ich würde mich sehr über ein Foto freuen«, schluchzte sie.

Sie pressten ihre nassen Gesichter aneinander und schliefen ein.

Der Wahrheit auf der Spur 5

Viel Raubgut und Hehlerware befinden sich noch in falschen Händen.
Wertvolle Kunstgegenstände wurden zwischen 1933 und 1945 jüdischen Bürgern gewaltsam weggenommen. Die NS-Verbrechen lassen sich nicht ungeschehen machen. Umso mehr muss dieses dunkle Kapitel der Geschichte erforscht werden, damit die Nachkommen der Opfer das gestohlene Gut zurückerhalten.

Potsdam, im Juli 2018
Britta Fuchs

Der 5. Tag

Freitag

39.

Nach einer unruhigen Nacht, in der er einer Gestalt mit schwarzer Maske hinterherrannte, ohne sie einzuholen, saß Wolff in seiner Küche und versuchte zu frühstücken. Der Blick in sein Wohnzimmer auf die Märklin-Eisenbahn, seine neue Dampflok, original nach Baureihe 01 der Deutschen Bundesbahn, heiterte ihn diesmal nicht auf. Stand ein normaler Arbeitstag an, setzte sich Wolff manchmal auf den Boden, Kaffeepott und Frühstücksteller neben sich, und ließ die Eisenbahn durchs Zimmer rattern, durch Tunnel unter einem baumbestandenen Berg hindurch und zum Bahnhofshäuschen, probierte Signaltöne aus.

Heute war kein normaler Tag, und das Leberwurstbrötchen blieb ihm fast im Hals stecken. Der starke Kaffee beseitigte nicht den Druck im Kopf. Die Nachricht, dass Katja verschwunden war, saß Wolff in den Knochen. Er schluckte zwei Aspirin, aß die letzte Orange und rief seine Mutter an.

»Nein, sie ist nicht zurückgekommen«, hörte er ihre erschöpfte Stimme. Wahrscheinlich hatte sie ähnlich schlecht geschlafen.

»Sie hat sich bestimmt bei einer Freundin ausgeheult«, sagte er ruhig.

»Warum sagt sie dann nicht Bescheid?«

»Hat sie deine Telefonnummer?«

Schweigen am anderen Ende. Dann mit verzagter Stimme: »Ich weiß es nicht. Ich weiß überhaupt nichts von Frau Eickelbaum. Vielleicht hätt ich mehr mit ihr reden sollen. Hab mich nicht getraut, eine Kommissarin auszufragen.«

»Du hast alles richtig gemacht, Mutter. Sie taucht bestimmt wieder auf.«

»Suchst du nach ihr, Uwe?«

»Mach ich.«

Nur wo? Wolff rief Katjas Handynummer an, aber die Leitung blieb tot. *Sie ist Polizistin, kann sich verteidigen,* versuchte er sich zu beruhigen. *Immerhin ist eine der vermissten Frauen aufgetaucht,* dachte er sarkastisch, *Leonie Sanft ist sicher in der Psychiatrie.*

40.

Emma hätte alles darum gegeben, zu schlafen und nicht mehr aufzuwachen. Als die Tür zum Schlafzimmer mit deutlichem Klacken aufgeschlossen wurde, war ihr klar, dass ihr Wunsch sich nicht erfüllen würde.

»Es ist so weit«, sagte der Mann mit der rauen Stimme, der als Einziger mit ihr sprach.

Was ist so weit?, wollte sie schreien, aber es kam nur ein Krächzen heraus. Ihr Hals war wie ausgetrocknet. Sie rappelte sich hoch. Vor ihr stand der Maskenmann, in Schwarz.

»Brot, Butter, Marmelade.« Er stellte einen Teller auf den Nachttisch. »Damit Sie nicht umkippen. Wir haben noch was vor mit Ihnen.«

»Danke fürs Essen«, sagte sie vorsichtig, obwohl der Gedanke daran ihr Übelkeit verursachte. »Was haben Sie vor?«

Aber ihr Entführer hatte schon das Zimmer verlassen und die Tür zugemacht.

Emma schluckte mühsam ein paar Bissen Graubrot mit zuckriger Marmelade hinunter, spülte mit Wasser nach und ging zum Fenster. Der Himmel war grau an diesem Vormittag. Nasse weiße Flocken tanzten vor der Scheibe. Da draußen, auf der Terrasse mit dem Kamin, da hatte Carsten ein romantisches Lagerfeuer entzünden wollen. Emma blickte auf das Ruderboot auf dem See, das im Wind hin- und herschaukelte. Weiter konnte sie nichts erkennen, alles verschwamm im Schneedunst. Kein Haus, keine Straße, kein Nachbar, absolut nichts. Sie hockte sich wieder aufs Bett, legte die Stirn auf die angezogenen Knie.

Nach einer Weile ging die Tür auf.

»Kommen Sie ins Zimmer«, sagte der Maskenmann.

Emma stand gehorsam auf.

Ein weiterer Mann war da. Er war kleiner und rundlicher als ihre Entführer und trug einen Anzug. Auch er hatte eine schwarze Gesichtsmaske angelegt, die kleine hellgraue Augen und einen Mund mit fetten Lippen freiließ.

»Nehmen Sie Platz.« Er wies nahezu höflich auf die Bank am Esstisch. »Erfreut, Sie kennenzulernen, Emma von Burgsdorff.«

41.

Der Erste Hauptkommissar Gunther Krause, ein behäbiger Mann mit einer Vorliebe für fantasievolle Hosenträger, war der Leiter des Vermisstendezernats. Wolff kannte ihn schon lange, da war jemand, auf den man bauen konnte. Aus seinem Kommissariat waren außer Krause ein Oberkommissar und zwei junge Kommissare, frisch von der Hochschule, anwesend. Die beiden würden keine große Hilfe sein, dachte Wolff missmutig, hoffentlich hatten sie Elan und glichen ihre mangelnde Berufserfahrung mit vermehrtem Einsatz aus.

»Schön, dass du mitmachst, Uwe«, sagte Krause heiser. Er hatte einen Schal umgebunden und roch nach Eukalyptus. »Mein Kommissariat liegt nahezu flach. Drei sind richtig krank, zwei kommen noch, obwohl es ihnen schlechtgeht, und nur vier sind einigermaßen einsatzfähig. Mich hat's auch umgehauen.«

»Du willst mir dein Kommissariat anvertrauen?« Wolff ahnte Schlimmes. »Dann sag dem Direktionsleiter, dass ich auch doppeltes Gehalt will. Außerdem mag ich keine Vermisstenfälle, sind mir zu unkonkret.«

»Du hast ja weiblichen Beistand.« Ein mächtiger Nieser erklang. »Die junge Kollegin, die sie dir zugeteilt haben …« Krause schnäuzte sich ausgiebig. »Du weißt, wen ich meine?«

O ja, dachte Wolff, *die kunstbegeisterte Nicole in ihrem rosa dekorierten Zimmer, die über die Gemäldesammlung von Burgsdorff recherchiert.*

»Mich haben sie aus dem Ministerium angerufen«, flüsterte ihm der Kollege ins Ohr. »Die Schäfer war dort mehrere Jahre abgeordnet. Man möchte ihr eine Chance geben, jetzt, wo sich dein Mordfall Britta Fuchs ausweitet.« Er ließ seine Hosenträger, zur Adventszeit Goldsternchen, gegen den Bauch schnappen. Das tat der Kollege immer, wenn ihn etwas beschäftigte.

»Wie? Soll Nicole etwa die Soko leiten?«, fragte Wolff fassungslos.

»Beruhige dich. Wir ziehn die Fäden aus dem Hintergrund, das heißt erst mal du, solange ich krank bin.« Niesen und Schnauben.

Wolff dachte an den frisch gepressten Orangensaft, den Katja ihm hingestellt hatte. Eine Erkältung hatte er schon lange nicht mehr gehabt. Aber wenn das so weiterging, erschien ihm der Rückzug ins Bett durchaus nicht undenkbar.

»Halt dich mit Kritik zurück, Uwe, im Ministerium kennt man dich …« Krause zog den Mund breit und knuffte ihn.

»Alles klar«, sagte Wolff durch die Zähne. »Schau mal, ob deine Stimme noch reicht, um den Laden hier in Gang zu bringen.«

Ein dynamischer Endzwanziger, vor kurzem zum Oberkommissar befördert, trat ein. »Tagt hier die Soko Emma?« Der Kollege fuhr sich durchs sorgfältig gekämmte Haar. »Vielleicht wird's ja Mord, Uwe, ich hab noch drei andere Vermisste.« Er wippte auf den Zehen, als wolle er gleich dem Entführer Emmas hinterherhechten und die Sache schnell hinter sich bringen.

Nach und nach trafen die eilig aus verschiedenen Kommissariaten zusammengeholten Kollegen ein, die alle einen gehetzten und überlasteten Eindruck machten. Die Jahresendstatistik stand an. Fälle möglichst schnell abschließen, damit der Polizeipräsident die Öffentlichkeit beruhigen konnte. Überstunden, schnell eingeschobene Vernehmungen, hastig getippte Berichte. Der Umstand »Gefahr im Verzug« wurde weit ausgelegt, um nicht noch einen zeitaufwendigen Gerichtsbeschluss einholen zu müssen. Das, was sie alle jetzt am wenigsten brauchten, war ein personalintensiver Vermisstenfall mit ungewissem Ausgang.

Nicole Schäfer betrat den Besprechungsraum, setzte sich an den hintersten Tisch und lächelte kaum merklich in die Runde.

Oh, heute kein rosa, dachte Wolff angesichts des grauen Hosenanzugs süffisant. Er war sauer, dass Nicole ihm nichts von ihrem direkten Draht zur Polizeispitze gesagt hatte und die freundliche schüchterne Kollegin aus dem Innendienst gab. Jetzt war klar, was die Ministeriellen mit ihr vorhatten: Sie würde nach kurzer Zeit wieder entschweben und zur Ersten Hauptkommissarin befördert werden. Sollte sie im Ministerium ihr Zimmer in Rosa ausschmücken. Hier unten im Kommissariat würde sie natürlich ganz nebenbei den Mordfall Britta Fuchs lösen und Emma von Burgsdorff unversehrt zurückbringen. Wolff bedauerte, dass er ausnahmsweise keinen Kaffeepott zur Hand hatte, um ihn mit Wucht auf den Tisch zu stellen.

Jetzt erfasste Nicoles zartes Lächeln auch ihn. Er nickte kurz zurück, flegelte sich in seinen Stuhl, schob die Beine von sich und kam sich dämlich vor. Sie lächelte ihm immer noch offen zu, er war der Einzige, den sie hier kannte. Dann begann sie, in ihrem schwarzen Aktenköfferchen zu wühlen.

»Also: Vermisst wird seit gestern Frau Emma von Burgsdorff, achtundzwanzig, Kunststudentin und vermögende Erbin.« Kollege Krause stand vorn am Whiteboard und kämpfte um seine Stimme, während er die wenigen bekannten Fakten über die vermisste Frau darstellte. *Kommilitonen an der UdK, Verwandte, Freunde, Nachbarn befragen,* schrieb er ans Whiteboard. *Emma zur Fahndung ausschreiben.*

ABC-Schule, dachte Wolff, *jetzt nimmt der Krause seine kleine Rache im Namen aller versammelten Männer und schreibt das für die neue Kollegin an die Tafel.*

Waldgebiete absuchen, schrieb Krause betont langsam und in Schönschrift.

Nicole Schäfer erhob sich und ging nach vorn, die Arme an den Körper gepresst. »Wenn Sie gestatten, vielleicht dürfte ich …« Sie knetete ihre Hände. »Ich meine nur …«

Krause warf ihr einen erstaunten Blick zu, schien aber auf seine Stimmkraft nicht mehr zu vertrauen und nickte.

»Ich arbeite zum ersten Mal in einer Soko«, begann Schäfer leise.

Schon hörte man Aufstöhnen und hämisches Gelächter.

»Ich habe leider auch keine neuen Erkenntnisse, was mit der vermissten Frau geschehen ist«, setzte sie tapfer fort.

Wolff warf einen Blick in die gelangweilten, verschnupften Gesichter rundum. Die Führungsperson fehlte hier. Jemand, der den Teamgeist weckte, so etwas wie eine familiäre Verbundenheit schuf, jeden zuverlässig an seinen Platz und in den Dienst der gemeinsamen Sache stellte. Krause konnte das leisten, wenn er gesund war, aber heute nicht. Der Leiter des Vermisstendezernats suchte nach einem Hustenbonbon, lutschte, räusperte sich mehrfach.

»Sie wollten uns doch bestimmt mitteilen, was die Durchsuchung der Villa von Burgsdorff ergeben hat, Frau Schäfer?« Wolff bemühte sich um einen interessierten Gesichtsausdruck.

»Leider wurde ich noch nicht darüber unterrichtet, was die Spurensicherung ergeben hat«, sagte Nicole schüchtern.

Wolff schluckte und verbot sich den fälligen Kommentar: *Ergebnisse abzufragen ist Ihre Aufgabe, Frau Soko-Leiterin.*

»Ich interessiere mich für Kunst und habe Nachforschungen zur Burgsdorff-Sammlung angestellt«, sagte sie jetzt mit lauterer Stimme. »Der Urgroßvater und der Großvater der vermissten Frau haben eine bedeutende Kunstsammlung aufgebaut. Sie haben auch Werke von jüdischen Malern, die im Dritten Reich emigrieren mussten, billig abgekauft, zudem etliche Gemälde der sogenannten entarteten Kunst von der Reichskammer der Bildenden Künste erworben.«

»Machen wir hier eine Fortbildung in Sachen Kultur?« Der dynamische Kollege aus dem Vermisstendezernat wischte einen Fussel von seiner Designer-Jeans.

»Das Burgsdorff-Vermögen spricht für Lösegelderpressung«, sagte Wolff, um die plötzliche lähmende Stille nach dem genervten Einwurf zu überbrücken. »Ihr habt doch sicher schon die Telefone präpariert, falls der Anruf kommt?« Wolff hoffte, dass die kleine Pause ausreichte, damit Nicole wieder an ihren Platz gehen würde.

»Kennst uns doch, Uwe«, brachte sein Kollege Krause mühsam heraus und warf ihm einen gutmütigen Blick zu, ein Art Schulterklopfen über die Entfernung.

Wolff überlegte, was er noch fragen könnte, denn Nicole stand immer noch vorn am Whiteboard. Jetzt suchte sie nach einem Filzstift, aber den hielt Krause in der Hand. Einen zweiten Filzer gab es nicht, denn das Board wurde so gut wie nie benutzt.

»Eine Hundertschaft zum Suchen ist auch angefordert?«, fragte Wolff, obwohl er die Antwort kannte.

Ein Schnarcher ertönte.

Nicole hatte sich von Krause den Stift geben lassen und schrieb in riesigen Druckbuchstaben ans Board: *NS-Raubkunst.*

»Zwischen den von Burgsdorffs und dem Potsdamer Galeristen Arthur Kamphausen und seinen Vorfahren gibt es eine jahrzehntelange Verbindung«, fuhr sie ans gelangweilte Kollegium gewandt fort. Ihre Wangen hatten sich gerötet. »Von Burgsdorff und Kamphausen haben sich gegenseitig unterstützt beim Kauf von Kulturgütern, Austausch von Quellen und Informanten.«

»Woher wissen Sie das?«, krächzte Kollege Krause mit einem Hauch von Interesse.

»Ich habe Provenienzforschung betrieben. Es geht um das im Nationalsozialismus aus jüdischem Besitz unrechtmäßig entzogene Kulturgut.« Nicole Schäfer stand jetzt hoch aufgerichtet und berichtete mit lebhaft gestikulierenden Händen. »Man spricht von NS-Raubgut«, fuhr sie fort. »Grundlage für die Nachforschungen des Deutschen Zentrums Kulturgutverluste in Magdeburg sind die im Jahr 1998 verabschiedeten Washingtoner Prinzipien …«

Weiter kam Schäfer nicht, denn Wolff fuhr hoch und rief: »Sagten Sie Magdeburg?«

»Ja, natürlich Magdeburg.« Nicole schien verwundert, dass jemand vom Zentrum Kulturgutverluste noch nicht gehört hatte.

»Danke, Nicole.« Wolff warf der erstaunten Frau durch den Raum eine Kusshand zu.

»Uwe«, krächzte Krause, »geht's dir noch gut?«

»Blendend. Nicole, hören Sie auf, da vorn zu reden, und kommen Sie mit. Wichtiger Auftrag.« Wolff erhob sich.

Seine neue Kollegin war vermutlich ebenso irritiert wie alle anderen im Besprechungsraum, aber sie packte ihre Zettel zusammen und ging mit freundlichem Kopfnicken hinter Wolff her.

»Er ist überarbeitet«, hörte Wolff den Kollegen Krause sagen, aber der ehrliche, mitleidige Ton störte ihn im Augenblick überhaupt nicht.

42.

»Sie wundern sich sicher, wo Ihr Freund Carsten abgeblieben ist?«, fragte der dicke Mann im schwarzen Anzug mit sanfter Stimme.

Emma nickte. Was sollte sie auch sagen? Der andere Mann, der noch nie mit ihr geredet hatte, sondern sich mit seinem Kompagnon in einer Sprache verständigte, die sie als Arabisch einstufte, stellte ihr einen Pott hin. Sie musste bei Kräften bleiben, heißen Tee mit viel Zucker trinken. Emma schlang ihre Finger um das Gefäß und bemühte sich, nicht mit den Zähnen zu klappern.

»Es tut mir leid, romantische Vorstellungen zu zerstören«, sagte der Dicke mit einer leisen Stimme, die ihre Angst noch steigerte. »Aber Carsten Henschke, der übrigens so nicht heißt und auch kein Kunsthistoriker ist, lässt sie grüßen. Sie seien eine interessante, angenehme Frau.«

Betrüger, Verbrecher, dachte Emma entsetzt und wütend. *Carsten, der nicht so heißt, hat mich in diese einsame Hütte ge-*

bracht und diesen Maskenmännern ausgeliefert. Sie bemühte sich, nicht wieder loszuheulen.

»Mit weiblichen Entführungsopfern habe ich noch nicht allzu viel zu tun gehabt«, fuhr der Dicke nahezu träumerisch fort. »Sie sind eine intelligente Frau, die viel von Kunst versteht. Erbin eines bedeutenden Vermögens und einer noch bedeutenderen Bildersammlung.«

»Was wollen Sie von mir? Bilder?«

»Nicht so schnell. Ich steuere meine Ziele langfristig geplant an. Erst mal sollen Sie wissen, dass ich mit Erfolg arbeite. Ich weiß, wie man jemand dazu bringt, das zu tun, was ich will.«

43.

»Magdeburg«, rief Wolff Sven Noack zu, als er in dessen Zimmer hereinplatzte. »Ich weiß endlich, warum Jan Stolte mit Brittas Unterlagen nach Magdeburg wollte. Provenienzforschung.« Der ungewohnte Begriff kann ihm so leicht über die Lippen, als sei die Klärung der Herkunft von Kulturgütern sein täglicher Job.

»Hm?« Sven blickte ihn verwundert an.

»In Magdeburg ist das Deutsche Zentrum Kulturgutverluste. Britta Fuchs hat undercover recherchiert und ist Kamphausen gefährlich nahegekommen.«

»Gratuliere.« Sven wandte sich ihm zu und nickte leicht.

Die Anerkennung in seinem Blick brachte Wolff dazu, das Lob weiterzugeben. »Ehrlich gesagt, die Schiene mit Magdeburg hat Nicole aufgedeckt. Nach einem schwachen Start hat sie in der Soko-Besprechung voll gepunktet. Na ja, malt Landschaftsaquarelle.«

»Du solltest auch mal wieder mit deiner Märklin-Eisenbahn spielen«, sagte Sven.

»Na, na.« Wolff drohte scherzhaft mit dem Finger. »Was hat es denn nun mit diesen Amerikanern auf sich?«

»Sie haben bei Frau Krawitz übernachtet. Ich hab ihr verboten, ihnen den Schlüssel für die Fuchs-Wohnung zu geben. Zu gefährlich. Zwei unserer Leute observieren dort wieder.«

Wolff nickte. Sven hatte alles Erforderliche getan. »Was wollten die beiden Amis von der Fuchs?«

»Sie sind auf Europareise. Ein Bekannter in New York hat sie gebeten, mit Britta Fuchs Kontakt aufzunehmen, ob sie mit ihrem Auftrag weitergekommen sei.«

»Was für ein Auftrag?« Wolff fuhr hoch.

Sven zuckte mit den Schultern. »Dieser Bekannte in New York hat wiederum einen Auftraggeber. Der ist beunruhigt, weil der Kontakt zu Frau Fuchs abgerissen ist.«

»Der Name des Auftraggebers?«

»Der Mittelsmann heißt Noah Coleman. Er hat um Vertraulichkeit gebeten, sein Auftraggeber sei gefährdet. Ich habe die dortige Polizei unterrichtet, sie befragen Herrn Coleman.«

»Danke, auch fürs Dolmetschen.« Unbewusst griff Wolff wieder den Kiesel, den er gestern in der Schale abgelegt hatte, und ging in sein Büro.

Ein unerwartetes Gefühl von Rührung und Melancholie erfasste ihn. Ja, seine beiden jungen Mitarbeiter hatten es ihm gezeigt. Sie würden irgendwann das Ruder in die Hand nehmen, auf andere Art. Er merkte, wie seine Hand sich um den großen glatten Kieselstein schloss.

44.

Der Wachtmeister grinste anzüglich, als er Rechtsanwältin Starke zu der Zelle führte, in der Katja Eickelbaum untergebracht war. Sie erklärte ihm unmissverständlich, dass ihre Mandantin unschuldig festgenommen worden sei. Ein Polizist ging voran und ließ seinen Schlüsselbund klirren. *Hören Sie endlich mit dem süffisanten Gegrinse auf,* dachte Verena und hob das Kinn, als der Polizist ihr über die Schulter einen schrägen Blick zuwarf. Er schloss die Tür zu einem kleinen Zimmer mit vergittertem Fenster auf. Darin standen ein Tisch und zwei Stühle.

»Die Frau Oberkommissarin kommt gleich.«

Kaum war er draußen, stöhnte Verena auf angesichts des kargen Vernehmungsraums. Das hatte Katja sich selbst eingebrockt. Eine Frau namens Edith Krawitz hatte Verena telefonisch mitgeteilt, dass Katja eine Nacht mit einem Eduardo verbracht habe. Im Auftrag von Herrn Wolff habe Krawitz einige Orte abgeklappert, schließlich habe ihr gestern Abend ein Kellner der Pizzeria mitgeteilt, dass Katja mit dem Chef weggegangen und nicht mehr aufgetaucht sei. Erst am heutigen Morgen war Katja in der Pizzeria beim Cappuccino von der Polizei mit aufs Revier genommen worden. Sie habe gegen ihre Auflage verstoßen, sich vom Hof von Wolffs Mutter nur nach Genehmigung zu entfernen. Woher die Polizei vom Aufenthalt Katjas erfahren hatte, wusste Krawitz nicht, jedenfalls nicht von ihr und auch nicht von Herrn Wolff. Verena vermutete, dass Katja durch ihren Exfreund überwacht wurde.

Katja Eickelbaum wurde von zwei Wachtmeistern hereingeführt. Verena machte eine Kopfbewegung, dass die Polizisten den Raum verlassen sollten. Der Schlüssel drehte sich hörbar im Schloss. Die zwei Frauen waren allein im Raum.

»Sie haben ganz schön Scheiße gebaut«, sagte Verena.

»Es tut mir leid.« Katja sah verloren aus.

»Auch wenn es Ihnen leidtut, ist es trotzdem Scheiße, dass Sie abgehauen sind. Okay, erst mal hallo.«

Katjas Hand war kühl, feucht und kraftlos. Sie ließ sich auf den Stuhl fallen. »Ich hab es auf dem Land nicht mehr ausgehalten«, sagte sie leise, ohne ihre Anwältin anzusehen. »Ich brauchte einfach jemand, der nett zu mir ist.«

»Wenn man wegen versuchten Totschlags am Lebensgefährten angezeigt ist, sollte man sich nicht mit einem anderen Mann vergnügen.« Katja hatte sich nicht wirklich vergnügt, das sah Verena an ihrer zusammengesunkenen Haltung. Sie nahm sich vor, keine Salve von Vorwürfen mehr abzufeuern. »Als Polizistin kennen Sie die Strafprozessordnung. Sie sind vorläufig festgenommen und werden morgen dem Haftrichter vorgeführt. Die Polizei darf Sie jetzt nicht gehen lassen.«

Katja nickte, und Verena sah, dass eine Träne über ihre Wange kullerte.

»Kann ich mit Uwe sprechen?«

»Ich glaube nicht, dass das gut wäre«, sagte Verena lauter als beabsichtigt. »Ich sage Herrn Wolff Bescheid, dass er sich zur Verfügung hält, morgen beim Richter.«

»O Gott«, stieß die Kommissarin hervor. »Sollen wir das etwa zugeben?«

»Sie meinen Ihre nächtliche Vereinigung in seinem Dienstzimmer?«, entgegnete Verena säuerlich. Ihr Unmut, dass sie als Verteidigerin in eine derart schwierige Situation gebracht wurde, erfasste nun auch den Kommissar. Wie hatte Wolff sich so hinreißen lassen können?

»Ich wollte gar nicht abhauen«, sagte Katja leise. Ihre Augen wanderten in dem kargen Raum mit den vergitterten Fenstern umher, den sie bisher nur in ihrer Funktion als Kommissarin betreten hatte. Heute war sie die Beschuldigte. »Gestern Nachmittag hab ich Uwe angerufen, hab mich so allein gefühlt. Da hat sich eine Frau gemeldet, Nicole Schäfer. Ich war so durcheinander, dass ich aufgelegt habe. Und dann bin ich weg.«

»Sie benehmen sich wie ein trotziges Kind«, fuhr Verena sie an. »Bloß keinen Zickenkrieg.«

»Meinen Sie, der Richter lässt mich frei?«

»Wir müssen ihn davon überzeugen, dass kein dringender Tatverdacht besteht und keine Fluchtgefahr. Schwierig, wenn man einfach abhaut, ohne Bescheid zu sagen.« Verena presste wütend die Lippen zusammen.

»Dann hab ich verloren.« Katjas Stimme kiekste. Ihre Hände umklammerten die Tischkante.

»Der Richter muss glauben, dass Sie in Notwehr gehandelt haben.« Verena stand auf und lief zu dem vergitterten Fenster, um ihre Erregung zu zügeln. »Herr Wolff ist unsere einzige Rettung, um die Behauptung Ihres Exfreundes in Zweifel zu ziehen.«

»Ich weiß nicht mehr, was ich ihm gesagt habe, in jener Nacht«, flüsterte Katja mit gesenktem Kopf.

»Er wird es schon wissen. Und wenn nicht, dann soll er sich das Richtige ausdenken.« Verena schluckte ihren Ärger hinunter und kam vom Fenster zurück. »Ich fasse zusammen: Heftiger Streit mit Ihrem Expartner, er schleudert ein Glas gegen Sie, verletzt Sie an der Brust, ein Bild vom Hämatom haben wir. Sie befürchten weitere Gewaltaktionen und gehen zum Gegenangriff über, aber nur, um den Kerl zu stoppen, verletzen wollten Sie ihn nicht. In der Hektik haben Sie vielleicht ein bisschen zugehauen.« Verena umkreiste ihre Mandantin, fühlte sich fast wie beim Plädoyer. Pessimismus und Müdigkeit waren verschwunden, sie spürte etwas, was sie an ihrem Beruf liebte: das Spiel mit Lüge und Wahrheit, das Ausforschen unbekannter Dinge, zum Vorteil ihrer Mandantin und zu ihrer eigenen Selbstbestätigung. Sie hatte Katjas Mandat angenommen, und sie würde es gut erledigen. »Nach dem Vorfall haben Sie mit Kommissar Wolff telefoniert.

Hören Sie: Telefoniert! Kein Übernachten auf seinem Sofa im Dienstzimmer, das kommt nicht gut. Und abgehauen vom Hof der Mutter sind Sie auch nicht, sondern haben ordentlich Bescheid gesagt. Ich werde Frau Wolff entsprechend instruieren.«

»Das stimmt so nicht«, sagte die Kommissarin leise.

»Nein, es stimmt so nicht. Aber es ist Ihre einzige Chance.«

45.

Der Dicke hatte Emma eine Weile schmoren lassen. Schlecht behandelt wurde sie nicht. Einer ihrer Bewacher, immer mit schwarzer Maske, brachte ihr ein reichhaltiges Mittagessen. Suppe, Fleisch, Beilagen und als Dessert Obst und Käse, dazu Mokka. Der Gedanke daran, dass der Dicke sie bald wieder in den Wohnraum rufen würde, ließ Emma erschauern. Mit Mühe schaffte sie ein paar Bissen, während es in ihrem Kopf hämmerte: *Wollen die Geld von mir? Gemälde?*

»Ich habe mehrere Werke von Gregor Altmann gekauft«, sagte Emma eifrig, als sie wieder ins Wohnzimmer geholt wurde. »Er gehört zur Leipziger Schule, mittlerweile ein anerkannter Künstler der modernen abstrakten Malerei. Wenn Sie interessiert sind …«

Die Worte erstarben ihr auf den Lippen. Der dicke Wortführer lachte laut und kurzatmig.

»Ich befürchte, Emma von Burgsdorff, Sie haben nicht richtig verstanden. Ich habe selber genug Geld, um mir Werke von jungen abstrakt malenden Künstlern zu kaufen.«

Emma merkte, wie die Angst wieder hochstieg. Der Mann

wollte etwas Bestimmtes. Wie auf Kommando ging die Tür auf und die beiden Maskenmänner stellten sich links und rechts neben den Dicken.

»Was wollen Sie dann von mir?«

»Ich will die Frauenbildserie von Sergej Wladimirowitsch Orlowsky.«

Emma konnte einen Aufschrei nicht verhindern. Die um 1890 entstandene Gemäldeserie gehörte zu den Preziosen ihres Großvaters. In seinem Testament hatte er bestimmte Kunstwerke von einem Verkauf ausgeschlossen und Emma lediglich ermächtigt, sie in eine Stiftung einzubringen. Zu diesen unverkäuflichen Gemälden gehörten die Frauenporträts von Sergej Wladimirowitsch Orlowsky.

»Ihre erschrockene Reaktion zeigt, dass Sie verstanden haben.« Die fetten Lippen des Mannes verzogen sich zu einem Grinsen.

»Ich gebe Ihnen andere Bilder«, stotterte Emma. »Diese Serie kann ich nicht hergeben. Ich darf nicht über sie verfügen.«

»Nach meinen Informationen sind Sie die Erbin des Burgsdorff-Vermögens. Ihr Vater hat ja dem Geld den Rücken gekehrt und lebt auf einer Insel, Ihre Mutter geht schon lange eigene Wege, Geschwister haben Sie nicht.«

Genau recherchiert. Emma fühlte sich benommen. »Ich brauche etwas zu trinken«, sagte sie matt.

»Aber bitte sehr.« Wieder grinste ihr Gegenüber und gab dem Maskenmann, der nicht mit ihr sprach, einen Wink.

Ein Glas frisches Mineralwasser wurde hingestellt. Emma trank ein paar Schlucke und versuchte, ruhig zu denken. Sie musste den Mann davon überzeugen, dass er die Falsche gekidnappt hatte.

»Die Herkunft der Orlowsky-Bilder ist unklar«, stieß sie hervor. »Sie gehören nicht mir. Mein Urgroßvater hatte sie für einen jüdischen Kaufmann, der fliehen musste, in Verwahrung genommen, vorübergehend. Sie sind nicht wieder abgeholt worden.«

»Wir wissen, dass Ihr Urgroßvater die Bilder gekauft hat. Und zwar keinesfalls von einem jüdischen Eigentümer, sondern durch Vermittlung der Reichskunstkammer. Ihr Großvater wollte diesen Schatz unter keinen Umständen öffentlich machen. Es wären sofort Nachforschungen angestellt worden. Stichwort: Raubkunst.«

Emma fühlte eine Welle der Übelkeit hochsteigen. Davon hatte ihr Großvater ihr nie etwas erzählt. Undenkbar, dass ihre Vorfahren an der Beraubung und Ausplünderung jüdischer Besitzer beteiligt gewesen sein sollten.

»Um es kurz zu machen: Mir ist es egal, ob Sie die rechtmäßige Eigentümerin der Orlowsky-Bilder sind oder wem sie sonst gehören. Ich will sie haben und werde sie bekommen.«

Mehr als sechstausend Kilometer entfernt landete ein Flugzeug auf dem Abu Dhabi International Airport. Verpackt in Transportkisten, geschützt durch Luftpolsterfolie und Hartpappe, wurden Gemälde eines spanischen Malers des 20. Jahrhunderts, kommend aus dem südamerikanischen Raum, ausgeladen. Die Zollformalitäten durch den Importeur wurden routiniert und schnell erledigt. Abgabenfreie Einfuhr gegen die Verpflichtung, die Gemälde nicht zu verkaufen. Kein Problem, nicht umsonst hatte die Jagd nach Kunst das einzige Ziel, die Stücke hierherzuholen und sie einer Sammler-Clique zuzuführen.

Am Flughafen stand ein gepanzerter Mercedes bereit, um die Gemälde zu einer Yacht zu bringen, die eine große Mangroveninsel nahe der Hauptinsel Saadiyat ansteuerte. Dort brachten geschulte Mitarbeiter die Gemälde zu einem unscheinbar aussehenden Lagergebäude. Nur für Eingeweihte öffnete sich die Tür nach Durchführung eines Augen-Scans. Die Kunstgegenstände wurden in Tresore gepackt, ebenfalls zu öffnen nach einer Iris-Erkennung. Dort wür-

den sie lagern, bis über ihre Verwendung entschieden wäre. Gestohlene Gemälde, deren Herkunft bekannt war, würden in Tresoren oder privaten Anwesen bleiben. Die nicht katalogisierten Bilder und Kunstgegenstände, deren Herkunft unklar war, würden gefälschte Expertisen bekommen und dann offen in Galerien oder Museen gehängt werden. Manchmal diente ein wertvoller Kunstgegenstand auch der Erpressung der Versicherung mit dem Ziel, das Werk gegen ein Lösegeld zurückzugeben. Auch hier lief alles stillschweigend ab. Meist aber spielte Geld keine Rolle.

46.

Der Dicke war weggefahren. Emma war wieder mit den beiden Entführern allein. Sie saßen entweder im Wohnzimmer und unterhielten sich in der fremden Sprache, oder einer ging patrouillierend ums Haus. Emma war nicht gefesselt, konnte sich frei bewegen. Seit der Dicke zu Verhandlungen gekommen war, ließen ihre Entführer sie in Ruhe. Fliehen konnte sie nicht. Vorn der kalte See, rundum dichter Wald, draußen eine Wache. Sie wusste nicht, wo sie war. Auf der Herfahrt hatte sie immer wieder Carstens Profil angeschaut, aber nicht auf den Weg geachtet. Irgendwo nordwestlich von Potsdam war sie, weit draußen, fernab von einer Siedlung. Würde sie ziellos weglaufen, würde man sie einfangen oder sogar erschießen.

Im Bad entdeckte sie neues Shampoo und eine Körpermilch, auch hingen frische Handtücher an den Haken. *Es soll mir an nichts fehlen,* dachte sie unruhig, *sie wollen ja die Bilder von Orlowsky.* Sie hatte nein gesagt, und der Typ mit den fetten Lippen hatte nur milde gelächelt.

Emma stieg in die Duschkabine, um irgendetwas zu tun. Sollte sie zum Schein auf die Forderung eingehen? Wie gern würde sie Kamphausen fragen. Arthur hatte nach dem Tod ihres Großvaters die Stelle eines väterlichen Freundes und Beraters eingenommen. Urgroßvater und Großvater hatten die Jagd nach Kunstschätzen genossen, wollten sie sich etwas Außergewöhnliches gönnen, kam es nicht auf den Preis an. Aber ihr Großvater hatte nie über die Details seiner Sammlung gesprochen, die zum Teil im Keller der Villa, weitgehend aber in Tresoren verschiedener Banken und Versicherungsgesellschaften lagerte. In Notizen hatte er den Erwerb einiger Gemälde festgehalten, ab und an fanden sich Eintragungen über Verkäufe oder Tauschgeschäfte, aber nie Rechnungen. Die Notizen waren nicht vollständig. Es gab Stücke ohne Herkunftsnachweis. Einiges konnte Emma, unterstützt von Kamphausen, nachverfolgen. Es gab auch Gemälde, an deren Herkunft sie lieber nicht »rühren« sollte, wie Arthur das genannt hatte. Vor Verleumdung sei man nie sicher, und hätte die Kripo erst ihre Finger drin, würde sie die Werke vielleicht beschlagnahmen. Zu diesen unantastbaren Gemälden gehörten die Frauenporträts von Sergej Wladimirowitsch Orlowsky.

Emma war lange fertig mit Duschen, da fiel ihr ein, dass eine Journalistin sich vor einiger Zeit bei ihr nach der Porträtserie erkundigt hatte. Der Name des Malers Orlowsky war gefallen, und die Journalistin hatte, für Emma glaubhaft, erklärt, sie recherchiere für eine Zeitschrift über Raubkunst des Nationalsozialismus. Emma verteidigte ihre Vorfahren und beteuerte, dass ihr Urgroßvater auf legalem Weg in den Besitz der Gemälde gelangt sei. Die Journalistin zog die Augenbrauen hoch, sagte aber nichts und bedankte sich für die Auskunft. Emma hörte nie wieder etwas von ihr.

47.

»Glauben Sie, ich lasse mich einfach so verhaften?«

Wolff hatte das Gefühl, Kamphausen würde ihn gleich anspringen. Eben noch hatte der Galerist in der Green Wings Lounge des Flughafens Berlin-Schönefeld auf seinen Abflug in die Emirate gewartet, einen Whiskey on the Rocks vor sich. In einer Stunde sollte die Maschine über München nach Abu Dhabi starten. Die observierenden Schutzpolizisten hatten ganze Arbeit geleistet und Kamphausen in seinem Taxi bis zum Flughafen verfolgt. Jetzt wurden seine Koffer aus den Gepäckstücken herausgeholt, die Bundespolizei alarmiert und die Kollegen vom Polizeigewahrsam unterrichtet.

»Es besteht gegen Sie der Verdacht der Beteiligung an der Ermordung der Journalistin Britta Fuchs, weil sie aufgedeckt hat, dass Sie geraubte Kunstwerke nach Abu Dhabi verkaufen«, sagte Wolff leise, aber für Kamphausen gut hörbar.

»Sind Sie wahnsinnig?« Als sich der erste Schreck legte, lag Wut in den Augen von Kamphausen. Wut, dass ein Bulle ihn vor den First-Class-Passagieren in eine demütigende Situation brachte.

Schon blickten die Reisenden von ihren Zeitungen hoch und wendeten sich zu Wolff. Mit seinen zerzausten grauweißen Locken, seiner Lederjacke und seinen Jeans, aus denen er in den letzten vier Tagen kaum herausgekommen war, passte er nicht in die Lobby mit den Ledersesseln, dem Büfett mit Obst, Snacks und geöffneten Alkoholflaschen.

»Ich werde mich beim Polizeipräsidenten beschweren.« Kamphausen streckte sich in seinem eleganten Aufzug, dunkelblaues Jackett, zartgrauer Kaschmirpullover, dunkelblaue Designer-Jeans. Er würde es diesem ungehobelten Kommissar schon zeigen.

»Sie können gern eine Eingabe an den Polpräs machen«, sagte Wolff. »Aber der richtige Ansprechpartner ist der Bereitschaftsrichter.«

Der Galerist lief rot an. »Ich rufe meinen Anwalt an.«

»Das können Sie nachher tun. Erst mal nehme ich Sie mit.«

Wolff gab den Kollegen von der Schutzpolizei über Digitalfunk den Befehl, zur First-Class-Lobby zu kommen. Sie würden Kamphausen möglichst unauffällig zum Polizeiwagen führen und ihn aufs Revier bringen.

»Kennen wir uns nicht?« Der Galerist holte ein Taschentuch heraus und tupfte sich das Gesicht ab. »Ich habe Sie doch unter meinen Vernissage-Gästen gesehen.«

»Korrekt.«

Eine junge Servicekraft in schwarzem kurzen Rock und weißer Schürze trat auf sie zu. »Kann ich Ihnen noch etwas bringen?«

Sie hält mich wahrscheinlich für den Chauffeur, dachte Wolff. Kamphausen fand seine Haltung wieder, schaltete auf mechanisches Lächeln und gab ihr ein Trinkgeld. Wolff stellte sich unauffällig zwischen ihn und den Ausgang, für alle Fälle, und wartete, bis der Galerist seinen eleganten Wintermantel und seinen Aktenkoffer genommen hatte. *Immerhin bin ich auf diese Weise mal in die Green Wings Lounge gekommen,* dachte er.

»Wir können das unter uns regeln, Herr Kommissar«, sagte Kamphausen in vertraulichem Ton. Anscheinend hatte er seine Strategie geändert. »Zum Beispiel bei einem Abendessen.«

»Danke. Ich esse lieber nach getaner Arbeit.«

Kurz vor dem Ausgang zum Abfertigungsbereich zog Wolff die Handschellen aus seiner Tasche und ließ sie einrasten. Kamphausens Adamsapfel bewegte sich hoch und runter. Wolff steckte die Fesseln wieder ein.

»Sie sind ein vernünftiger Mann. Es ist auch in Ihrem Interesse, wenn wir das so unauffällig wie möglich durchziehen.«

Mit Kamphausens Beherrschung war es am Ende, kaum dass sie die Green Wings Lounge verlassen hatten. »Wehe Ihnen, wenn ich meinen Anwalt gesprochen habe«, zischte er.

Wolff nickte nachsichtig. Er verstand den Aufruhr des Mannes und er wusste, dass eine Menge Ärger lauerte, wenn er selbst mit seiner Vermutung danebenlag.

»Sie folgen mir jetzt, bitte. Sollten Sie versuchen zu fliehen, werden sich einige Kollegen draußen in Bewegung setzen.« Er fasste Kamphausen am Arm und schob ihn durch die wartenden Passagiere in der Abflughalle. In einigen Metern Entfernung begleiteten Schutzpolizisten ihren Weg.

Der Beschuldigte musste hinten in den Streifenwagen einsteigen, links und rechts von ihm ein Polizist. Wolff war froh, dass der Wagen voll besetzt war. Er selbst brauchte jetzt eine Verschnaufpause.

»Noch eins, Herr Kamphausen«, sagte Wolff durch die geöffnete Tür und sah seinem Beschuldigten in die Augen. »Wenn ich mich irre, sind Sie morgen frei.«

48.

Auf Wolffs Anweisung hin war Arthur Kamphausen in einen mit einem Tisch und zwei Stühlen karg möblierten Raum des Polizeireviers gebracht worden. Dort ließ er den Galeristen erst mal schmoren.

In der Zwischenzeit rief Wolff bei den Kollegen der Soko an. Emma von Burgsdorff war weiterhin vermisst. Eine Lösegeldforderung war nicht eingegangen.

»Wir haben eine Hundertschaft mit Hunden draußen«, sagte

der Kollege vom Vermisstendezernat. »Die Waldgebiete hier in der Nähe haben wir durch. Fehlanzeige.«

»Tut mir leid, dass ich so spät komme«, sagte Wolff, als er die Tür zu Kamphausens Warteraum öffnete. »Die Arbeit …« Er wischte sich einen imaginären Schweißtropfen von der Stirn.

»Was soll das Ganze?«, rief sein Beschuldigter aufgebracht. »Ich habe meine Galerie ein paar Tage geschlossen und möchte Urlaub machen. Mein Flugticket ist verfallen, die Hotelkosten in Abu Dhabi …« Kamphausen hatte sich vor seinem geplanten Abflug nicht rasiert, graue Bartstoppeln sprossen kaum merklich aus seinen Wangen.

»Die Formalitäten haben wir ja schon auf dem Flughafen hinter uns gebracht«, fuhr Wolff unbeirrt fort. »Haben Sie darüber nachgedacht, ob Sie etwas sagen wollen?«

»Verdammt, ich kenne meine Rechte.« Der Mann starrte böse auf die rote Akte mit der Aufschrift *Mordsache Britta Fuchs*, die Wolff in seinem Blickfeld platziert hatte.

»Ich kann mir kaum vorstellen, dass Sie irgendetwas mit dem Mord an Britta Fuchs zu tun haben«, begann Wolff langsam, seiner vorhin zurechtgelegten Strategie folgend. »Wer erdrosselt denn schon eine Klatschjournalistin morgens im Wald beim Joggen? Sie haben andere Möglichkeiten, Ihren guten Ruf als Galerist gegen eine Märchenerzählerin zu verteidigen.«

»Eben. Wenn Sie das so sehen, warum halten Sie mich hier fest?« Kamphausen lehnte sich im Vernehmungsstuhl zurück und versuchte eine entspannte Pose.

»Britta Fuchs soll an einem Bericht über die Kunstszene Potsdams gearbeitet haben.«

»Und?«

»Nur so. Es gibt Hinweise, dass die Frau einem Handel mit NS-Raubkunst auf der Spur war.« Mit Dankbarkeit dachte Wolff an Nicoles Recherchen.

Der Galerist wandte den Kopf ab und zuckte eine Spur zu beiläufig die Schultern. »Was interessiert mich das? Ich gebe bildenden Künstlern den Raum, ihre Werke auszustellen. Lebenden Künstlern, wohlgemerkt.«

Wolff stellte mit Befriedigung fest, dass sein Beschuldigter sich verteidigen wollte und nicht seinen Anwalt anrief.

»Ich hole uns Mineralwasser. Meine Kehle ist ein bisschen trocken.« Wolff verließ den Raum, ging in die Küche, griff zwei Gläser und eine Flasche, während er schnell seine Vernehmungsstrategie weiterentwickelte. Er hatte keinen Beweis für verbrecherischen Kunsthandel. Er hatte die anonyme Anzeige einer rachsüchtigen Frau, vermutlich Leonie Sanft, er wusste, dass es in New York einen Mann gab, der Britta Fuchs den Auftrag erteilt hatte, nach bestimmten Kunstwerken zu forschen.

»Also, Britta Fuchs war eine schwierige Journalistin. Sie hatte eine Verleumdungsklage von einem Schauspieler am Hals, hat ihre Chefredakteurin erzählt, und von ihrem Exfreund hat sie sich Geld geborgt und nicht zurückgezahlt«, sagte Wolff liebenswürdig beim Eintreten und stellte seinem Gegenüber ein Glas Mineralwasser hin. »Ich verstehe, dass auch Sie sich über die bohrenden Fragen geärgert haben.«

Kamphausen griff das Glas und trank es leer. »Ich spreche lieber mit Menschen, die wirklich etwas von bildender Kunst verstehen.« Er zog den Mund zum Lächeln breit, wobei er perfekt sanierte Zahnreihen zeigte.

»Offensichtlich hat die Fuchs auch ihren Freund eingespannt, Sie erinnern sich an diesen jungen Mann, der in Ihre Vernissage geplatzt ist und Sie als Mörder beschimpft hat?«

»Ich habe Neider«, sagte Kamphausen beiläufig, als fiele ihm ein unwichtiges Detail ein. »Vielleicht hat ein Konkurrent von dem Mord an dieser Journalistin gehört und den jungen Mann dafür bezahlt, dass er mich verleumdet.«

»Das kann sein. Allerdings haben wir den Mord nicht öffentlich gemacht.« Wolff malte ein ärgerliches Smiley-Gesicht auf seine Kladde, dachte kurz an Katja. Er zog den runden Kopf mehrfach nach, bis Kamphausen endlich antwortete.

»Himmel noch mal, es gibt doch Mittel und Wege, den Polizeifunk abzuhören.«

»Natürlich.« Noch ein Smiley. »Bestimmt ist der Konkurrenzdruck unter Galeristen stark. Allerdings dachte ich, dass man in Ihren Kreisen geschäftliche Rivalität auf andere Weise austrägt.«

»Ich bin alteingesessener Galerist aus einer Familie mit hundertfünfzig Jahren Sammlertradition.« Kamphausens Kopf ruckte unruhig hin und her. »Es gibt Emporkömmlinge, die unfein arbeiten.« Er suchte einen angenehmen Gegenstand, auf den er seine Augen lenken konnte. Aber zu sehen gab es nur den Kommissar mit der roten Akte.

Die unruhige Geste des Mannes gab Wolff wieder Sicherheit. »Namen?«

»Sie glauben doch nicht, dass ich Kollegen anschwärze.« Er lachte gekünstelt.

»Was ist eigentlich mit Ihrer gutaussehenden Assistentin Frau Sanft?« Wolff wiegte den Kopf und lächelte leicht. »Sie hat mir einige abstrakte Bilder des Malers Fernandez erklärt. Sie wirkte sehr kompetent. Das wäre doch eine gute Zeugin für Sie.«

Kamphausen kratzte sich im Gesicht und hinterließ rote Striemen auf der Wange. »Frau Sanft plaudert gern, und sie ist auch nicht in alles eingeweiht. Es gibt Missverständnisse.«

»Warum ist sie nicht in der Galerie?«

Kamphausens Mund zuckte. »Die Gute ist überarbeitet. Sie ist ein paar Tage weggefahren.«

»Wohin?«

»Weiß ich nicht.« Kamphausen versuchte vergeblich, seinen angespannten Mund zu lockern. »Falls das wichtig für Sie ist: Ich jogge nicht wie diese Journalistin, und schon gar nicht frühmorgens. Ich bin ein Mann des Abends. Darf ich mir jetzt ein neues Ticket nach Abu Dhabi kaufen?«

»Noch nicht.« Wolff stand auf, was seinen Beschuldigten zwang, zu ihm hochzuschauen. »Klar, dass es Auftragsmorde gibt?«

»Herr Kommissar, ich bitte Sie.« Entnervter Augenaufschlag.

»Themawechsel.« Kurze Pause. »Ich hörte von superreichen Sammlern aus dem arabischen Raum, die bestimmte Stücke haben wollen und jeden Preis dafür zahlen. Es soll jetzt sogar einen Louvre in Abu Dhabi geben ...« Wolff sprach so höflich wie möglich und blickte Kamphausen durchdringend an. »Sie sind im Kunstgeschäft tätig, fliegen nach Abu Dhabi ...«

»Vielleicht weil es da jetzt warm und sonnig ist«, sagte der Mann in verärgertem Ton. »Die Hintergründe um den Louvre Abu Dhabi klären Sie besser mit der Museumsverwaltung in Paris.«

»Es ist ja bestimmt nichts als Klatsch«, setzte Wolff ruhig fort. »Auf Ihrer Vernissage hörte ich zufällig ein Gespräch zweier Besucherinnen. Man munkelt, dass Sie ein paar nicht ganz astreine Stücke in Ihrem Besitz haben.«

»In meinem Besitz befindet sich keine Raubkunst.« Kamphausen schnaufte, sprang auf, blickte Wolff angriffslustig in die Augen. »Ich habe alle Werke ehrlich erworben. Ich lade Sie ein, die Herkunft jedes einzelnen Bildes mit mir nachzuverfolgen.«

»Von Raubkunst habe ich nicht gesprochen.« Wolff bemerkte zufrieden, dass er offensichtlich einen wunden Punkt getroffen hatte.

Der Galerist ließ sich nicht stoppen. »Meine Vorfahren hatten einen Picasso aus seiner rosa Periode von einem jüdischen Besitzer gekauft, der Geld brauchte, um zu emigrieren. Nachdem mein Vater starb, habe ich sofort die Herkunft dieses Werkes klären lassen und es über meinen Anwalt an die Erben des jüdischen Besitzers herausgegeben.«

»Ich dachte gleich, dass an diesem Klatsch nichts dran ist.« Wolff lächelte breit. »Ich habe noch eine andere Frage. Setzen Sie sich bitte noch mal hin.«

Kamphausen ließ sich stöhnend auf dem Vernehmungsstuhl nieder.

»Kümmern Sie sich nicht auch um … Himmel, wie heißt sie gleich? Die junge Frau auf Ihrer Vernissage mit dem ausgeschnittenen schwarzen Kleid…« Wolff warf seinem Beschuldigten einen treuherzigen Blick zu. »Ach, Emma, glaube ich. So eine Hübsche, aber leider in Begleitung eines Mannes. Na ja, in meinem Alter …« Er schüttelte leicht den Kopf. »Mir fällt noch ein, dass die junge Frau eine bedeutende Kunstsammlung geerbt haben soll.« Wolff hatte das Gefühl, auf der richtigen Spur zu sein.

»Ja, und?« Die dunklen Augen, die eben noch selbstbewusst auf Wolff gerichtet gewesen waren, wanderten unruhig im Raum herum.

»Ich wollte die junge Frau gern fragen, ob die Journalistin auch bei ihr war. Würde ja passen, wenn man über die Potsdamer Kunstszene recherchiert.« Wolff hielt kurz inne. »Aber wissen Sie, was merkwürdig ist? Die Emma ist auch ganz plötzlich verreist, hat die Putzfrau gesagt, komisch …«

Der Galerist beugte sich vor, die Fäuste in die Hüften gestützt. »Was wollen Sie eigentlich? Emma hat jung eine bedeutende Kunstsammlung übernommen, ihr fehlt noch Erfahrung und Sachkunde.« Er leckte sich über die Lippen, gewann offensichtlich Sicherheit. »Emma holt manchmal meinen Rat ein, ob sie ein bestimmtes Stück erwerben oder verkaufen soll.«

Wolff nickte interessiert und lauerte auf den Fortgang.

»Ich bin aber nicht Emmas Gouvernante. Wenn sie verreist, ist das ihre Sache.« Kamphausens Hand wischte durch die Luft. »Schnappen Sie sich endlich diesen merkwürdigen Freund der Journalistin, der den Mordverdacht auf mich abwälzen will.« Er sah Wolff zornig und herausfordernd an.

»Das kann ich leider nicht mehr … Der Freund ist tot. Gestorben nach einem Motorradunfall.«

Kamphausen zog die Luft ein und stieß sie wieder aus, wandte sich ab, blinzelte ein paarmal, zuckte dann mit den Schultern. »Tja, Motorradfahren ist eben ein gefährlicher Sport.«

»Ja, besonders bei einer Verfolgungsjagd.« Wolff stand auf und lief auf und ab.

Stille machte sich breit.

»Ich verstehe nicht …«, sagte Kamphausen nach einer Weile mit unsicherer Stimme, »was hat der Tod eines Motorradfahrers mit mir zu tun …«

»Mir fällt noch was ein«, sagte Wolff beiläufig, »vielleicht könnten Sie mir Nachnamen und Adresse von Emma verraten, damit meine Leute kurz nachfragen können, ob die Journalistin auch bei ihr gewesen ist.« Wolff beugte sich vor, gespannt, was der Galerist jetzt sagen würde.

»Emma von Burgsdorff, Karl-Marx-Straße 75, Potsdam-Babelsberg«, sagte Kamphausen, offensichtlich hoffungsvoll, das Gespräch von sich wegzulenken. »Aber denken Sie bitte nichts Falsches. In der Kunstszene kennt jeder jeden.« Er richtete sich sehr gerade auf. »Hoffentlich fallen Ihre Kollegen nicht frühmorgens ein. Emma ist wie ich ein Abendmensch.«

»Natürlich nehmen wir bei wichtigen Zeugen darauf Rücksicht.«

Wolff seufzte wie unter der Last seines Berufes. »Wir tun wirklich alles, damit wir mit Emma sprechen können.« Er säuselte jetzt geradezu. »Wenn wir nur wüssten, wo sie ist. Derzeit sucht eine Einsatzhundertschaft der Polizei die Waldgebiete nach Emma ab.«

Wieder ergriff Stille den Raum. Kamphausen starrte ins Nichts.

Wolff beobachtete mit Genugtuung, wie blass der Mann geworden war.

Kamphausen presste die Hände gegen seine Wangen, massierte mit seinen Fingern die Schläfen. »Das ist ja furchtbar.« Die Stimme erstarb nahezu. »Furchtbar.« Er suchte Wolffs Augen, blickte den Kommissar geradezu flehend an.

Wolff rührte sich nicht. Er würde kein Zeichen von Verständnis oder Mitgefühl aussenden. Er blickte auf die Uhr an der Wand, deren Zeiger die Minuten abtickte.

Gleich würde er die Schutzpolizei rufen, um Kamphausen abführen zu lassen.

»Das wollte ich nicht«, flüsterte der Galerist nach langer Zeit, senkte den Kopf und verbarg sein Gesicht in den Händen.

Der Wahrheit auf der Spur 6

Das Ausmaß des durch die Nationalsozialisten zugefügten Schadens ist unfassbar. Immer noch werden zahlreiche rechtmäßige Eigentümer und Erben von Tausenden Kunstwerken gesucht.
Jeder zurückgegebene Kunstgegenstand aus dem Raubgut der Nationalsozialisten ist ein Beitrag zur Wiedergutmachung.
Ich fühle mich historisch und moralisch in der Pflicht, daran mitzuwirken, dass dieses große Unrecht gemildert wird.

Potsdam, im November 2018
Britta Fuchs

Der 6. Tag

Samstag

49.

Es war ihr gelungen, sich durch das kleine Fenster zu winden und herauszuspringen. Der nasse Schnee draußen federte das Geräusch ab. Draußen war es stockdunkel, kein Mensch zu sehen. Sie lauschte, außer einem Rauschen war es totenstill. Ob der Ton vom Wald herkam oder von ihrem eigenen Blut in den Ohren, wusste sie nicht. *Jetzt,* dachte sie, *das ist die einzige Chance, die du hast. Weg von hier, quer durch den Wald, irgendwann wird es hell und du findest eine Straße.* Sie war schon am Auto ihrer Entführer vorbei, als sie hinter sich schnelle Schritte hörte. O Gott, sie musste schneller laufen, aber sie konnte nicht, der Boden unter ihren Füßen war wie auf Morast, ihre Beine sackten ein, mit jedem Schritt tiefer, während ihr Verfolger näher kam. Sie wollte um Hilfe schreien, bekam keinen Laut heraus. Sie spürte heißen Atem und eine heisere Stimme mit arabischem Akzent: »Wir haben dich gewarnt!« Dann fühlte sie eine fleischige Hand auf ihrer Schulter.

Emma fuhr aufschreiend und schweißgebadet in die Höhe. Wo war sie? Dann fiel ihr alles wieder ein. Sie war im Gefängnis. Dezembernächte waren lang und dunkel. Emma schaltete die Nachttischlampe an, die Helligkeit versprach ein wenig Trost.

Bitte, lieber Gott, lass mich hier unversehrt rauskommen. Emma hatte seit ihrer Kindheit nicht mehr gebetet. *Ich tue Gutes, errichte eine Stiftung, unterstütze Künstler.*

50.

»Stellen Sie einen Unterhändler«, erklang eine verzerrte Computerstimme durchs Telefon. »Keine Polizei. Keine Medien. Ab sofort ist jede Forderung genau zu erfüllen.«

Fast zwei Tage war es her, dass Emma von Burgsdorff verschwunden war. Die Maschinerie lief. Die Einsatzhundertschaft durchsuchte entferntere Gebiete. Die Polizei hatte sich von Emmas Putzfrau einige getragene Kleidungsstücke geben lassen, damit die Suchhunde Witterung aufnehmen könnten. Die Unruhe war gewachsen mit jeder Stunde, die verging, ohne dass ein Anruf mit einer Lösegeldforderung eingegangen war. Die Telefone in Emmas Villa, die Geräte einiger Freunde und diejenigen des Vermisstendezernats waren von Abhörspezialisten speziell präpariert worden, um Gespräche aufzunehmen und den Anrufer zu lokalisieren.

Der Anruf war bei Emmas Kunstversicherungsgesellschaft eingegangen. Aufgewühlt hatte der Geschäftsführer der Kripo einen erpresserischen Anruf gemeldet. Die Veräußerung einiger Gemälde sei von Herrn Walter von Burgsdorff testamentarisch untersagt worden. Zum Glück hatte der Geschäftsführer geistesgegenwärtig den Anruf aufgenommen und war sofort in Kontakt mit der Kripo getreten. Jetzt saß er ratlos zwischen den Polizisten im Besprechungsraum.

»Wir sind froh, dass sie Kontakt aufgenommen haben.« Wolff versuchte den Mann zu beruhigen, obwohl er selbst innerlich keineswegs gelassen war. Verhandlungen in einer Geiselnahme gehörten zu den schwierigsten Aufgaben der Kripo beim Kampf um ein Menschenleben. Wolffs geistige Schachfiguren, denen er bei der Spurensuche manchmal Namen von Zeugen und Verdächtigen gab und sie hin und her schob, hießen plötzlich: Leben gegen Vermögen. »Wir legen eine Schaltung direkt von Ihnen hierher in die Zentrale«, sagte er zu dem Versicherungsmann. »Die Entführer werden sich bald wieder melden.«

»Und dann?«

»Sie werden ihre Forderung stellen. Und einen Ort nennen, zu dem der Unterhändler kommt und die Forderung erfüllt.«

51.

»Mensch, Kleiner, siehst übermüdet und verschnupft aus«, begrüßte ihn die Rechtsmedizinerin Dr. Doris Bahlke, als Wolff die Tür zum grüngefliesten Sektionssaal öffnete. Als vier Jahre ältere Frau durfte sie das sagen. Niemand im Kommissariat wusste, dass sie beide vor dreißig Jahren eine kurze Beziehung gehabt hatten, was ihm als damals sechsundzwanzigjährigem Unterleutnant der DDR-Volkspolizei durchaus geschmeichelt hatte.

Bahlke stand, assistiert von einem jungen Mann, am Seziertisch. »Bin gleich fertig.« Sie winkte Wolff mit ihrer im blutigen Latexhandschuh steckenden Hand zu. »Geh schon mal in mein Büro.«

Doris war eine große kräftige Frau mit krausem, grauen Haar und hellblauen Augen, um die sich Falten zogen, die vom Lachen kamen. Ihre Bewegungen hatten etwas Unbeschwertes, obwohl ein großer Teil ihrer Arbeit sich an steinernen Seziertischen und im durchdringenden Geruch von Leichenausdünstungen abspielte.

Wolff betrat das Büro der Rechtsmedizinerin. Tisch, zwei Stühle, Schrank, Schreibtisch, das war's. Wahrscheinlich empfand Doris bunte Vorhänge und Bilder an diesem Ort als unpassend. Wolff hatte sich nach einigem Zögern entschlossen, Doris um Rat zu bitten. Sie hatte zunächst Psychologie studiert, bevor sie sich der Medizin zuwandte.

»Erzähl mir was über die Psychologie einer Entführung«, sagte Wolff, als Doris eintrat.

Bahlke zog ihren grünen Kittel aus. Wolff stellte fest, dass sie ihre zunehmende Leibesfülle durch die Methode, pro Keks einen Apfel zu verzehren, in den Griff bekommen hatte. Sie wirkte frisch und ausgeruht, ganz anders als die Mitglieder der Soko Emma.

Wolff schilderte Doris, die derweil Äpfel und Kekse auf den Tisch stellte, den Sachverhalt und streute ein paar Einzelheiten über Kunsthehlerei und arabische Sammler ein.

Die Rechtsmedizinerin lachte laut auf. Offensichtlich fasste sie diese Art Verbrechen als entspannender auf als unansehnliche Leichen auf dem Seziertisch. »Du treibst also Kunstrecherchen?« Sie lachte noch immer, was Wolff nicht amüsant fand. »Okay, Uwelein, die Zeit läuft, ich versteh dein genervtes Gesicht.« Bahlke setzte sich an den Tisch und schob ihm die Obstschale hin. »Äpfel sind Futter fürs Gehirn, und deinen Grips brauchst du, um das erste Gespräch mit den Entführern nicht zu vermasseln. Das ist nämlich entscheidend.«

Der rotwangige Apfel schmeckte gut nach dem ganzen Imbissbuden-Essen, das er in den letzten Tagen verstärkt genossen hatte.

»Also, bei einer Entführung erfolgt eine Kontaktaufnahme durch den Täter in den ersten vierundzwanzig bis maximal achtundvierzig Stunden, entweder per Anruf oder anonymes Schreiben, elektronisch oder postalisch.« Doris biss krachend in ihren Apfel.

»Der erste Anruf ist schon eingegangen, aber es wurde keine konkrete Forderung gestellt.« Wolff trommelte mit den Fingern auf der Tischplatte.

Doris kaute. »Rede ich oder willst du?«

Wolff nickte und konzentrierte sich auf seinen Apfel.

»Die Forderung kommt bestimmt. Ganz wichtig: Das erste richtige Gespräch musst du nutzen, um eine Verbindung zum Entführer aufzubauen und gute Stimmung herzustellen.«

»Gute Stimmung? Höre ich richtig?«

»Das war schon immer deine Schwäche. Du hörst den Frauen nicht zu.« Bahlke zwinkerte. »Du als Verhandlungsführer musst dir unbedingt einen ersten Satz zurechtlegen.«

»Der erste Satz kommt doch vom Entführer, wenn er seine Forderung stellt.«

»Deine Aufgabe ist es, Ruhe reinzubringen, damit keine Kurzschlussreaktion erfolgt. Dein Gesprächspartner steht unter großem Stress, selbst wenn er ein Profi ist.«

»Ich stehe auch unter Stress.« Wolff merkte, dass seine Stimme laut wurde. Er tat sich selbst leid. Liebend gern hätte er mit Sven oder Nicole getauscht, hätte die Spur der Journalistin Britta Fuchs in die USA verfolgt, Kontakt mit dem Detective in New York aufgenommen, was die Befragung des Mittelsmannes Coleman ergeben hatte. »Verdammt, warum muss der Vermissten-Krause seine Grippe ausgerechnet jetzt nehmen?«, schimpfte er. »Sonst hätt ich diesen Irrsinn nicht an der Backe.«

»Vielleicht hast du dich ja angesteckt?« Doris grinste Wolff an.

»Mach weiter«, knurrte Wolff und trat sie zart gegen das Schienbein.

»Bei einer Geiselnahme würde ich beim Erstgespräch zum Entführer sagen: Es ist noch nichts verloren. Alles ist möglich. Dann solltest du den Typ loben.«

»Loben?«

»Ja. Dem Geiselnehmer sagen, dass er professionell vorgeht und gut recherchiert hat.« Die Rechtsmedizinerin schenkte ihm einen warmen Blick, offensichtlich zufrieden, nicht immer nur über Sektionsergebnisse zu berichten. »Hat die Emma Familie? Oder einen Freund?«

»Emma von Burgsdorff ist Einzelkind. Zu ihren Eltern besteht kein Kontakt. Der Vater ist ausgewandert und die Mutter hat neu geheiratet.« Dankbar dachte er an die Recherchen Nicoles. »Emma ist von ihren Großeltern aufgezogen worden. Der Großvater hat seinen Sohn für nicht mehr existent erklärt.«

»Blöd.« Doris warf das Kerngehäuse ihres Apfels in den Papierkorb. »Blöd wegen der Täter-Opfer-Psychologie. Der Entführer braucht eine nahe Kontaktperson des Opfers, an die er die Forderung stellen kann. Und das Opfer braucht Kontakt zu einem engen Vertrauten, um ihn zur Erfüllung der Forderung zu bewegen.«

»Emma unterhielt eine enge Verbindung zum Galeristen Arthur Kamphausen. Er scheint so etwas wie ein väterlicher Freund und Berater in Kunstdingen für sie zu sein.«

»Dann würde ich Kamphausen als Kontaktperson für den Entführer nehmen.«

»Ha, guter Witz.« Wolff lachte gequält auf. »Der sitzt in der Arrestzelle. Er war auf dem Sprung nach Abu Dhabi, wo er vermutlich in kriminelle Kunstdeals verwickelt ist.« Er berichtete von der Festnahme des Galeristen kurz vor dem Abflug nach Abu Dhabi und seinen Beziehungen zu arabischen Sammlern. »Vermutlich ist er auch in den Mord an Britta Fuchs verstrickt. Und wahrscheinlich gehört Emmas Entführung auch in diesen Zusammenhang.«

»Nicht schön«, stellte Doris fest. »Emma hat keine Kontaktperson und du hast keinen Ansprechpartner. Der Entführer weiß mehr als du. Emma muss schon eine Weile unter Beobachtung gestanden haben. Man hat ihre Lebensgewohnheiten ausgekundschaftet, wann und wo man am besten zugreifen kann. Wenn sie alleinstehend ist, kann es sein, dass ein sympathischer Mann auf sie angesetzt wurde, der sie in einen Hinterhalt lockte.«

»Stimmt. Leonie Sanft, die Assistentin vom Kamphausen, hat mir auf der Vernissage gesagt, dass Emma sich gerade getrennt hätte. Und da war ein neuer Mann, der sehr interessiert schien.«

»Du warst auf einer Vernissage?« Doris gluckste.

»Was ist daran so komisch?«

»Nimm dir diese Sanft zur Seite.«

»Geht auch nicht. Sie liegt in der Psychiatrie, hat Angstzustände. Sie hat Kamphausen anonym angezeigt.«

»Also Kampf an allen Fronten.« Doris seufzte. »Beruhige dich, viele Entführungsopfer kommen wieder frei.«

»Bei Mord hab ich eine Aufklärungsrate von fünfundneunzig Prozent.«

»Mord ist ja auch einfacher. Okay, ich denke, fürs erste Gespräch bist du gewappnet.«

Sie verabschiedeten sich mit einer freundschaftlichen Umarmung. Als Wolff sich in der Tür nochmals umdrehte, warf Doris ihm eine Kusshand zu und sagte:

»Die Übergabe des Pfandguts ist die gefährlichste Phase einer Entführung. Gib Bescheid, wenn du wieder meinen Rat brauchen solltest.«

52.

Oberkommissarin außer Dienst Katja Eickelbaum wurde von einem Polizeimeister, der seine dunkelblaue Jacke unter Mühen zugeknöpft hatte, in den Gerichtssaal geführt. Auf Handschellen hatte er zum Glück verzichtet. Aber dafür, dass er das Torerolied aus *Carmen* pfiff – »Auf in den Kampf« –, hätte Rechtsanwältin

Starke ihm am liebsten eine gelangt. Sie biss die Zähne zusammen.

Katja fühlte sich unwohl in ihren Jeans und dem Pullover, die sie seit ihrem Weggang vom Hof vorgestern trug. Sie verharrte einen Augenblick, bevor sie auf dem Stuhl neben dem Anwaltstisch Platz nahm. Ihre Rechtsanwältin machen lassen, das hatte sie sich vorgenommen, den Mund halten, nicht zusammenbrechen. Diesen Raum, in dem der Ermittlungsrichter über den Erlass eines Haftbefehls entschied, kannte sie aus ihrer beruflichen Tätigkeit. Jetzt saß sie selbst hier.

»Sie sagen nichts, verstanden?«, zischte Verena Starke ihr zu.

Der Ermittlungsrichter, ein Mann um die sechzig, trat ein. Verena atmete auf. Sie kannte ihn und wusste, dass er, anders als manche unerfahrene Bereitschaftsrichter vom Wochenenddienst, Augenmaß bewahrte.

»Hohes Gericht, meine Mandantin und ich haben beschlossen, dass ich für sie spreche.« Verena sah Katja streng an, nicht dass die in ihrer aufgewühlten Verfassung lossprudelte. Dann erhob sie sich. Mit ihren hochhackigen Schuhen wirkte sie größer und, wie sie hoffte, so energisch, dass man ihr jede Menge unangenehmer Beweisanträge zutrauen konnte.

»Herr Richter, ich beantrage die sofortige Freilassung. Frau Eickelbaum ist unschuldig. Sie hat in Notwehr gehandelt. Ihr ehemaliger Freund schleuderte ein gefülltes Glas, das meine Mandantin an der Brust traf. Ein Foto vom Hämatom habe ich vorgelegt.« Verena machte eine Pause. Das war am schwersten, wenn man so aufgeregt war.

»Sie haben auch ein Video vorgelegt, in dem Sie mit der Beschuldigten die Szene nachgestellt haben«, sagte der Richter.

Katja, die bis jetzt stocksteif dagesessen hatte, umklammerte die Sitzfläche ihres Stuhls. Das Video hatten sie beide zu einem Zeitpunkt gedreht, als sie eine Notwehrlage behauptete. Es war falsch.

»Ja, Frau Eickelbaum und ich haben den Vorfall nachgestellt«, sagte die Verteidigerin. »Es ist ein laienhaftes Video, aber in der schrecklichen Lage meiner Mandantin hatten wir keine andere Möglichkeit.«

Katja presste die Lippen aufeinander, groß war der Drang, endlich reinen Tisch zu machen. *Herr Richter, meine Anwältin will mich retten, aber es war keine Notwehr. Ich habe das nur behauptet. Verurteilen Sie mich, Herr Richter, ich habe es verdient.* Sie schwieg.

»Der Anzeigende behauptet, dass er sich bereits abgewendet hatte, als die Beschuldigte ihn angriff«, sagte der Richter.

»Das muss er behaupten, sonst fällt sein Vorwurf der versuchten Tötung zusammen«, behauptete Verena kühn.

»Der Anzeigende hat mehrere Nachbarn benannt, die lautstarke Auseinandersetzungen bezeugen können.« Der Richter lehnte sich zurück und wartete.

»Ein verlassener, rachsüchtiger Mann tut alles, um das Leben seiner Expartnerin zu zerstören.« Verena warf schnell einen Blick zu ihrer Mandantin, in der Hoffnung, dass sie Empörung zeigen würde. Aber Katja saß blass und still da und starrte auf die Wand über dem Kopf des Richters.

»Meine Mandantin hat als Polizistin unregelmäßige Dienstzeiten«, fuhr Verena fort. »Kam sie erschöpft nach Hause, wurde sie mit Vorwürfen und Unterstellungen überschüttet, geschubst, geschlagen, verletzt. Lange hat sie sich nicht gewehrt, aus falsch verstandener Liebe.« Sie gestattete sich ein vertrauliches Lächeln zum Richtertisch.

Prompt fragte der Richter: »Gibt es Beweise für frühere Tätlichkeiten des Anzeigenden?«

»Nein. Bedenken Sie, Herr Richter, dass es Überwindung kostet, eigene Verletzungen zu fotografieren. Wer gibt schon gern zu, mit dem Partner nicht mehr fertig zu werden.«

Das war an der Grenze zur Polemik. Der Richter hob ein wenig die Oberlippe. »Frau Eickelbaum ist Polizistin und kennt die Bedeutung der Beweissicherung.«

Ja, ja, Sie haben ja recht, Herr Richter, was hab ich Frau Eickelbaum für Vorwürfe gemacht, dass sie ihre Blessuren nicht fotografiert und sich niemand anvertraut hat. Verena entschloss sich zu einem Schuss ins Ungewisse. »Der Exfreund lässt meine Mandantin von einem Detektivbüro überwachen. Das verletzt ihr Persönlichkeitsrecht.« Es war nichts als eine Vermutung, egal, jeder Strohhalm zählte, den Typen ins Zwielicht zu ziehen.

»Ich vermisse noch immer den Beweis für eine Notwehrlage«, sagte der Richter laut.

Ich auch, Herr Richter. »Sammeln Sie Beweise, bevor Sie sich streiten?« Der Gegenangriff war das letzte Mittel. »Es entlastet meine Mandantin sogar, dass sie sich nicht bei einer Freundin ausgeweint hat. Sie wollte die Sache selbst bereinigen.« Verena merkte, dass es ihr nicht gelingen würde, den Richter zu überzeugen. Sie legte die Fäuste auf den Tisch und zog ihren Joker. »Meine Mandantin hat an jenem Abend ihrem Vorgesetzten, Herrn Hauptkommissar Uwe Wolff, den widerwärtigen Angriff durch ihren Expartner geschildert.« Verena fixierte den Richter. »Frau Eickelbaum hat ihn gleich darauf *angerufen.*« Ein kurzer Blick zu Katja, hoffentlich verstand sie.

Katja senkte den Kopf, die Hände wieder um die Sitzfläche gepresst. *Sie treibt Uwe in eine falsche Aussage.*

»Die andere Seite hat auch einen Zeugen benannt«, sagte der Richter. »Ihre Mandantin soll in einem, nun ja, über das Dienstliche hinausgehenden Verhältnis zu ihrem Kommissariatsleiter stehen.«

Verena verschränkte abwehrend die Arme. Die Nacht auf der Chaiselongue musste ein Geheimnis bleiben.

»Darf ich etwas sagen?«, fragte Katja mit zittriger Stimme.

»Ich bitte um eine kurze Pause.« Geistesgegenwärtig packte Verena ihre Mandantin am Arm.

»Sind Sie verrückt geworden?«, sagte Verena aufgebracht, kaum dass sie den Gerichtssaal verlassen hatten.

»Ich will Uwe nicht in die Sache hineinziehen«, schluchzte Katja.

»Das hätten Sie sich eher überlegen sollen«, zischte Verena. »Er ist Ihr Zeuge. Und Sie halten jetzt den Mund, verdammt.« Sie stampfte mit dem Fuß auf. »Können wir wieder hineingehen?«

Die Polizistin nickte.

»Meine Mandantin bestreitet ein privates Verhältnis zu ihrem Vorgesetzten«, sagte Verena, kaum dass sie wieder im Saal waren. Sie spürte ihren Herzschlag.

Der Richter blätterte eine Weile in der Akte. Der Polizeimeister, der die Verhandlung an der Tür stehend verfolgte, musterte interessiert die Kommissarin, die zusammengefallen auf ihrem Stuhl hockte.

»Herr Wolff hat Frau Eickelbaum im Haus seiner Mutter untergebracht …« Der Richter ließ seine Schlussfolgerung im Raum schweben.

»Meine Mandantin konnte schlecht in die Wohnung ihres Freundes zurückkehren. Für ein Hotel fehlt ihr das Geld. Und eine Wohnung in Potsdam findet sich nicht so schnell.«

Ein Blick zu Katja, die mit versteinertem Gesicht dasaß.

»Warum verlässt Frau Eickelbaum den Hof, ohne jemand Bescheid zu sagen?« Der Richter hatte die Akte gut gelesen.

Verena richtete sich zu voller Größe auf. Jetzt kam der beschwörende Teil des Plädoyers, und sie wusste nur eins: Würde der Richter heute einen Haftbefehl erlassen, würde die Kommissarin wie eine Verbrecherin dastehen.

»Der Ausflug meiner Mandantin war eine Kurzschlussreaktion. Sie wollte zu einer Freundin, sich aussprechen. Die Freundin war nicht erreichbar.« Verena holte Luft. Sie musste diesen Eduardo, der bestimmt fassungslos miterlebt hatte, wie Katja heute Vormittag aus seiner Pizzeria von der Polizei abgeholt wurde, irgendwie einbeziehen. »Meine Mandantin wusste nicht, wohin. So ging sie in ihre Lieblingspizzeria.« Verena hoffte sehr, dass keine Fragen nach der Nacht zuvor kämen. »Frau Eickelbaum lebt in großer Angst. Der schreckliche Abend und die desaströse Beziehung haben eine posttraumatische Belastungsstörung hervorgerufen. Dazu die Angst, für immer aus ihrem geliebten Beruf ausgeschlossen zu werden.« Schweiß lief ihr die Achseln hinunter, sie presste die Arme an den Körper. »Meine Mandantin wird nach dieser Verhandlung umgehend auf den Hof zur Mutter von Herrn Wolff zurückkehren.«

Verena machte eine dramatische Pause und sagte dann mit Pathos: »Hohes Gericht, diese Frau hier ist unschuldig. Sie hat sich gegen einen gemeinen Angriff ihres ehemaligen Freundes verteidigt. Das ist Notwehr!«

53.

Zeit konnte eine Folter sein. Emma hatte nichts zur Ablenkung. Kein Handy, kein Buch, kein Fernsehen, nicht mal eine Uhr. Sie sollte nachdenken.

Je mehr Zeit verging, desto mehr wuchs ihre Verzweiflung. Niemand aus ihrem Umfeld würde ihr helfen. Die Männer hatten sie nur ausgenutzt. Ihre Freundinnen arbeiteten, studierten, hatten Familie. Treffen beschränkten sich auf Restaurantbesuche oder gemeinsames Shopping. Niemand würde sie vermissen. Höchstens ihre Putzfrau. Wie ein rettender Engel erschien Emma plötzlich ihre Putzfrau. Sie hatte bestimmt die Polizei benachrichtigt. Aber warum war die Polizei dann nicht längst hier?

Durchhalten. Auch wenn sie meinte, das Eingesperrtsein, die Anwesenheit der Männer keine Sekunde länger ertragen zu können. Aber solange ihre Entführer ihr maskiert entgegentraten, hatten sie nicht vor, sie umzubringen. Wenn sie auf die Forderung des Dicken einging? Großvater hätte bestimmt nicht gewollt, dass sie ihr Leben verlor, um sein Testament nicht zu brechen. Wenn sie die Kunstversicherung bevollmächtigte, die Gemälde freizugeben, wenn die Übergabe klappte, wenn sich ihre Entführer damit zufriedengeben würden, wenn, wenn … Wenn etwas schiefginge, würden ihre Entführer sie töten, damit sie nicht als Zeugin aussagte.

Schritte näherten sich, gleich würde der Schlüssel ins Türschloss gesteckt und zweimal umgedreht, dann würde einer ihrer Entführer mit einem Tablett Essen kommen, sie würde ein paar Bissen hinunterwürgen in dem Bewusstsein, dass die nächste Besprechung mit dem Dicken bevorstand.

»Wann komme ich hier endlich raus?«, fragte sie den Maskenmann, der deutsch verstand.

»Hängt von Ihnen ab.«

»Ich habe für übermorgen ein Flugticket auf die Kanarischen Inseln.« Das war frei erfunden. Emma wollte drauflos reden, weil sie einmal gelesen hatte, dass das Opfer das persönliche Gespräch mit den Kidnappern suchen sollte. Um bei ihnen Hemmungen hervorzurufen, ihr Opfer zu töten.

Der Maskenmann antwortete nicht. Die Tür wurde wieder ins Schloss gezogen. Ein einziger Gedanke beherrschte sie: *Ich komme hier nicht mehr lebend heraus.*

54.

Der Besprechungsraum hatte sich zu einer Einsatzzentrale mit Konferenztisch, Computern, Telefonen, Kopierer verwandelt. Überall lagen Papiere, Getränkedosen und leere Pappschachteln herum. Die Kommissare verzichteten in der Phase der Verhandlungen mit den Geiselnehmern auf eine auswärtige Pause. Der Geruch von Kaffee und kalter Pizza hing in der Luft. Die Stimmung war äußerst angespannt.

»Der Geisel passiert nichts, wenn unsere Forderung erfüllt wird«, erklang die verzerrte Stimme des Entführers.

Über die Lautsprechanlage hörten alle Anwesenden mit. Wolff hatte Doris Bahlke hinzugebeten, die Auffälligkeiten notierte, um Aufschluss über das Täterprofil zu erlangen. Auch der Geschäftsführer der Kunstversicherung war da.

»Haben Sie mich verstanden?«

Trotz der elektronisch veränderten Stimme war zu hören, dass der Entführer ohne Akzent sprach.

»Ich verstehe Sie gut.« Wolff wählte bewusst die Einzahl, um nicht den Eindruck einer voll ausgestatteten Kommandozentrale zu erzeugen. »Sie sind ein Profi.« Zeit gewinnen, um so viel Sprachmaterial wie möglich zu erlangen.

Doris saß mit hochkonzentriertem Gesicht am Tisch und forderte Wolff mit Anheben des Kopfes auf, den Beweis zu verlangen, dass Emma lebte.

»Bitte geben Sie einen Lebendbeweis. Jetzt.«

Stille.

»Wo bleibt das Lebenszeichen?«

»Sie bekommen demnächst eine Botschaft«, erklang die Stimme.

Der Abhörspezialist, der sich im hinteren Teil des Raums eingerichtet hatte, gab seinen Geräten verschiedene Befehle.

»Richten Sie einen speziellen Zugang ein«, befahl der Geiselnehmer. »Und keine Tricks.«

Ende des Anrufs. Die Kriminalbeamten sahen sich entnervt an. »Zu wenig Sprachmaterial für eine forensische Datenanalyse«, sagte einer von Krauses Vermisstendezernat.

»Jedenfalls keine Telefonzelle«, sagte der Abhörspezialist. »Der Anruf kam von einem Handy mit Prepaid-Karte.

»Wo gibt's denn schon noch Telefonzellen«, sagte ein anderer. »Die postieren sich ja nicht vorm Bahnhof.«

»Immerhin sind sie nicht im Funkloch«, bemerkte Doris.

»Und nun?« Wolff spürte Unruhe. Er war Abwarten nicht gewöhnt.

»Sie melden sich in Kürze wieder«, sagte Doris. »Denn ohne Lebendbeweis können sie keine Forderung stellen.«

Wolff nutzte die aufgezwungene Wartezeit, um Sven und Nicole anzurufen, die mit mehreren Kommissaren noch einmal die Villa von Burgsdorff durchsuchten. Er wollte eine neue Meldung der Entführer nicht verpassen und stellte sich in den nicht vom Abhörspezialisten beschlagnahmten vorderen Teil des Raums. Das Whiteboard zeigte immer noch die Anweisungen Krauses in der ersten Soko-Besprechung: *Kontakte Emma, Waldgebiete absuchen.* Die Hundertschaft hatte ihre Suche vorerst eingestellt.

»Wir haben eine Visitenkarte von Britta Fuchs gefunden«, teilte Nicole ihm mit.

»Sehr gut.« Wolffs Stimmung besserte sich. Jetzt war auch der Kontakt der Journalistin zu Emma von Burgsdorff bewiesen. Zusammen mit der Einsicht, dass Britta Fuchs von einem unbekannten amerikanischen Auftraggeber mit Nachforschungen beauftragt gewesen sei, ergab sich zumindest eine Verbindungslinie von New York nach Potsdam zu Emma. Ein Bindeglied fehlte: Hatte Kamphausen, der sich von den Recherchen der Fuchs bedroht gefühlt hatte, auch mit der Entführung Emmas zu tun?

»Ich hab noch mehr gefunden«, berichtete Nicole stolz. »Anfrage eines Kunstagenten, der den Verkauf einer Frauenportraitserie eines Impressionisten an einen Sammler in Abu Dhabi vermitteln wollte.«

»Namen?«

»Der Mann in Abu Dhabi ist unbekannt. Der Maler heißt Sergej Wladimirowitsch Orlowsky. Ein russischer Künstler, der um achtzehnhundertsiebzig nach Paris emigriert ist.«

Weiter kam Wolff nicht, denn die Kollegen machten ihm Handzeichen.

Die Monitore zeigten ein Foto. Emma von Burgsdorff wirkte verängstigt und bleich, aber sie war ordentlich angezogen und frisiert. Ihre Entführer hatten der jungen Frau eine Tageszeitung mit heutigem Datum in die Hand gegeben.

Doris lachte auf. Wolff blickte sie erstaunt an.

»Das ist trotz aller technischen Errungenschaften gleich geblieben«, erklärte sie. »Das erste Lebenszeichen ist immer ein Foto des Opfers mit einer aktuellen Tageszeitung.« Sie holte einen Apfel aus ihrer Tasche und biss hinein. »Emma lebt! In Kürze kommt die Forderung.«

Die Pause bis zur nächsten Meldung der Entführer war lang und quälend. Die wartenden Polizisten wechselten sich ab, wenn sie die Einsatzzentrale verlassen wollten.

Endlich traf eine neue Botschaft traf ein.

»Sehr geehrte Helfer«, erklang leise und stockend die Stimme Emma von Burgsdorffs. »Ich weiß nicht, wer dieses Video sieht, aber ich bitte Sie um Hilfe. Wie Sie sehen, geht es mir noch gut.«

Alle Mitglieder der Soko rannten zu ihren Plätzen.

Das Video zeigte Emma, immer noch mit der heutigen Tageszeitung. Sie sah erbärmlich blass und eingefallen aus. »Bitte tun Sie alles, was meine Entführer verlangen.«

Emmas bittendes, krampfhaftes Lächeln schmerzte Wolff geradezu. Er war den Umgang mit Geiseln nicht gewohnt.

Das Video war wieder bei der Kunstversicherung eingegangen. Deren Geschäftsführer lief wie ein eingesperrter Tiger auf und ab und kümmerte sich nicht um die entnervten Blicke der Polizisten. Der Lebendbeweis war erbracht. Der Geschäftsführer war der von den Geiselnehmern ausgewählte Gesprächspartner.

Um zwölf schellte das Telefon. Die Forderung. Der Abhörspezialist rannte zu seinen Geräten. Wolff nahm den Hörer ab und zwang sich zur Ruhe. Die Weiterleitung des Gesprächs an die Kripo durfte nicht auffallen. Der Fall Emma von Burgsdorff erforderte Improvisation, da es keine Angehörigen gab, die den erpresserischen Anruf entgegennehmen konnten.

»Den Lebendbeweis haben Sie erhalten«, erklang die verzerrte Stimme.

»Okay. Welche Forderung stellen Sie?«

»Wir wollen die Frauenporträtserie von Sergej Wladimirowitsch Orlowsky.«

»Sie sind Profis«, sagte Wolff ruhig, um Zeit zu gewinnen, während seine Gedanken hektisch kreisten. Nicole hatte eben von einem Maler Orlowsky gesprochen und einer Anfrage eines Sammlers aus Abu Dhabi. »Sie haben bestimmt geklärt, dass Frau von Burgsdorff über dieses Pfandgut verfügen kann.«

»Die Gemälde werden von ihrer Versicherung verwahrt.«

Wolff atmete auf und warf einen Blick in die Runde. Die Kollegen hatten verstanden: Die Schaltung von der Kunstversicherung zur Polizei war für die Entführer nicht erkennbar. Der Gesprächspartner meinte, mit dem Verhandlungsführer der Versicherung zu sprechen. Die Geiselnehmer befanden sich vermutlich an einem Ort ohne WLAN und mit schlechtem Funkkontakt. Der Geschäftsführer der Kunstversicherung war auf seinen Stuhl gesackt und hielt den Kopf in die Hände gestützt. Der würde nicht als Unterhändler in Betracht kommen, dachte Wolff.

»Wie soll es weitergehen?«, fragte er.

»Die Geisel schreibt eine Anweisung. Sie bereiten die Übergabe der Gemälde vor und warten auf einen weiteren Befehl. Die Übergabe erfolgt an einem anderen Ort. Es kommt eine gesonderte Nachricht. Und keine Polizei.«

Das Gespräch war beendet. Eine gespenstische Stille herrschte im Besprechungsraum. Die Forderung stand im Raum. Die Gemälde von Orlowsky gegen das Leben Emmas.

»Nein, nein und nochmals nein!«, schrie plötzlich der Geschäftsführer und sprang auf, sein Stuhl polterte zu Boden. »Die sollen sich andere Bilder aussuchen oder meinetwegen Geld. Die Frauenporträts von Orlowsky sind nicht veräußerbar. Das hat Herr Walter von Burgsdorff testamentarisch verfügt.«

»Frau von Burgsdorff hat sich entschieden, die Forderung zu erfüllen«, sagte Wolff. »Es geht um ihr Leben und ihre Freiheit.«

»Wer garantiert denn, dass die Entführer sie freilassen? Und wenn die merken, dass die Polizei eingeschaltet ist?« Dem Mann stand der Schweiß auf der Stirn. Er war hier, wo absolute Ruhe und Konzentration gefragt waren, ein Störfaktor.

Doris Bahlke, die das Geschehen zurückhaltend verfolgt hatte, trat auf den Geschäftsführer zu. »Unsere Aufgabe ist es, sicherzustellen, dass die Übergabe reibungslos vonstatten geht und Emma nichts passiert. Glauben Sie mir, wir wissen, was wir tun.«

»Und wenn sie noch mehr Bilder wollen?« Die Stimme des Mannes überschlug sich fast. »Ich habe auch eine Verantwortung.«

»Ich gehe davon aus, dass es den Entführern ausschließlich auf diese Frauenporträts ankommt«, entgegnete Bahlke ruhig. »Sie werden ihre Forderung nicht erhöhen.«

Wolff sagte nichts und auch niemand der Polizeikollegen. Sie alle wussten, dass ein schnelles Eingehen auf die Geiselnehmer dazu führen konnte, dass die erpresserische Forderung erhöht wurde. Aber niemand von ihnen wollte pokern.

»Soll ich mich etwa mit den Entführern treffen?«, rief der Geschäftsführer außer sich. »Bin doch nicht lebensmüde. Das ist Ihr Job.«

»Völlig richtig«, sagte Bahlke. »Lassen Sie die Gemälde zur Übergabe fertig machen. Die Verhandlungen mit den Entführern sind Sache der Polizei.«

»Ich brauche etwas zu trinken«, sagte der Geschäftsführer ermattet.

Wolff schenkte Mineralwasser ein. Bahlke aß einen Keks nach dem anderen, er hatte keine Lust, sie an ihre Äpfel zu erinnern. Die Ausführung der Forderung würde der schwierigste Teil der Organisation werden, das wussten sie alle.

»Frau von Burgsdorff hat niemand, der als Vermittler in Betracht kommt«, sagte Wolff.

»Das arme Mädchen«, sagte Bahlke. »Soll ich das machen? So ein Kurierdienst ist relativ ungefährlich, solange der Unterhändler sich genau an die Weisungen hält. Die Entführer wollen ja schließlich etwas.«

Wolff blickte die Rechtsmedizinerin dankbar an und erwiderte: »Das kommt nicht in Frage, Doris. Ich werde hingehen. Ich werde mich als Freund der Familie tarnen. Oder …«, ihm kam eine Idee, »als Verhandlungsführer der Versicherung.«

Auch das noch! Kriegt die Kleine eine Panikattacke. Gibt Geiseln mit besseren Nerven. Aber man ist ja auf alles vorbereitet. Gleich gibt's die Beruhigungspille. Vielleicht hört sie ja mit Schreien auf. Das dauert in der Regel nicht länger als eine halbe Stunde.

Der Mann ging zum Schrank, wo verschiedene Utensilien lagerten. Jede Geisel ist eben anders. Manche brauchen einen Knebel, manche Handschellen, manche eine Pille. Hoffentlich nimmt sie die freiwillig. Nicht dass wir noch die Spezialbehandlung anwenden müssen.

Bisher ist alles gut gelaufen. Sogar besser, als geplant. Zum Beispiel der Motorradfahrer. Fährt mit überhöhter Geschwindigkeit auf einen Hänger. Brauchte man gar nicht selber Hand anzulegen. Ein Mord weniger. Und das mit der Kleinen soll auch noch glattgehen. Ist ja eigentlich eine ganz Nette.

Alles wird gut, ha, ha. Nur nicht, wenn sie die Polizei einschalten.

55.

Doris Bahlke umarmte Wolff.

»Nun tu nicht so, als ob du mich für immer verabschiedest«, sagte Wolff. »Den Entführern geht es doch ausschließlich um die Bilder. Die Typen geben mir Emmas Anweisung für die Versicherung, ich übergebe die Bilder und damit ist mein Einsatz erledigt.«

»Bis die Übergabe geklappt hat, werden sie Emma festhalten, manchmal erfolgt die Freilassung auch verzögert«, sagte Bahlke. »Hoffentlich steht sie das nervlich durch.«

Wolff war für derartige Aktionen nicht speziell ausgebildet, besaß jedoch die meiste Detailkenntnis über diesen Fall und das schmutzige Geschäft mit der Kunst.

»Keine Extratouren, Uwe«, sagte ein Oberkommissar aus dem Vermisstendezernat. »Es geht jetzt nicht darum, die Erpresser festzunehmen.«

»Die Entführer stecken in einer nervlich angespannten Situation«, sagte Doris. »Halt dich unbedingt an den festgelegten Ablauf, deine Gegner könnten eine Einmischung falsch interpretieren und Panik bekommen.«

Die Polizisten hatten sich darauf geeinigt, dass die Kriminaltechnik ein GPS-Gerät in das von Wolff benutzte Auto einbauen sollte, so dass die Kollegen in der Einsatzzentrale jederzeit über seinen Aufenthaltsort informiert waren. Das Risiko, dass die Entführer das Gerät bemerkten, war vorhanden, aber sie kamen überein, dass die Sicherung des Mittelsmannes höherwertig war.

»Wir haben nicht den CIA oder den Mossad gegen uns«, sagte Wolff, um seine Unruhe zu beherrschen. »Wahrscheinlich tun alle Entführer so, als ob sie Profis wären.«

Der erkrankte Leiter des Vermisstendezernats hatte eine E-Mail geschickt. »Was schreibt der Krause denn?«

Eine Kriminalbeamtin ging zu einem Computer und las: »Keine Panik. Die Empfangsboten gehören nicht zu den Haupttätern, sondern sind meist untergeordnete Gehilfen.«

»Beruhigend«, sagte Wolff und lehnte sich im Stuhl zurück. »Dann ist also der Typ, der mir hoffentlich Emmas Schreiben an die Versicherung aushändigt und die Bilder in Empfang nimmt, ein Handlanger.«

»Verlass dich nicht drauf, dass das so unproblematisch abläuft.« Doris Bahlke futterte wieder Kekse.

Ihre Diät hat sie im Stress wohl vergessen, dachte Wolff gerührt.

»Es werden mehrere beteiligt sein«, sagte sie kauend. »Die Übergabe von Emmas Anweisung an die Versicherung erfolgt an einem bestimmten Ort. Erst wenn das geklappt hat, kommt der nächste Schritt. Händige die Bilder keinesfalls aus, bevor du Emmas Schreiben hast. Auch Kidnapper müssen sich an Regeln halten.«

Wolff nickte und war froh, sie im Boot zu haben.

Das Telefon klingelte und mehrere Polizisten rannten zum Gerät.

»Herr Wolff, ich suche Sie schon die ganze Zeit«, erklang eine weibliche Stimme über die Lautsprechanlage. »Verena Starke hier. Ich brauche Sie als Zeugen. Können Sie gleich zum Ermittlungsrichter kommen?«

»Nein«, stieß Wolff hervor, biss sich auf die Lippen. Fast hätte er gerufen: *Wieso hat mir niemand gesagt, dass Katja festgenommen wurde?!*

Erstaunt blickte Doris ihn an.

»Ich komme«, brachte er heraus. Er erklärte den Anwesenden, dass ein Verbrecher aus einem anderen Fall gerade festgenommen worden sei. Er müsse nur kurz zum Richter.

»Wir bereiten einen Kollegen als Double für dich vor«, sagte einer aus dem Vermisstendezernat. »Man weiß ja nie.«

»Ich nehm das mal als Scherz«, antwortete Wolff.

56.

Beim Spurt zum Ermittlungsrichter wischte Wolff sich den Schweiß ab. Es war wie auf einem Horrortrip. Das angstvolle Gesicht Emmas auf dem Video, die erpresserische Forderung der Geiselnehmer, sein Einsatz als Unterhändler und jetzt: Katja festgenommen, und er als Zeuge, der die Wahrheit kannte.

Wolff glättete sich im Laufen die Haare, betrat den Saal, hereingeholt vom Wachtmeister, gab dem Richter seine persönlichen Verhältnisse an. Sie kannten sich. Wolff spürte die aufgeladene Stimmung. Katja hielt den Kopf gesenkt, Rechtsanwältin Starke schleuderte ihren blonden Pferdeschwanz nach hinten. Der Richter warf einen entnervten Blick auf die Wanduhr.

Unangenehm war es, nicht zu wissen, was sich zuvor abgespielt hatte. Der Richter fragte zunächst nach dem kollegialen Verhältnis. Ja, Frau Eickelbaum war in Wolffs Kommissariat, seit etwa zwei Jahren. Ja, sie kam ursprünglich aus Berlin und war nach Brandenburg gezogen, warum wusste er nicht, gab aber an, dass die Aufstiegsmöglichkeiten in Potsdam besser seien und das Gehalt auch. Dann ging es zur Sache.

»Wie hat Frau Eickelbaum Ihnen den Vorfall mit ihrem ehemaligen Partner geschildert?« Der Richter fasste Wolff jetzt scharf ins Auge.

»Frau Eickelbaum hat von einem Streit gesprochen, weil sie spät nach Hause gekommen war. Der Streit eskalierte und ihr ehemaliger Freund schleuderte ein gefülltes Glas gegen sie. Sie wurde an der Brust verletzt, das Hämatom hat sie von der Rechtsmedizin fotografieren lassen.« Bis jetzt war alles richtig, aber seine knappe Zusammenfassung würde den Richter nicht zufriedenstellen.

»Es fehlt etwas.«

»Bitte?« Wolff hielt es für geschickter, die Angelegenheit herunterzuspielen und Katja als Opfer darzustellen.

»Frau Eickelbaum soll ihren ehemaligen Partner mit einer asiatischen Kampfsportart angegriffen haben, die er nicht beherrscht. Daraufhin strauchelte er, schlug mit dem Kopf auf den Küchentisch, dann auf den Steinfußboden und verletzte sich schwer.«

Wolff hätte am liebsten gekniffen. *Davon weiß ich nichts.* Katja starrte ihn mit angstgeweiteten Augen an, die Rechtsanwältin trommelte mit den Fingern.

»Herr Richter, ich war nicht dabei. Aber so, wie ich Frau Eickelbaum kenne, hat sie nicht mit den Tätlichkeiten begonnen, sondern sich gewehrt. Jeder Polizist ist in Deeskalation geübt.« Auch das war nicht falsch.

Die Anwältin sprang auf. »Sehen Sie, der Zeuge bestätigt die Angaben meiner Mandantin.«

»Sie sind nicht dran, Frau Anwältin«, schnauzte der Richter.

»Hat jemand schon mal ein gefülltes Glas gegen Sie geschleudert, Herr Richter?« Starke ließ nicht ab. »Es hätte meine Mandantin am Kopf treffen können, dann würde sie nicht mehr hier sitzen.«

»Schluss jetzt.«

Starke schnaufte und setzte sich. Wolff wappnete sich seelisch für die nächste Frage.

»Herr Wolff, wenn Sie jetzt nicht konkret antworten, breche ich die Vernehmung ab. Also: Was genau hat Ihnen Frau Eickelbaum berichtet, wann war das und wo?«

Verdammt, war Katja etwa mit ihrem erotischen Zusammentreffen in dieser Nacht herausgeplatzt? Wolff warf einen Blick zu den beiden Frauen. Katja starrte ihn an, ob das Angst, Entsetzen oder die stumme Bitte um Hilfe war, konnte er nicht einschätzen. Rechtsanwältin Starke wirkte wie eine Sprinterin kurz vor dem Start.

»Ich hatte einen schwierigen Mordfall, Herr Richter, und konnte nicht schlafen. Frau Eickelbaum erzählte mir von dem schrecklichen Vorfall, sie weiß, dass ich manchmal nachts arbeite. Wir kennen unsere Mobilfunknummern, schon wegen der Rufbereitschaft.«

»Frau Eickelbaum rief sie also an?«

Das war der Punkt. Wenn Wolff jetzt ja sagte, Katja aber den Mund nicht gehalten hatte, wäre er wegen Falschaussage dran. Sagte er aber die Wahrheit, würde er Katja schaden und sich selbst auch.

Im Augenblick seines Zögerns sprang die Rechtsanwältin auf und sagte sehr betont: »Meine Mandantin hat sofort nach ihrem Anruf bei Herrn Wolff …« Pause. »… mich angerufen. Herr Wolff hat mich als Verteidigerin empfohlen.«

»Frau Rechtsanwältin, beeinflussen Sie nicht die Aussage des Zeugen«, sagte der Richter scharf.

Wolff atmete unauffällig aus. Starke hatte die Rüge provoziert, um ihm klarzumachen, dass die Zusammenkunft auf der Chaiselongue nicht Thema gewesen war. Jetzt konnte er wesentlich freier reden.

»Herr Vorsitzender, ich bin mit Frau Eickelbaum am nächsten Tag zum Direktionsleiter gegangen, daraufhin wurde die Entscheidung getroffen, dass sie bis zum Abschluss des Strafverfahrens beurlaubt wird. Mehr kann ich nicht sagen.«

»Was ist mit dem Jiu-Jitsu-Angriff?«

»Tätliche Auseinandersetzungen laufen äußerst schnell ab.« Wolff bemühte sich, Katjas Gegenangriff als normale Reaktion darzustellen. »Der Angegriffene kann seine Gegenwehr häufig nicht bewusst steuern. Frau Eickelbaum erlitt durch den Anprall des Glases einen heftigen Schmerz. Angriff oder Abwehr, man kann es manchmal nicht auseinanderhalten.«

»Herr Wolff, die rechtliche Bewertung überlassen Sie bitte dem Gericht.«

Da sprang Katja, die mit zusammengepressten Lippen die Befragung verfolgt hatte, auf. »Ich will aussagen. Als er das Glas gegen mich schleuderte, fühlte ich so eine Wut, dass ich ihm das Bein weggehebelt habe.« Heftig schüttelte Katja den Arm von Rechtsanwältin Starke, die sie wieder auf den Stuhl ziehen wollte, ab. »Hab nicht dran gedacht, dass er hinknallen und sich verletzen würde. Es war wie im Rausch. Dann sah ich das viele Blut …« Katja hielt inne, faltete die Hände und schloss leise: »Hohes Gericht, treffen Sie eine gerechte Entscheidung.«

57.

»Sind Sie bereit?«, ertönte die verzerrte Stimme, die Wolff bereits kannte.

»Ja.« Was sonst sollte er auch sagen? *Nein, ich will nicht, ich kann nicht.* Katjas Aufruhr vor dem Richter hatte Wolff zermürbt. Die Rechtsanwältin und er hatten sich die Bälle zugespielt, einen Augenblick hatte er gehofft, dass Katja mit einem blauen Auge davonkäme. Warum musste sie im letzten Augenblick die Nerven verlieren. *Es war wie im Rausch.* Das klang nicht nach Notwehr. Wolff hatte die Entscheidung des Richters nicht mehr abgewartet.

»Fahren Sie los«, kam der Befehl übers Handy. »Und keine Mätzchen.«

Der Wagen war präpariert mit GPS, ein Fotoapparat und eine Taschenlampe lagen im Handschuhfach. Die Porträtserie von Orlowsky lag in spezieller Verpackung im Kofferraum. Es hatte eine gute Stunde gedauert, bis der Kunstversicherer sie aus ihrem sicheren Aufbewahrungsort hatte holen lassen. Wolff schaltete Freisprechanlage und Navigationssystem an, damit die Kollegen seine Fahrt verfolgen konnten.

»Fahren Sie die B zweihundertdreiundsiebzig Richtung Brieselang.«

Hoffentlich würde es keine Odyssee werden. *Die erste Kontaktaufnahme der Geiselnehmer mit dem Unterhändler in dieser Phase ist oft von Regieanweisungen und taktischen Tricks gekennzeichnet,* hatte Doris ihn präpariert, *die Entführer wollen sicherstellen, dass der Kontakt ohne Polizeibeobachtung stattfindet. Schnitzeljagd,* hatte Doris das genannt.

Wolff fühlte sich ungewohnt im Anzug und mit Hut. Da die Entführer ihn wahrscheinlich längst ausgespäht hatten, bei der Durchsuchung der Wohnung von Britta Fuchs, bei der Festnahme Kamphausens auf dem Flughafen, vielleicht auch beim Besuch der Leonie Sanft im Krankenhaus, hatte er mit Hilfe von Doris sein Aussehen verändert. Ein Hut verbarg jetzt seine auffälligen grauweißen Locken. Wolff hoffte, im dunklen Anzug äußerlich nichts von einem Kommissar auszustrahlen, der eine Mission ausführte. Er spielte einen leitenden Angestellten der Kunstversicherung, die die Frauenporträts von Orlowsky verwahrte. Die Dunkelheit schützte ihn, aber sie schützte auch die Geiselnehmer. Seine HK SFP9 hatte Wolff neben sich auf den Beifahrersitz gelegt.

Halte dich genau an die Regieanweisungen, hatte Doris gesagt, *spiel nicht den Helden.*

Wolff versuchte sich vor Augen zu führen, dass diese Kontaktaufnahme nicht für ihn, sondern für die Geiselnehmer die gefährlichste Phase darstellte, weil sie jetzt aus der Unsichtbarkeit auftauchten. Er selbst war so lange sicher, wie die Operation zu ihrer Zufriedenheit verlief.

»In Wustermark fahren Sie in den Kreisverkehr und biegen in die zweite Straße ab, Richtung Nauen.«

Wolff tat, was sie anordneten, und bemühte sich, ruhig und langsam zu atmen, während er auf den nächsten Befehl wartete. Der Weg führte in nordwestlicher Richtung weit aus Potsdam hinaus. Eine längere Zeit geschah nichts. Wolff wurde unruhig.

Dann endlich ertönte die Stimme: »Fahren Sie bis zur nächsten Kreuzung, biegen Sie links ab, dann sofort nach rechts auf die Landstraße. Nach fünf Kilometern erreichen Sie eine Eisenbahnbrücke. Ein Steig führt nach unten zu den Gleisen. Am vorderen Pfeiler finden Sie Anweisungen. Sie haben zehn Minuten.«

Die Eisenbahnbrücke kam exakt nach fünf Kilometern. Wolff parkte rechts davor und nahm die Taschenlampe aus der Ablage. Beim Aussteigen landete er bis zu den Knöcheln im

Matsch, fluchte über sein feines Outfit mit den flachen Lederschuhen. Als er zu den Gleisen hinabstieg, rutschte er auf dem schlammigen Stieg aus und konnte sich gerade noch mit dem ausgestreckten Arm abfangen. Unten am Pfeiler der Eisenbahnbrücke wanderte der helle Lichtkegel seiner Taschenlampe zitterig über den Boden. *Reiß dich zusammen,* dachte er, *ist doch mal 'ne neue Herausforderung.* Er ließ den Lichtstrahl über den Boden gleiten, sah jede Menge Müll, gebrauchte Taschentücher, leere Büchsen, eine Einwegspritze und einen ebenfalls gebrauchten Tampon, sonst aber nichts Auffälliges.

»Scheiße.« Die zehn Minuten waren bestimmt um. Er fuhr zusammen, als ein Güterzug wie aus dem Nichts herandonnerte. Er leuchtete noch mal die Umgebung ab, während die Waggons krachend an ihm vorbeirasten. Endlich entdeckte er einen leeren Coffee-to-go-Becher, in dem ein Zettel steckte. Darauf in Computerschrift: *Fahren Sie weiter in Fahrtrichtung. Nach 8 km kommt ein längeres Waldstück. Nehmen Sie die zweite Abfahrt rechts auf den Wanderparkplatz. Gehen Sie zur Tafel mit der Karte. Dahinter im Müllcontainer liegt eine Nachricht.*

Wolff hastete hoch zum Auto und fuhr los. Wie beschrieben, erreichte er ein dunkles, dicht mit Kiefern bestandenes Stück. Er drosselte die Geschwindigkeit, um den Parkplatz nicht zu übersehen. Nach kurzer Zeit ertönte die verzerrte Stimme: »Nächste Abfahrt rechts.«

Wolff erschrak, dass sie so genau seine Position kannten, obwohl er damit gerechnet hatte, dass sie ihn überwachten. Sie waren technisch perfekt ausgerüstet.

Er parkte neben einem anderen Pkw, der hier abgestellt war, ging weiter zu dem Gestell mit der Wanderkarte. Im Strahl der Taschenlampe sah er eine große Tonne, hob den Deckel hoch. Zwischen leeren Dosen, Zigarettenschachteln und Essensresten lag ein Zettel, auf dem in Computerschrift stand: *Sehn Sie den Toyota? PM NK 827. Der Wagen ist nicht verschlossen, der Schlüs-*

sel steckt. Darin finden Sie weitere Anweisungen. Wenn wir Polizei entdecken, brechen wir die Aktion sofort ab. Dann tschüss, Emma von Burgsdorff.

Verdammt. Doris hatte ihm gesagt, dass auch ein Wagenwechsel stattfinden könnte, damit die Entführer sichergingen, dass kein GPS-Gerät eingebaut war. Seinen präparierten Polizeiwagen wäre er jetzt los, hoffentlich nicht für immer.

Wolff stieg in den Toyota. Auf dem Beifahrersitz entdeckte er eine neue Taschenlampe und ein Walkie-Talkie. Er musste sich jetzt von seinem Handy mit Ortungsfunktion verabschieden. Walkie-Talkies waren nur in der Nähe zu orten.

Wolff drückte den Sendeknopf. »Okay, wie geht's weiter?«

Er ließ den Knopf wieder los, und eine Stimme, diesmal quäkend, erklang: »Im Kofferraum liegt ein Rucksack mit Trainingsanzug und Schuhen. Ziehen Sie sich um, und lassen Sie alle Kleidungsstücke, Waffen, Handy in Ihrem Auto zurück. Die Bilder packen Sie hier in den Kofferraum. Beeilen Sie sich.«

Ausziehen, dachte Wolff, *bei der Kälte?* Der Grund war klar: Die Entführer hatten Angst vor Peilsendern. Aber sehen konnten sie ihn nicht in der Dunkelheit. Verfolgt hatte ihn niemand, er war hier auf dem Parkplatz allein. Oder doch nicht? Er folgte der Anweisung, zog die Jacke aus, die Hose und die Schuhe. Sofort waren seine Strümpfe durchnässt und er fror. Der Trainingsanzug war zu knapp, was ihn beruhigte. Sie kannten seine Statur nicht. Vorsichtig hob er die Transportkiste mit den Gemälden aus dem Kofferraum seines Pkws und brachte sie in den Toyota. Dann setzte er sich hinein, machte sich kurz mit der Bedienung vertraut.

»Bisschen schneller«, erklang die Stimme über das Walkie-Talkie. »Fünf Minuten überzogen.«

Diesmal ging die Route in südliche Richtung über mehrere Straßen, Abzweigungen, eine Abkürzung zwischen zwei Landstraßen, ein Stück über die Hundertachtundachtzig Richtung Havelland und Elbe, dann wieder auf eine kleinere Straße. Wollten die ihn verarschen? Hatte Emma ihre Zusage widerrufen und war in Lebensgefahr, vielleicht bereits ermordet? *Die nächste Anweisung arbeite ich noch ab,* dachte Wolff, *wenn's dann nichts wird, zurück in die Zentrale.*

»Halten Sie am nächsten Rastplatz«, quäkte es unvermittelt. »Aussteigen. Ganz hinten steht ein Fahrrad. Bewegen Sie Ihren Hintern.«

Wolff sprang aus dem Wagen. Am Ende des Rastplatzes stand tatsächlich ein Damenrad, auf dessen Gepäckträger, völlig unpassend im kalten Schneetreiben, ein Weidenkorb befestigt war, in dem ein Strauß weißer Rosen mit einem Schild steckte. Unter dem Strauß lag eine Plastiktüte, darin in einem festen Umschlag Emmas Schreiben an die Versicherung. Darauf war ein Klebezettel angebracht, der nur ein einziges handgeschriebenes Wort enthielt: *Bitte!*

Wolff steckte das Schild und den handschriftlich adressierten Umschlag ein, hastete zum Auto und fuhr los. Er überschritt erheblich die Geschwindigkeitsbegrenzung in den Ortschaften, in denen zum Glück bereits die Bürgersteige hochgeklappt worden waren. Nach acht Uhr abends tat sich in der tiefen Brandenburger Provinz nichts mehr. Er raste mit über hundert Stundenkilometern über die rutschigen Landstraßen, was bei der schlechten Sicht anstrengend war. Wieder dauerte es lange, bis die nächste Anweisung kam.

»In fünf Kilometern rechts abbiegen auf den Feldweg. Dann kommt ein Waldstück, Sie folgen dem Karrenweg mit dem Schild *Durchfahrt verboten,* nach etwa einem Kilometer kommen Sie an eine Ruine. Parken Sie dort und warten Sie auf Anweisung.«

Der Befehl zur Übergabe kommt in der Regel überraschend, hatte Doris gesagt. *Jetzt,* dachte Wolff, *in der Ruine passiert es.* Er fuhr langsam über einen Schotterweg, der immer enger wurde.

»Kurzer Sicherheitscheck«, sagte die elektronisch verfremdete Stimme. »Wann wurde Orlowsky geboren und wo entstand die Frauenbildserie?«

Wolffs Gedanken rasten, er versuchte sich zu erinnern, was Nicole gesagt hatte.

»Sie sind keiner von der Versicherung«, erklang die Stimme. »Sonst könnten Sie die Frage beantworten.«

»Warten Sie«, rief Wolff. »Orlowsky lebte Mitte bis Ende des neunzehnten Jahrhunderts und emigrierte von Sankt Petersburg nach Paris …« Wolff fügte aus freier Erfindung hinzu: »Die Porträts entstanden in Paris um achtzehnhundertneunzig …«

»Orlowsky lebte bis neunzehnhundertfünf, und die Porträts entstanden noch in Sankt Petersburg vor seiner Emigration. Wir brechen die Aktion ab.«

»Sie haben keine Ahnung, wie viele Kunstwerke wir in Verwahrung haben«, schrie Wolff den Unbekannten an in der Hoffnung, dass es wie ehrliche Entrüstung klang. »Es ist nicht meine Aufgabe, Daten von Malern auswendig zu lernen. Ich habe die Bilder bei mir und warte auf die nächste Anweisung.«

Er hielt den Atem an. Es war kaum auszuhalten. Offensichtlich besprachen sie sich. Der Schneeregen fiel im Licht der Scheinwerfer wie grauweiße Fäden vom Himmel. Endlich hörte er wieder etwas.

»Steigen Sie aus. Bringen Sie die Bilder in den Hof, das Tor ist angelehnt. Gehen Sie ums Haus herum, zur Scheune. Die Tür ist kaputt, Sie können durch. In der Scheune stellen Sie die Bilder ab und verschwinden.«

Wolff stieg aus, öffnete den Kofferraum, holte die Transportkiste mit den Gemälden heraus. Trotz Doris Bahlkes Vorwarnung war das eine für ihn äußerst unangenehme Situation. Wolff war es gewohnt, einen Täter zu verfolgen, selbst bei unvorhergesehener Konfrontation konnte er auf seine Angriffs- und Verteidigungsmechanismen und letztlich auf seine Pistole vertrauen. Jetzt hatte er keine Waffe, war von der Polizeizentrale abgeschnitten und musste reagieren, ohne zu wissen, wohin der Weg führen und mit wem er es zu tun bekommen würde. Mit der schweren Kiste im Arm lief er über den nassen, unasphaltierten Boden. Seine Gedanken kreisten nur um das eine: Funktionieren, bis die Übergabe geklappt hat.

Das Tor zum Hof war schwer, so dass er die Kiste absetzen musste. Es knarrte, als es sich endlich öffnen ließ. Wolff konnte nicht leuchten, weil er die Gemälde trug. Schemenhaft sah er Bretter und Baumaterialien, stolperte fast über eine Palette am Boden, fluchte. Er stellte die Transportkiste ab und löste den Riegel des Scheunentors. Jetzt stand er mitten in dem Schuppen. Wo genau sollte er die Gemälde deponieren? Das Walkie-Talkie lag im Auto.

Ein Rascheln ließ ihn zusammenfahren. Wenn ihn jetzt jemand mit einer starken Leuchte blendete, wäre er die perfekte Zielscheibe. Er hielt die wertvolle Kiste wie ein Schutzschild vor sich.

»Hallo, ist da jemand? Ich habe die Gemälde.«

Es war still, nur in der Ferne hörte er Rauschen. Offenbar war eine befahrene Landstraße in der Nähe. Wolff hatte jeden Sinn für Orientierung verloren. Wieder raschelte es. Kleine Pfoten auf Holz. Ratten. Die Situation war unwirklich.

Der Zugriff erfolgt meist schnell nach der Abgabe des Pfandgutes, hatte Doris gesagt. *Sie wissen ja, wo du bist, und wann.*

Wolff entschloss sich, die wertvolle Transportkiste an einer seitlichen Wand abzustellen, und verließ die Scheune. Gleich im Auto würde er den Entführern die Durchführung der Operation mitteilen. Dann wäre hoffentlich alles erledigt. Er lehnte sich kurz an den Toyota, um zu verschnaufen, ehe er einstieg. Stille. Vielleicht lauerte der Bote hinter der Scheune, vielleicht versteckte er sich auf einem Feldweg und wartete, bis Wolff weggefahren wäre.

»Okay, du hast alles getan, was du konntest«, sagte er laut zu sich.

Wolff stieg in den Wagen. Er würde versuchen, den Weg zurück zu dem Wanderparkplatz zu finden, wo er seinen Wagen abgestellt hatte. Da hörte er Sirenengeheul. Polizei.

Was für eine grandiose Scheißorganisation! Zurücklaufen, um die Bilder zu holen, wollte er nicht. Er war ohne Waffe. Der Funkkontakt zu den Entführern war abgebrochen. Die Angst um Emma packte ihn. Die Übergabe war fehlgeschlagen.

Der Wahrheit auf der Spur 7

Ich stehe vor dem Abschluss meiner Recherchen. Während ich unterwegs bin, habe ich Jan meine Unterlagen gegeben. Sicher ist sicher. Niemand sieht die unbezahlte Arbeit, die in der Aufklärung steckt. Wochenlang lese ich Bücher und Berichte und besuche die Nachkommen der Eigentümer, Museumsleiter, Kunsthistoriker, um Hinweise auf verlorene Kulturgüter zu bekommen.
Wir brauchen mehr Enthüllungsreportagen und Journalisten, die sie schreiben. Denn ohne öffentliche Verbreitung gibt es keine Aufklärung, welch dunkle Seiten das Geschäft mit der hehren Kunst hat.

Potsdam, im Dezember 2018
Britta Fuchs

Die Nacht zum 7. Tag

Sonntag

58.

Verena Starke wollte Wolff vom Ergebnis der Haftprüfung berichten, aber er war telefonisch nicht zu erreichen. So suchte sie das Polizeirevier auf. Schon auf dem Flur hörte sie Stimmengewirr. Die Tür zu einem hellerleuchteten Raum stand offen. Verena blickte neugierig in die Einsatzzentrale. Computertische, eine technische Anlage zum Aufzeichnen von Telefonaten und Videobotschaften, mehrere Polizisten, die miteinander diskutierten, und überall auf den Tischen leere Pappschachteln, Gläser, Tassen.

»Entschuldigung, ich suche Hauptkommissar Wolff.«

Sven Noack, den Verena aus ihrem letzten Fall kannte, stand auf und kam ihr entgegen. »Wir haben von Herrn Wolff seit drei Stunden nichts mehr gehört. Er ist Unterhändler in einer Geiselnahme. Er musste das Auto wechseln und hat keine Möglichkeit der Kontaktaufnahme mehr.«

»Was bedeutet das?«

»Wir sind mitten in einem Großeinsatz.«

»Sie haben den Fischer vom Wendsee«, rief eine blonde Frau in einer cyclamroten Seidenbluse, die vor einem Monitor saß. »Sven«, sie sprang auf, »der Fischer hat sein Boot winterfest gemacht, und da hat er einen schwarzgekleideten Mann bemerkt, der um das Sommerhaus am andern Ufer herumging.«

Nicole Schäfer, dachte Verena, *Katjas Neidobjekt.* Dann

schämte sie sich, so süffisant über die Frau mit dem aufgeregten Gesichtsausdruck zu denken. Wer weiß, wie ein Beobachter sie selbst beschreiben würde, vorhin in der Gerichtsverhandlung, als sie sich bemühte, Katja freizubekommen. Angespannte Haltung, Schweißflecken, entgleitende Stimme.

»Wo ist der Wendsee?«, rief jemand.

»Westlich von Brandenburg-Stadt«, sagte ein anderer, der vor einer großen Landkarte stand. »Zwischen Wusterwitz und Plaue, ziemlich unwegsames Gelände.«

»Ich melde mich später«, rief Sven über die Schulter Verena zu. »Wir haben eine Spur von der Vermissten.« Dann schloss sich die Tür.

Verena stand noch einen Augenblick vor der Tür zur Einsatzzentrale, hörte Stimmen durcheinanderreden, dann ging die Tür wieder auf und mehrere Polizisten strömten auf den Flur.

»Mobile Einsatzzentrale einrichten«, sagte einer.

»Wo steht das Einsatzfahrzeug?«

»Hoffentlich is dort nich ein riesiges Funkloch.«

Türen klappten, Befehle wurden über Handy und Digitalfunkgeräte durchgegeben. Durchs Fenster sah Verena mehrere Leute in einen speziellen Einsatzwagen steigen.

Wolff war mehr als eine Stunde mit dem Auto der Entführer herumgefahren. Ohne Navigationsgerät und ohne Mobiltelefon war es eine Herausforderung, durch die verschlungenen Wege wieder den Parkplatz mit seinem Polizeiwagen zu finden. Warum hatten die Polizeikollegen die Übergabe vermasselt? Sie hatten zu schnell reagiert, als der Funkkontakt abbrach. Was würde mit Emma geschehen, wenn die Geiselnehmer Panik bekamen?

Endlich erreichte er den Wanderparkplatz. Er stellte den Toyota ab und ließ den Schlüssel stecken. Sein Einsatzwagen stand noch so da, wie er ihn abgestellt hatte. Wolff griff zum digitalen Funkgerät und erstattete Meldung.

»Wir dachten schon, du bist abgegangen, Uwe«, sagte einer vom Vermisstendezernat.

»Wieso habt ihr den Einsatz angeordnet? Alles lief glatt, hab die Bilder am verabredeten Ort abgestellt, da hörte ich die Sirenen. Vermutlich holen die das Zeug jetzt nicht mehr ab.«

»War nicht unser Einsatz«, sagte der Kollege erstaunt. »Wir haben drei Stunden gewartet, nichts von dir gehört. Zwischendurch ging eine Meldung ein, dass die örtliche Polizei 'nen Fischer am Wendsee befragt hat. Der hat auffällige Bewegungen im Sommerhaus gegenüber festgestellt. Erst dann gab's den Befehl an eine Spezialeinheit.«

Wolff rief den Zentraldienst der Polizei an.

»Übungseinsatz«, sagte der Kollege vom Polizeirevier der Stadt Brandenburg.

»Schöne Übung.« Wolff hieb wütend aufs Lenkrad. »Habt den Überbringerdienst in 'ner Geiselnahme versaut.«

Emma fühlte sich benommen von der Pille, die der Mann ihr in den Mund gesteckt hatte. Trotzdem spürte sie, dass etwas geschah. Die Maskenmänner waren unruhig, hektisches Telefonieren in der fremden Sprache, der eine umrundete das Haus, leuchtete mit einer starken Taschenlampe umher, der andere hielt die Pistole griffbereit. War die Übergabe fehlgeschlagen?

»Warum lassen Sie mich nicht frei? Hab doch alles getan«, jammerte sie.

Keine Antwort. Wieder telefonierte ihr Bewacher. Emma sah, dass sich die dunklen Augen hinter der Maske blitzschnell verengten. Er stieß etwas hervor, was sie nicht verstand.

»Los, da rein«, sagte er dann rau, bohrte ihr den Pistolenlauf in den Rücken, schubste sie ins Schlafzimmer. Die Tür wurde geschlossen, der Schlüssel gedreht und abgezogen.

Gleich bin ich tot oder frei.

Ein Spezialeinsatzkommando bedeutete überfallartiges Eingreifen. Das konnte richtig sein oder auch falsch. Der Nachteil war, dass die Kollegen vom SEK die Situation nicht kannten. In einem Haus am Wendsee wurde eine Frau festgehalten, vermutlich von zwei oder drei Bewachern, mehr wussten sie nicht.

Wendsee. Wolff stellte den Ort auf dem Navigationsgerät ein und raste die Landstraße entlang. Zum Glück war jetzt alles frei. Es ging auf Mitternacht zu. Ein schmaler, nicht asphaltierter Weg führte zum See. Wolff stoppte hinter dem Wagen des SEK und stieg dort ein.

»Die Kollegen riegeln die Straßen großräumig ab«, sagte der Einsatzleiter, ein kleiner drahtiger Mann in den Dreißigern, der am Digitalfunk saß. »Es gibt kaum Wege um den See, das meiste ist zugewachsen.«

Üblicherweise sicherten bei Großeinsätzen mehrere Streifenwagen den Tatort von allen Seiten. Hier gab's nur den engen Karrenweg. Das Problem waren das dichte Gehölz und die mangelnde Sicht in der Nacht. Die Polizisten wollten zum Abhören so dicht wie möglich an das Haus heran, ohne dass die Geiselnehmer sie bemerkten.

»Wie viele sind es?«, fragte Wolff.

»Zwei, vielleicht drei. Sprechen arabisch.«

Mit ihrem Pkw würden die Geiselnehmer nur bis zum Einsatzwagen kommen, der den einzigen Fahrweg abriegelte. Blieb das Wasser als Fluchtmöglichkeit.

»Am See gibt's nur Ruderboote«, sagte Sven, der im Einsatzwagen mitgekommen war. »Wir haben ein paar Schlauchboote mit, aber schnelles Eindringen vom Wasser aus geht nicht.«

»Waffengleichheit.« Wolff suchte mühsam seinen Humor zusammen. »Die Typen haben ja auch nur ein Ruderboot.«

Emma atmete hechelnd, versuchte zu verstehen, was draußen geschah. Sie war eingesperrt im Schlafzimmer. Es gab keine Alternative: Sie musste etwas tun, sonst könnte sie die Angst nicht beherrschen. *Jetzt!* Emma erhob sich vom Bett, ihre Beine zitterten so, dass sie nur kleine Schritte machen konnte. Sie ging zum Fenster, öffnete es, schob den Rollladen vorsichtig hoch.

Wolff pirschte sich ans Haus heran. Sven und der Einsatzleiter waren in der mobilen Zentrale geblieben. Nicole überwachte vom Revier in Potsdam aus mit Kollegen den Einsatz, um notfalls eilige Maßnahmen anzuordnen.

Wolff hielt es kaum noch aus. Das erregende Gefühl, so dicht an den Geiselnehmern zu sein, andererseits die Sorge, nicht einschätzen zu können, was drinnen passierte. Er rief sich Doris' Belehrungen ins Gedächtnis: *Es sind Profis. Sie wollen die Bilder. Sie wollen keine unnötige Gewalt.* Aber wenn sie die Bilder nicht bekämen? Würde Emma jetzt, wo die Übergabe gescheitert war, gefesselt, gequält, als Schutzschild benutzt werden?

Wolff entsicherte seine Pistole und verharrte hinter einem Busch in Deckung. Manchmal tauchte der Mond zwischen schnell vorüberziehenden Wolken auf und spendete etwas weißes Licht. Das Haus stand völlig allein im Wald, davor der Kleintransporter der Entführer, dahinter der See. Es war von vorn und von der Seite nicht einsehbar, die Rollläden waren geschlossen. Eindringende Polizisten müssten sich erst orientieren. Die Alternative? Aushungern? Das würde Emmas Situation verschlechtern. Wolff verließ sich auf sein Gefühl, dem er immer vertraut hatte: *Jetzt.* Er gab eine kurze verschlüsselte Meldung über Digitalfunk, dass die SEK-Leute nachkommen sollten.

Da hörte er eine kehlige Stimme rufen: »Waffe weg, sonst geht's der Frau schlecht.«

Schemenhaft sah Wolff einen Mann in der Tür stehen. Rückzug nicht mehr möglich, schießen sinnlos, über die Entfernung und in der Dunkelheit würde er nicht sicher treffen. Ein zweiter Mann oder mehrere würden im Haus lauern.

»Machen Sie sich nicht unglücklich«, rief Wolff. »Lassen Sie Emma frei. Wir können reden.«

Keine Antwort.

Emma hörte die Stimme ihres Entführers, aber da war doch noch eine andere Männerstimme? Wie in Trance öffnete sie das Schlafzimmerfenster. Dann umklammerten ihre Finger den Rahmen, sie zwängte sich durch die enge Öffnung, hing einen Augenblick mit ihrer Mitte im Fensterrahmen fest, spürte Angst, stecken zu bleiben, wand und schlängelte sich, mit den Beinen zuerst, immer weiter. Sie presste die Lippen zusammen, um nicht aufzuschreien, als ihre Füße im feuchten Schnee einsanken. Nässe drang durch ihre Schnürstiefeletten. *Draußen.* Es gab kein Zurück mehr. Der Schein einer Taschenlampe leuchtete auf. Einer der Geiselnehmer umkreiste das Haus. Emma warf sich instinktiv auf den Boden, hinter die Terrassenbank. Das Licht wanderte über sie hinweg.

Wolff konzentrierte sich. Die Dunkelheit war für die Geiselnehmer ein ebensolches Hindernis wie für ihn. Sie könnten ihn anleuchten, aber auch er hatte eine starke Taschenlampe. Dann war nur die Frage, wer zuerst schoss.

Es wurde lauter. Ein zweiter Mann trat heraus und umrundete das Haus mit einer LED-Lampe in der Hand.

»Halt, verdammt«, schrie er plötzlich. »Halt, oder ich schieße.«

Das war der Augenblick, wo der andere Typ abgelenkt war. Wolff rannte auf das Haus zu, zur Seeseite, sah einen davonrennenden Menschen. Ein Fenster stand offen.

»Lauf, Emma!«, schrie er aus Leibeskräften.

Der Typ, der Halt geschrien hatte, lief Emma nach, wollte ihr den Weg abschneiden. Ein Schuss krachte, ehe Emma im Gebüsch verschwand. War sie verletzt? Wolff spurtete hinterher. *Zwischen Emma und den Kidnapper kommen, ihr Deckung geben!* Beim Laufen feuerte er auf den Geiselnehmer, verfehlte ihn. Ein Schuss knallte, diesmal in seine Richtung. Wolff warf sich hin, das Gesicht im Schnee, hörte wütende Stimmen, vereinzelte Schüsse. Jemand lief mit schweren Schritten auf ihn zu. Wolff feuerte ohne Vorwarnung zu seiner Selbstverteidigung. Der Mann schrie auf und ging zu Boden.

Ein anderer Mann rannte auf ihn zu. Wolff sprang hoch, versuchte, sich selbst Deckung zu geben, indem er mehrere Warnschüsse mit seiner Pistole abgab. *Wie viele Patronen sind noch im Magazin? Den Typen in Schach halten, bis Emma weit genug weg ist. Muss sich durchschlagen.*

Der Mann drängte Wolff in Richtung Steg. Hier gab es kein Gehölz zum Abtauchen. Keine Zeit, aufs Boot zu springen und wegzurudern. Wolff rannte den Steg hinunter, ein Schuss donnerte. Er warf sich lang hin, was ihm die Pistole aus der Hand riss. Unmittelbar neben ihm schlug ein Geschoss ein. Wolff holte tief Luft und rollte sich vom Steg hinunter ins eisige Wasser. Einen Augenblick versuchte er sich festzuklammern, da trat ihm der Mann auf die Hand, der Schmerz schoss in brennenden Stößen seinen Arm hoch. Er hörte eine heisere, sich überschlagende Stimme in arabischer Sprache. Nur ein einziger Gedanke war gewaltiger als die eisige Kälte: *In ein paar Sekunden kommen die Kollegen.*

Emma versuchte sich zu orientieren. Sie fror in ihrem wollenen Zweiteiler, den sie seit ihrer Gefangenschaft nicht gewechselt hatte. Es war Nacht, wie viel Uhr wusste sie nicht. Schweratmend stand sie auf einer kleinen Lichtung. Nur langsam nahmen ihre Augen Konturen wahr. Totes Gehölz, braune Blätter, bedeckt von rutschigem Schnee. Weit außerhalb der Stadt erreichte sie kein Lichtschein mehr.

»Lauf, Emma!«, hatte jemand geschrien. Oder hatte sie sich

verhört? War die Polizei gekommen, um sie zu befreien? Sie zuckte zusammen, als sie Rufe hörte, dann Schüsse. *Nur weg hier, nur nicht einschlafen. Geh weiter, immer geradeaus, irgendwann kommt ein Weg, und der führt auf eine Straße.* Sie schlug sich durchs Unterholz, Zweige peitschten ihr ins Gesicht, sie sank ein in Schlamm und bemühte sich verzweifelt, nicht im Kreis zu laufen. Ihr Schuhwerk verfing sich in einer herausragenden Wurzel und sie schlug lang hin. »Aua«, schrie sie und heulte in ihrer Verlassenheit, aber selbst das Weinen strengte sie zu sehr an. Sie brauchte dringend heißen gezuckerten Tee. Aber nichts als Matsch und feuchtes Gehölz.

Irgendwann kam sie auf einen Karrenweg, der durch den Schnee ein bisschen heller war. Schnell kam sie nicht voran, ihre Beine waren zu schwach, ihre Knie zitterten. Irgendwo da vorn würde eine Landstraße sein. Ein Autofahrer würde sie mitnehmen. Sie versuchte sich an alte Zeiten zu erinnern, die ihr unendlich weit weg erschienen, gute Zeiten in ihrem komfortablen Haus.

Nach dem Schock, ins eiskalte Wasser zu entfliehen, musste er sich jetzt aus der Schussweite des Kidnappers entfernen. Wolff hielt sich zunächst prustend an der Oberfläche. Sein Verfolger stand oben auf dem Steg und hatte noch Munition. Wolff atmete tief ein und tauchte unter. Wieder krachte ein Schuss. Die Kugel schlug neben ihm ins Wasser ein. Wolff kam wieder hoch. Bei dem Gedanken, in Kürze vor Kälte zu erstarren, überfiel ihn Panik und er schluckte Wasser. Spuckend und keuchend zwang er sich, durchzuatmen und zu schwimmen, raus aus der Schussweite des Kidnappers.

Wolff streifte die Schuhe von den Füßen, wand sich aus dem Trainingsanzug, den er seit seinem Übergabeversuch trug. Es fiel ihm sehr schwer, seine Gliedmaßen waren steif vor Kälte, aber alles, was ihn beim Schwimmen behinderte, musste aus. Einige wenige Minuten würde er aushalten, das wusste er aus dem polizeilichen Notfalltraining. Durch den Schock des eiskalten Wassers zogen sich die äußeren Blutgefäße zusammen, die Gefäße im Innern weiteten sich, um Organe, Arme, Beine weiter zu durchbluten und für kurze Zeit die Körpertemperatur auch im Eiswasser zu halten. Die Kälte stach wie mit Nadeln in seine Haut. Er meinte zu spüren, wie sich sein Herzschlag verlangsamte.

Halt durch, du schaffst es! Emma hatte kein Zeitgefühl mehr. Mehrfach kam sie vom Weg ab, stolperte, knickte um, fand den Weg wieder. Ihre Kräfte verließen sie. Aber nach einer Weile geschah etwas Seltsames: Ihr war, als erwachten neue Kräfte in ihr, als sei sie gar nicht mehr müde, als könne sie immer weiter und weiter gehen. In ihren Ohren summte es. Emma spürte den eigenen Körper nicht mehr, er war ganz leicht. In den hohen Wipfeln der Kiefern rauschte der Wind. Feiner Schneeregen wehte ihr ins Gesicht. Das Sausen in ihren Ohren wurde lauter und es würgte sie in der Kehle. Die schwarzen Baumstämme begannen sich vor ihren Augen zu drehen, plötzlich verschlang eine schwere Finsternis alles ringsum. Emma verlor das Bewusstsein und fiel zu Boden.

Wolff war so steif gefroren, dass er nicht noch einmal tauchen konnte. War er außer Schussweite? Nur noch mechanisch bewegte er Arme und Beine. Kurz bevor ihn die schwarze Tiefe nach unten zog, hörte er Geräusche. *Jetzt haben sie dich,* dachte er, und dann: *Ich friere ja gar nicht mehr.*

Unbekannte Hände zogen ihn aus dem Wasser. Er stammelte etwas von Ruhe und Schlafen und spürte leise Verwunderung, dass seine Verfolger ihn in ein Schlauchboot hoben und eine Wolldecke über ihn legten.

Eine Woche später

59.

»Heute ist ein Festtag«, sagte Emma von Burgsdorff mit brüchiger Stimme zu ihren Gästen. Sie hielt sich an der Schiebetür, die den Speiseraum vom Kaminzimmer abgrenzte, fest. Schwach und unsicher war sie seit den Strapazen ihrer Geiselnahme. Nach ihrem Zusammenbruch bei der Flucht durch den nächtlichen Wald hatten SEK-Leute sie gefunden und vorübergehend ins Krankenhaus gebracht. Emma räusperte sich. »Feiern wir die Übergabe der Orlowsky-Porträts an denjenigen, dem sie zustehen.« Sie machte eine Handbewegung hin zu den immer noch verpackten und auf einem Art-Deco-Tisch drapierten Gemälden.

Ein hagerer Mann Mitte dreißig im dunklen Anzug mit schmalem Gesicht, Brille und kurzgeschnittenem schwarzen Haar lächelte ihr zu. Noah Abraham war nach der Mitteilung des New York City Police Department, dass die Frauenporträts von Orlowsky gesichert werden konnten, sofort aus den USA nach Deutschland geflogen. Wolff hatte nach der fehlgeschlagenen Übergabe den Weg zu der Hausruine beschrieben, wo die SEK-Polizisten die Gemälde unversehrt vorgefunden hatten. Der Übungseinsatz der örtlichen Polizei hatte die Erpresser davon abgehalten, die Bilder abzuholen.

»Ich bin sehr glücklich, die meinem Urgroßvater von den Nazis geraubten Gemälde in meinen Besitz nehmen zu dürfen«, sagte Noah Abraham mit amerikanischem Akzent. Zwischendurch dolmetschte er die Unterhaltung für seine beiden Freunde, die zwei Nächte bei Edith Krawitz geschlafen hatten. Emma hatte alle drei

Amerikaner in ihr Haus eingeladen. Gästezimmer waren genügend vorhanden.

»Ich bin auch glücklich.« Emma schluckte, sie war noch aufgewühlt. *Gerettet!* Erst langsam nahm sie ihre Umgebung wieder bewusst wahr: die großzügigen Räume mit den antiken Möbeln und modernen Designstücken, den kostbaren Orientteppichen auf dem edlen Parkett, den abstrakten Gemälden in Wechselrahmen. Zugleich aber fühlte sie etwas Unangenehmes. Geraubte Kunstschätze waren in ihrem Besitz. Raubgut hatte ihren gewohnten Luxus mitfinanziert. Der Glaube an ihren Großvater war erschüttert. Emma fand nicht die richtigen Worte, hob ihr Champagnerglas, prostete ihren Gästen zu.

»Mannomann, det is noch mal jut jegang«, sagte Edith Krawitz, heute Abend im schwarzen Kostüm, und dann zu Wolff: »Kann ick zu Ihn' uff die Versehrtenbank?«

Wolff nickte. Er hatte sich auf eine mit braunem Wildleder bezogene Ottomane gesetzt. Auch ihm fehlten im Augenblick die Worte. Sein Arzt hatte ihn erst mal krankgeschrieben. Die große und mittlere Zehe seines rechten Fußes kämpften darum, nicht amputiert zu werden. Die Kälte des Seewassers hatte Spuren hinterlassen. Und das rechte Bein war seit seinem Sprunggelenksbruch vor bald vierzig Jahren sowieso nur noch die Hälfte wert.

Nicole und Sven standen mit ihren Champagnergläsern am Kamin und nahmen mit dem typischen Kriminalistenblick die opulente Inneneinrichtung in Augenschein.

»Ich bin auch … Wie sagten Sie?« Noah Abraham blickte zu Edith Krawitz. »Versehrtenbank? Meinten Sie eine Bank für eine Person, die *physically disabled* ist?«

Wolff nickte und Edith Krawitz nickte auch.

»Ich bin auch *disabled*, unfähig, und schuldig. Ich habe Britta Fuchs beauftragt, nach den Gemälden zu forschen. Sie hat mit dem Tod dafür bezahlt. Ich möchte ihre letzte Mail vorlesen.« Er stellte sich in die Mitte der Gäste, zog ein Papier aus der Anzugtasche.

»Dear Noah, bin auf der Spur«, las Abraham vor. »Die Porträts befinden sich im Besitz einer Familie von Burgsdorff. Bei den Recherchen bin ich auf kriminelle Kunstgeschäfte mit den Emiraten gestoßen. Arthur Kamphausen, ein Potsdamer Galerist, mischt mit beim illegitimen Bilderhandel mit Abu Dhabi.«

»Arthur hat mich nicht verraten«, rief Emma empört. »Diese Journalistin war bei mir, hat mich ausgehorcht. Ohne sie wäre alles geblieben, wie es war.«

»Bitte nicht aufregen«, sagte Abraham beschwichtigend. »Ich bin über einen Mittelsmann und über meine Freunde …« Er nickte den beiden Amerikanern zu, die sich auf dem weichen Teppich niedergelassen hatten. »… auf Britta Fuchs gestoßen. In Insiderkreisen hatte sie einen guten Ruf als investigative Journalistin. Die Orlowsky-Porträts sind meinem Urgroßvater von den Nazis geraubt worden.«

Er blickte wieder zu Emma, die sich die Ohren zuhielt.

»Weiter«, sagte Wolff und dachte, dass diese E-Mail vor ein paar Tagen für ihn richtig gut gewesen wäre.

»Sammler berauschen sich an verschwundenen Kunstwerken, die von den Eigentümern gesucht werden«, las Abraham mit unsicherer Stimme weiter vor. »Gelangen die Werke in den arabischen Raum, sind sie unauffindbar. Die Porträts von Orlowsky sollten auch dorthin.«

»Entschuldigung«, brachte Emma heraus und lief ins Bad. Sie schnäuzte mehrere Taschentücher voll. Sollte Arthur, ihr väterlicher Freund, seiner Gier nach Kunst, Geld und Bedeutung erlegen sein und seinen arabischen Partnern von ihren geerbten Schätzen berichtet haben? Gab es denn niemanden, dem sie vertrauen konnte? Emma nahm eine von den Beruhigungstabletten, die ihr Arzt ihr gegeben hatte. Posttraumatische Belastungsstörung nach der Entführung. Eine lange psychotherapeutische Behandlung stand ihr bevor.

»Sie tragen keine Verantwortung. Weder am Tod von Britta

Fuchs noch an der Entführung«, sagte Wolff zu Abraham, dem Emmas Erregung zusetzte. »Wollt ihr berichten?« Er nickte seinen Kollegen zu.

Nicole in ihrem eleganten altrosa Kostüm blickte zu Sven, der sie leicht in die Seite knuffte.

»Ja, dann ...«, begann sie schüchtern. »Soweit wir klären konnten, ging es Britta Fuchs nicht nur um den Verbleib der Orlowsky-Bilder.« Nicole blickte nun fest zu Abraham, der ihr gebannt zuhörte, während Sven leise für das amerikanischen Pärchen dolmetschte.

Emma betrat, merklich ruhiger, wieder in den Raum.

»Frau Fuchs hat in großem Umfang vermisstem Kulturgut nachgespürt«, fuhr Nicole fort. »In ihrem Entdeckungsdrang hat sie ihren Freund mitgerissen. Jan Stolte wollte ihre Recherchen nach Magdeburg bringen, und zwar ins Deutsche Zentrum Kulturgutverluste. Er verunglückte tödlich auf dem Motorrad. Die Unterlagen sind noch immer verschwunden.« Sie blickte zu Wolff.

»Ich bin Stolte im Polizeiwagen hinterhergefahren, als der Unfall passiert ist. Es war Absicht.« Wolff blickte ernst. »Jan Stolte ist von einem Motorradfahrer gejagt worden. Vermutlich ein auf ihn angesetzter Killer, der um jeden Preis verhindern wollte, dass das Zentrum in Magdeburg Kenntnis von Brittas Recherchen erhielt. Die hätten sofort die Polizei eingeschaltet.«

Emma starrte Wolff mit aufgerissenen Augen an. Sie meinte, die fremdartige Sprache ihrer Entführer wieder zu hören.

»Nachdem ich Britta gebeten hatte, nach dem Verbleib der Frauenporträts zu forschen, hat sie sich mit dem Werk Orlowskys beschäftigt«, schaltete sich Abraham ein. »Einige seiner Gemälde haben meine Vorfahren über einen Pariser Kunsthändler erworben, der sie im Auftrag des Malers veräußern sollte. Er war nach Paris emigriert und es ging ihm schlecht. Die Nationalsozialisten haben dann meinem Urgroßvater die Bilder ohne Entschädigung weggenommen und Emmas Urgroßvater hat sie Ende der dreißiger Jahre vom Reichskunstministerium erworben.«

»Ihr Urgroßvater hat wahrscheinlich nicht gewusst, dass die Bilder NS-Raubgut waren«, sagte Wolff zu Emma, um sie zu beruhigen. Er bemerkte, dass Nicole und Sven sich zweifelnd ansahen. »Und nun das Wichtigste.« Der Kommissar erhob sich mit Mühe von der »Versehrtenbank«. »Wer ist der Mörder von Britta Fuchs?«

Es war totenstill im Raum. Alle starrten ihn an, sogar das amerikanische Paar, das nichts vom Gespräch verstand.

»Der Galerist Arthur Kamphausen sitzt jetzt bei Butterbrot und Hagebuttentee«, begann Wolff vieldeutig. »Herr von Kamphausen ist zwar ein Verbrecher, aber er ist kein Mörder und auch kein Kidnapper. Er hat Britta Fuchs nicht erdrosselt. Er hat Jan Stolte nicht auf dem Motorrad in den Tod gehetzt. Er hat Sie nicht entführt, Frau von Burgsdorff.«

»Aber er war der Hintermann, der Auftraggeber?«, fragte Noah Abraham.

»Nein. Der Hinweis auf die NS-Raubkunst und die Deals mit arabischen Sammlern gehen auf Leonie Sanft zurück.«

Emma starrte Wolff fassungslos an. Leonie? Unmöglich. Kamphausens Assistentin war freundlich, hilfsbereit, hatte ein hohes Kunstverständnis, und sie war loyal Arthur gegenüber. Hatte der Galerist keine Zeit für Emma, beriet Leonie sie und half ihr. Leonie sollte eine Auftraggeberin für einen Mord und eine Entführung sein? Niemals.

»Leonie Sanft ist eine ausgebeutete und in ihrer Liebe enttäuschte Frau«, fuhr Wolff fort. Er dachte an ihren Rachefeldzug, der mit der anonymen Anzeige begonnen und in der psychiatrischen Klinik geendet hatte. »Sie wollte nach zwanzig Jahren Arbeit für Kamphausen, der sich privat nicht zu ihr bekannte, mit ihm brechen und hat zum Abschied ein paar Details über seine arabischen Geschäfte fallen lassen. Nicht viel, aber genug für Britta Fuchs.«

Niemand sagte etwas.

»Im Gespräch mit Leonie fiel auch der Hinweis auf das Burgsdorff-Vermögen und die Orlowsky-Bilder.«

»Leonie?« Emma schüttelte fassungslos immer wieder den Kopf.

»Geht weiter«, sagte Wolff. »Kamphausen hat Lunte gerochen, dass seine fürsorgliche Assistentin auf Abwegen ist, und hat seine arabischen Freunde gewarnt. Die haben Britta Fuchs beobachten lassen, ihre elektronischen Konten gehackt, so dass sie wussten, dass sie kurz vor Abschluss ihrer Recherchen stand. Sie wussten auch, dass Britta leidenschaftlich gern morgens zum Joggen ging, im Winter auch im Dunkeln. Sie in der Einsamkeit zu überfallen und zu erdrosseln war für einen Killer kein Problem. Er brachte die Leiche ein Stück weg und versenkte sie, eingewickelt und mit Steinen beschwert, in der Havel. Sie beobachteten auch Jan Stolte und versuchten mit aller Macht zu verhindern, dass er Brittas Raubgut-Recherchen zum Zentrum Kulturgutverluste nach Magdeburg brachte.«

Noah Abraham hatte den Arm um Emma gelegt, die immer noch ihren gesenkten Kopf schüttelte. Sven und Nicole blickten bedrückt.

»Doch auch Leonie Sanft fehlte etwas zur Mörderin«, setzte Wolff fort.

»Hä«, sagte Krawitz.

»Mörder ist nur, wer einen anderen mit Vorsatz umbringt. Leonie hat in Wut und aus Rache über Kamphausen und seine Geschäfte geplappert, ohne zu ahnen, was die Enthüllungsjournalistin mit den Infos anfangen würde. Fuchs war mit allen Wassern gewaschen, hat ihr Vertraulichkeit zugesagt.«

»Also ham wa keen Mörder?« Edith Krawitz runzelte die Stirn.

Wolff hob theatralisch die Schultern und ließ sie fallen. »Wir haben eine organisierte arbeitsteilige Vorgehensweise. Die Auftraggeber sitzen in Abu Dhabi. Von den Ausführenden ist ein

Mann bei der Befreiung Emmas erschossen worden, ein anderer liegt schwerverletzt im Krankenhaus. Der Unterhändler ist flüchtig, nach ihm wird gefahndet.«

»Und Carsten Henschke, das Schwein?« Emma schüttelte den Arm Abrahams ab und sprang hoch. »Er hat mich an diese Verbrecher ausgeliefert.«

»Carsten Henschke heißt in Wirklichkeit Steffen Mader und ist ein hochverschuldeter Geschäftsmann, dem jedes Mittel recht ist«, meldete sich Sven. »Wir haben zum Glück ein paar Aufnahmen von der Vernissage, die ausgewertet wurden. Nach dem Mann wird gefahndet.«

Wolff sah seinen Kollegen dankbar an. Das waren die neuesten Erkenntnisse. Wie hilfreich übersteigertes Mitteilungsbedürfnis auf Facebook oder Instagram war. Auf einigen Schnappschüssen war Steffen Mader alias Carsten Henschke zu erkennen.

»Dieser … Ganove«, rief Emma außer sich.

»Und was wird mit die Araber?« Edith Krawitz sprang entrüstet auf.

»Jan Stoltes Verfolger ist in der Fahndung«, sagte Sven.

»In so 'ner Motorradkluft finden Sie den doch nie«, antwortete Edith Krawitz, »und det Kennzeichen schrauben die sowieso ab.«

»Warum sind Sie bloß nicht zur Polizei gegangen?« Wolff schmunzelte.

»Er hat eine Honda, Typ RC213V-S, gefahren«, sagte Sven, »davon gibt's nicht so viele.«

»Wir haben Interpol eingeschaltet«, sagte Wolff. »Möglicherweise sagt der Geiselnehmer aus, sobald er vernehmungsfähig ist, würde ihm 'ne lange Haftstrafe verkürzen. Und den Unterhändler, der mit Emma verhandelt hat, finden wir schon. Die Anrufe sind aufgezeichnet. Die Stimmanalyse läuft.«

»Hm«, sagte Edith Krawitz.

Nicole Schäfer stand auf, dass Champagnerglas hocherhoben.

»Ich vertraue auf seriöse Sammler und Galeristen in Abu Dhabi. Sie stehen mit ihrem neuen Louvre in engem Kontakt zum berühmtesten Museum der Welt. Sie wollen sich einen guten Ruf als Kunstmetropole erwerben.«

Emma lächelte verhalten. Wolff hätte auch gern auf die Ermittlungsbereitschaft seiner arabischen Kollegen vertraut. Das Leben bot ja manchmal Überraschungen.

Sven und Nicole flüsterten miteinander und dann flüsterten sie mit Emma. Kurz darauf klingelte es. Emma ging hinaus und kam mit zwei weiteren Gästen wieder.

Rechtsanwältin Verena Starke im knallgelben Cocktailkleid pfiff das Torerolied aus *Carmen*: »Auf in den Kampf«. Neben ihr stand Katja Eickelbaum, in Jeans und Bluse.

Wie blass und klein Katja aussieht, dachte Wolff gerührt.

»Der Richter ließ sich zwar nicht von der Notwehr überzeugen«, sagte Verena mit ernstem Gerichtsgesicht. »Aber zum Glück gibt's ja noch den Paragrafen dreiunddreißig des Strafgesetzbuchs. Notwehrexzess.« Auf die fragenden Gesichter hin ergänzte sie: »Wenn der Täter die Grenzen der Notwehr aus Verwirrung, Furcht oder Schrecken überschreitet, wird er nicht bestraft. Es entfällt die Schuld.«

Katja musste mehrfach ansetzen, um etwas herauszubekommen. »Der Richter hat gemeint, der Angriff war zwar schon vorbei, aber ich war so durcheinander, dass ich das nicht mitbekommen habe.« Sie schluckte und blinzelte.

»Kannst ruhig heulen«, sagte Wolff. »In diesem Fall fließen sowieso viele Tränen.«

»Wer will denn nun zu Herrn Wolff auf die Versehrtenbank?«, fragte Edith Krawitz.

Emma setzte sich rechts neben Wolff. Katja blickte schüchtern lächelnd in die Runde und fragte:

»Ich auch?«

Wolff blinzelte verschmitzt. »Ja, du auch.«